LA BRIGADE DES BUSES

LUDOVIC MÉLON

LA BRIGADE DES BUSES

CALMANN LEVY

CALMANN LÉVY
ÉDITEUR DEPUIS 1836

Maquette et illustrations
Morgane Flodrops

ISBN 978-2-7021-8984-9

Chapitre 1
La brigade des buses

À défaut d'une honnêteté sans faille, des années de précautions variées avaient évité à Jack de séjourner en prison. Ainsi une fenêtre entrouverte le prévint de la présence d'un groupe de policiers, quelques mètres plus bas, dont les radios crépitaient de concert.

La bouche pâteuse et les tempes douloureuses, Jack ouvrit un œil encroûté et s'étira dans le canapé. Sa vue s'accommoda lentement sur le luxueux appartement qui l'entourait. Plutôt spacieux, lumineux et meublé avec goût, il avait dû coûter une fortune à son propriétaire en voyage d'affaires. *Au même titre que cette montre*, pensa Jack en attrapant une Rolex posée sur le guéridon installé derrière sa tête.

Ses doigts hésitèrent quelques instants sur un étui à cigares de premier choix avant de s'en défaire. À la réflexion, son haleine était probablement inflammable.

Il se passa les mains sur le visage. Ces dernières rencontrèrent successivement une barbe de trois jours, une collection de fines cicatrices étalées le long de traits anguleux et aboutirent dans un désordre de cheveux bruns. Il s'extirpa paisiblement du canapé moelleux et regarda à travers la fenêtre donnant sur la vaste place des Palais, encore assez peu peuplée à l'heure des premiers rayons de soleil. Seuls quelques combis de police, agglutinés au pied de son immeuble, avaient matière à inquiéter.

Jack enfila un peignoir en flanelle rose bonbon trop petit et contourna une divinité grecque en marbre blanc arrivée au cours de la nuit. S'installant à table, l'homme se fit la réflexion qu'un appartement au rez-de-chaussée serait à l'avenir plus commode.

Des bruits de pas précipités se multipliaient dans l'escalier des communs. L'un des policiers donnait des injonctions aux autres avec une excitation que la lourde porte de l'appartement ne suffisait pas à filtrer. À l'évidence, toute discrétion était inutile. L'immeuble, comme les autres de la place, datait de la Renaissance et comportait un unique escalier central en guise d'issue. De cet étage, fuir par la fenêtre garantissait de finir en lasagne sur le trottoir. Une lasagne très plate. Et de toute façon, Jack avait le vertige.

Il se versa une généreuse portion de céréales colorées en forme de dinosaures et prit son téléphone pour consulter l'actualité. La une était consacrée au vol d'un tableau de maître dans l'hôtel particulier d'une célébrité. *Si les gens comprenaient qu'ils ne doivent pas laisser traîner d'échelle dans leur jardin*, déplora Jack en regardant ledit tableau, posé dans un coin de la pièce.

— Police ! Ouvrez cette porte ! hurla-t-on dans le couloir.

Jack, sans détourner les yeux de l'article, s'efforçait de mâcher l'impressionnante quantité de céréales qu'il venait d'enfourner. Ces derniers mois, les vols d'objets d'art avaient gagné en popularité dans la presse. Attribués à un seul personnage, ces vols bravaient toujours davantage l'autorité, résignée à répéter que l'enquête suivait son cours. Les inspecteurs estimaient cette formulation plus élégante que « oh vous savez, votre voleur, on n'est pas près de l'attraper. Ah ça non. Voyez, on a des tonnes d'indices mais pas l'ombre d'une piste sur le type qui les sème ».

À l'heure où une énième crise économique accaparait l'actualité, les lecteurs ne crachaient pas sur un peu de distraction. En outre, l'avantage des vols d'objets hors de prix, c'est qu'ils n'inquiétaient que ceux qui en possédaient. Voyant le sujet grimper au sommet des vues, les rédactions ne voulaient pour rien au monde passer à côté d'un détail croustillant, quitte à enjoliver les péripéties de celui qu'on avait surnommé le Rossignol. À défaut d'originalité, c'était vendeur et facile à trouver dans un moteur de recherche.

La vieille taupe qui vivait au rez-de-chaussée avait dû le dénoncer, après l'avoir croisé avec ce tableau.

— Dernier avertissement ! Si vous n'ouvrez pas, nous cassons cette porte.

Témoignant de la présence d'un bélier, un bruit sourd fit trembler les murs de l'immeuble. Quelques secondes plus tard, un craquement sonore indiqua que la porte des voisins du dessous venait de céder. Puisant une nouvelle fois dans son bol, l'intéressé se félicita d'avoir migré d'un étage au cours de la nuit. Le premier jour de sa nouvelle carrière s'annonçait plutôt bien.

Septembre touchait à sa fin dans une douceur inhabituelle qui accompagnait les nombreux travailleurs parcourant la place de l'Hôtel-de-Ville. Tournés vers la mairie, une trentaine de cafés et restaurants s'éveillaient progressivement, abrités derrière de hautes et étroites façades garnies de colombages et fenêtres à croisées de pierre.

Oliver, devancé par Rufus, son énorme dogue de Bordeaux qu'il tenait en laisse, se frayait un chemin à travers les terrasses qui colonisaient la place, où s'attablaient les flâneurs les plus matinaux. Avec toute la discrétion qu'autorisait un chien de soixante kilos produisant un son de bovin asthmatique, l'homme avançait rapidement dans l'espoir de ne pas être reconnu.

— Monsieur ! Monsieur !

Raté. Oliver se retourna en affichant un large sourire.

— Vous avez perdu votre portefeuille, mons..., commença une vieille dame en lui tendant un petit rectangle de cuir. Oh ! Je ne vous avais pas reconnu, monsieur le maire.

Oliver tendit le bras pour saisir l'objet et s'apprêta à remercier sa bienfaitrice, lorsque deux autres portefeuilles s'échappèrent de sous son pardessus en tweed.

— Je possède beaucoup de cartes de visite, expliqua Oliver dont le sourire se nuançait à présent d'une touche d'embarras.

Maire. Jamais il n'aurait pensé y parvenir à seulement trente-cinq ans et pourvu d'un budget publicitaire aussi misérable. Il avait suffi d'une bonne idée. Son affiche électorale le dévoilait, le visage parfaitement rasé encadré de cheveux d'un noir brillant, les yeux bleus scintillant d'intelligence derrière de fines lunettes rondes. Personne n'avait pourtant voté pour l'air intelligent. Les électeurs s'étaient plutôt épris de l'énorme chien, langue et babines suspendues dans les airs, le regard débordant d'affection, qui avait sauté devant l'objectif au moment du cliché et masquait une bonne part du candidat. L'incident avait en réalité nécessité une journée entière d'essais, ainsi que plusieurs kilos de charcuteries suspendues à un fil de pêche pour contrer la paresse de Rufus.

Ce brusque succès avait toutefois isolé Oliver sur le plan politique. La plupart des élus avaient atteint une fonction moins prestigieuse au prix d'innombrables Fêtes de la soupe, réunions de quartier interminables et Saint-Valentin gâchées par les conversations téléphoniques.

Oliver se dirigeait à présent vers les marches qui conduisaient à l'entrée de la mairie. À l'heure de construire l'édifice, l'architecte n'avait pas reçu pour consigne d'éviter l'indignation du contribuable. Le bâtiment abritait ainsi depuis plusieurs siècles les dirigeants de la cité dans un faste embarrassant au moment de voter de nouvelles taxes. Ses quatre hautes façades de brique rouge, constellées d'imposantes fenêtres entourées de pierre bleue, se coiffaient d'un fronton ne lésinant pas sur la feuille d'or.

Le dogue de Bordeaux dépassa l'escalier somptueux qui s'enroulait vers les étages et tira son propriétaire en direction de l'ascenseur. Oliver en profita pour saluer les fonctionnaires qui traversaient la salle des pas perdus. Un instant plus tard, il poussait une porte capitonnée du dernier étage, sur laquelle une plaquette dorée mentionnait « Maire de Maird ».

— Bonjour Mary, lança Oliver en libérant son chien. Le week-end s'est bien passé ?

La secrétaire d'Oliver était occupée à poser une pile de documents sur le vaste bureau de chêne clair installé face à l'entrée et tournant le dos à une fenêtre circulaire qui donnait sur la ville. Mary, jeune et dynamique, récemment sortie de l'université avec la plus grande distinction, était une vraie perle. Oliver se félicitait chaque jour de l'avoir engagée, tant elle lui mâchait le travail au moment de trier et résumer d'imbuvables courriers et comptes rendus. Elle était de surcroît particulièrement minutieuse et de bon conseil.

— Vous êtes dans la merde, dit-elle en lui écrasant un journal sur le torse.

Le tact n'était toutefois pas son fort. Sneakers blanches, jean parfaitement coupé, chemisier épousant un buste fin et cheveux courts plaqués contre son visage en cœur lui conféraient un aspect sportif mais élégant, qu'appuyaient sa démarche vive et sa posture assurée. Elle tourna ses grands yeux noisette vers ceux d'Oliver.

— Les éditions d'aujourd'hui consacrent une nouvelle fois plusieurs pages aux vols de ces derniers mois, dit-elle d'un ton accusateur.

— Les citoyens veulent une actualité divertissante. Je ne fais que la leur fournir.

— Votre arrestation les comblerait.

Elle lança un regard en direction des trois portefeuilles qu'Oliver venait de déposer dans une caisse mentionnant : « Objets trouvés. À restituer après acquittement des frais administratifs. »

Un point.

— Les gens rient de votre police, reprit la secrétaire. Les élections ont lieu dans un an et cela donne matière à la critique pour Fiddle. Il progresse encore dans les sondages de cette semaine.

Elle avait raison. Une fois de plus, Wilson Fiddle, son principal opposant, se répandait dans les journaux. À présent installé sur son siège en cuir cramoisi, Oliver grimaça à la vue du quotidien ouvert devant lui.

— C'est de l'acharnement. Je vais demander à la police d'aller me chercher ces journalistes.

Le maire tourna frénétiquement les pages jusqu'à celle qu'il redoutait.

— En commençant par le caricaturiste de *La Maird libre*.

— Le service juridique a émis un avis défavorable, monsieur. Cela passerait pour antidémocratique. Il suggère plutôt de déposer un sous-vêtement de seconde main dans le lit conjugal, comme pour le chroniqueur que vous n'aimiez pas.

Oliver avait toujours pensé que plus on était coupable, plus on se devait de choisir un bon avocat. Il avait donc engagé les meilleurs.

— Bien, faisons cela. Annonçons également que je proposerai demain au conseil le recrutement de quarante policiers pour lutter contre ces vols.

Il marqua une pause.

— Et évitons de dire qu'ils remplacent soixante départs à la retraite, ajouta-t-il.

— Bien. À ce propos, c'est aujourd'hui que le commissaire dont vous aviez suggéré l'engagement prend ses fonctions. Il y a toutefois une erreur dans l'e-mail que j'ai reçu, puisque l'on indique qu'il sera affecté à la dixième division. À ma connaissance, elle n'existe plus.

— En réalité, il semble qu'il y demeure encore quelques membres. Trois, précisément.

La secrétaire afficha soudain un air d'effroi.

— Vous n'allez pas lui faire ça !

— Il sera à la hauteur, répondit calmement Oliver.

— Le dernier dirigeant de ce commissariat est mort.

— Un choix personnel, m'a-t-on dit. Mais le précédent se porte comme un charme.

— Parce qu'il a démissionné après qu'on a tenté de l'assassiner. Deux fois. Au bout d'une semaine à peine. Et on en parle de son prédécesseur ?

— L'offre d'emploi stipulait : « En quête d'un nouveau défi ? » Cela a toujours été synonyme de vices cachés. C'est un peu l'équivalent de « beau potentiel » dans l'immobilier. On sait d'avance qu'il faudra déloger des rats gros comme des blaireaux avant d'emménager et accepter qu'un avion accroche votre cheminée de temps en temps.

Évitant de croiser le regard de reproche lancé par sa secrétaire, Oliver posa les yeux sur Rufus qui dormait déjà profondément dans son panier.

— Je ne suis pas inquiet. Jack est un homme à qui je confierais ma propre vie. Il est créatif, motivé et… Qu'est-ce que vous faites ?

— Je prends note, fit la secrétaire d'un air appliqué. C'est pour l'annonce du décès, le mois prochain. Je n'aurai plus qu'à ajouter « C'est avec une profonde tristesse que nous apprenons… ».

Comme se plaisait à le rappeler l'office du tourisme, Maird était souvent comparée à Paris. Les brochures s'abstenaient cependant de préciser que la comparaison était à l'avantage de la capitale française. De l'avis de tous, celle-ci profitait d'appartements bien plus spacieux, d'une plus grande fluidité de circulation et passait presque pour un modèle de convivialité. On disait donc de Maird qu'elle était authentique, ce qui, après tout, n'engageait à rien.

Et si certains quartiers exigeaient une marche rapide pour éviter de finir en chaussettes, le centre offrait malgré tout un lieu de promenade agréable. C'était notamment le cas de la rue de la Trique, qui accueillait le plus ancien commissariat de la ville.

Jack s'engagea dans la courte rue aux allures médiévales, majoritairement composée de commerces dédiés à la gastronomie. Bon nombre de promeneurs s'y trouvaient déjà, attirés par le parfum de ses boulangeries. Une odeur de café et gaufres chaudes accompagna Jack le long des engageantes devantures. Après avoir passé une impressionnante pâtisserie sur trois étages, consacrée à l'univers d'Harry Potter, Jack s'arrêta à la hauteur d'une tour de garde carrée en pierre beige.

Le rez-de-chaussée était occupé par Le Croque-Madame, un établissement renommé pour ses travailleuses très affectueuses, sous réserve d'un portefeuille généreux. En marge de l'entrée principale, constituée d'une lourde porte en chêne bardée de ferrures décoratives, une seconde, plus miteuse, se présentait. Seule une sonnette mentionnant « Police de Maird » dans une écriture ternie par les années témoignait de la présence d'un commissariat à cet endroit.

Un clavier numérique se trouvait à côté. Jack n'avait pas le code, mais comme dans la plupart des administrations, une seule touche était usée. Il entra « 1-1-1-1 » et poussa la porte qui s'ouvrit dans un bourdonnement sonore.

Un escalier peu éclairé conduisit Jack sur un palier étroit, aménagé en salle d'attente juste au-dessus du Croque-Madame. Deux chaises dépareillées faisaient face à un guichet vide. De nombreuses affiches de prévention jaunies s'efforçaient de dissimuler les murs recouverts d'une peinture verdâtre. Si l'attente ne tuait pas le candidat visiteur, la couleur des murs s'en chargerait.

Seul accès aux bureaux, une porte fermée affichait un horaire maintes fois réduit à coups de rature, pour ne laisser visible que l'inscription « sur rendez-vous ». Jack frappa avec assurance sur le panneau. L'assurance. Tout se jouerait à cela. Et sans doute à un peu de chance.

Il n'était pas policier. S'il avait passé les tests d'admission, il serait reparti avec les clés de voiture de l'examinateur. Un esprit critique envahissant et surtout une propension à le laisser s'exprimer lui auraient rapidement valu des ennuis.

Derrière cette porte, plusieurs types avaient perdu la vie, ces dernières années. La mort du commissaire Beagle, en particulier, avait été perçue dans le milieu criminel comme une excellente nouvelle. Jack et Oliver n'avaient eux-mêmes pas trouvé matière à s'en plaindre, jusqu'à il y a peu, lorsqu'ils avaient appris que l'homme avait peut-être fait une découverte. Une découverte dont ils comptaient bien profiter.

Dans son bureau du commissariat central, Hippolyte Esperluette décrocha son téléphone. Un nouveau commissaire avait pris ses fonctions ce matin, et nulle part il n'en voyait trace. Depuis quinze ans qu'il travaillait aux ressources humaines, il pestait contre la police fédérale, en charge de la formation, qui oubliait régulièrement de lui transférer le dossier des nouveaux.

Il regarda l'horloge. Il avait fallu que son chef lui apporte ce document à cinq minutes de la pause déjeuner.

— Tu viens ? s'enquit son collègue en se levant. Sinon il faudra faire la file à la sandwicherie.

— J'arrive.

Hippolyte s'apprêtait déjà à propulser sa chaise en direction du portemanteau, lorsque son interlocuteur décrocha.

Jack entendit un pas traînant approcher de la porte. Lorsqu'elle s'ouvrit, un vieil homme souriant apparut. Assez petit, les cheveux blancs coiffés en dessous-de-bras, une impressionnante moustache en forme de guidon abritée sous un long nez aquilin, il regarda le nouveau venu avec étonnement. Jack remarqua qu'il portait des charentaises en tartan rouge et vert. Le reste des habits était composé de pièces d'uniformes rapiécées et à bien trop grandes.

— Vous n'êtes pas le livreur, observa le policier.

— Commissaire Lescrot, répondit Jack en tendant une main assurée en direction de l'homme, encombré par une imposante tasse de café. Je suis le nouveau dirigeant de ce commissariat.

Jack accompagna le geste en ouvrant d'une main son manteau, qui dévoila un uniforme flambant neuf. La costumière, une amie de longue date travaillant à l'Opéra, avait fait un excellent travail.

— Oh, fit l'homme avec l'air de celui à qui on vient d'annoncer que Noël était annulé. Ben euh… Suivez-moi.

Je vais vous présenter la brigade. Vous pouvez m'appeler Arthur.

— Bien, inspecteur.

Le prétendu commissaire suivit le petit homme. L'endroit sentait un mélange de vestiaire de foot, de vieux papiers et de lisier. Jack ne s'expliquait pas encore cette dernière odeur.

— Les gars ! appela Arthur en avançant dans un couloir plus lumineux, jalonné de portes qui donnaient sur des bureaux que tous deux dépassèrent sans regarder. Les gars ! Le nouveau commissaire est arrivé. Il est avec moi.

Ils se dirigeaient vers un local, au fond du couloir, d'où s'échappait le crépitement d'un poêle à charbon. De toute évidence, personne n'avait pris la peine de prévenir la brigade. Le timbre de la voix d'Arthur était celui de qui veut donner discrètement l'alerte. Faisant mine de n'avoir rien remarqué, Jack imagina quelques hommes affairés à cacher les bouteilles de vin de la veille et à arracher les posters dénudés sur les murs.

Le petit homme entra dans la pièce et s'écarta pour permettre à Jack de le suivre. Plutôt qu'un bureau, il s'agissait d'une salle de détente, disposée autour d'un poêle en fonte dont la buse disparaissait dans le haut plafond. Deux gros fauteuils en faux cuir dont la surface s'écaillait piteusement lui faisaient face. Deux hommes s'y trouvaient, observant Jack avec étonnement.

— Voici William, renseigna Arthur en désignant le fauteuil de gauche, proche d'une haute fenêtre. Il est policier de quartier.

L'intéressé se redressa légèrement dans l'idée d'esquisser un garde-à-vous. Il ne se leva cependant pas, estimant sans doute que l'énorme croissant recouvert de chocolat dépassant de sa bouche ruinerait tout effort de rigueur. Jack le salua. L'homme affichait un surpoids considérable, comptant autant de plis que le fauteuil dans lequel il était enfoncé. Posée sur un ventre couvert de miettes translucides, une pièce montée de mentons menait au visage rougeaud de l'agent. Il avait l'air embarrassé du travailleur conscient qu'il vient de rater sa première impression.

— Ravi de vous rencontrer, articula-t-il en tentant de masquer le contenu de sa bouche.

Jack se fit la réflexion que l'homme, bien que disposant de la tonicité musculaire d'un concombre de mer, était le plus jeune. Il devait avoir tout au plus quarante ans. Dépourvus de blanc, ses cheveux étaient coupés sans recherche de style, indiquant qu'il s'était résigné au célibat depuis déjà quelques années.

— Et voici Marius, reprit Arthur, les yeux dirigés vers le fauteuil de droite. Marius est motard et s'occupe du roulage.

Derrière le journal du jour, un homme solidement bâti examinait minutieusement Jack de la tête aux pieds. Il partageait ses traits et sa carrure avec ceux d'un bouledogue anglais. Sa peau noire affaissée, sillonnée de rides, contrastait avec ses cheveux blancs très courts. Les policiers d'origine africaine étaient rares en ville. Peut-être était-il même le seul.

Son uniforme montrait de nombreux signes d'usure, mais il était parfaitement repassé et les bottes étaient lustrées avec soin.

— Qu'avez-vous comme moto ? demanda Jack.

Il n'y connaissait rien aux motos, mais parler deux-roues à un motard fonctionnait à tous les coups.

— Il n'y a jamais eu de moto ici, répondit Marius d'une voix caverneuse assez proche du grognement. Je n'ai d'ailleurs pas de permis pour en conduire une.

Bon. *On ne peut pas gagner à tous les coups*, pensa Jack. L'homme avait visiblement été placé sur une voie de garage. Il y avait des tas de raisons possibles pour envoyer un agent compter les rames de papier dans un bureau. Exprimer le fond de sa pensée auprès d'un officier susceptible arrivait généralement en tête de liste.

Sentant l'embarras s'installer, Arthur proposa à Jack de lui faire visiter le commissariat. De retour dans le couloir, Jack observa un blason accroché au-dessus d'une porte.

— C'est une buse ? demanda-t-il en regardant le volatile réputé pour sa bêtise.

— Une chouette hulotte. Elle voit tout, entend tout et ne lâche jamais sa proie.

— Une grosse buse, quoi, commenta Jack en essayant de décrypter la devise en latin.

Vexé, Arthur tourna vers l'officier d'énormes yeux attendrissants, d'un bleu brillant. Le genre d'yeux qui auraient pu vous vendre n'importe quoi. Jack dut se faire violence pour ne pas le prendre dans ses bras.

— À l'époque, nous étions la meilleure brigade de la ville. Pas un cambrioleur n'aurait osé mettre un pied dans la division. Ils s'y seraient sentis comme des dindes à Noël.

C'était vrai. Jack avait connu la grande époque de cette brigade. On racontait que le commissaire Beagle passait des semaines entières sans rentrer chez lui. Un dossier ne restait jamais très longtemps entre ses mains et peu d'escrocs pouvaient se vanter d'une longue carrière dans les rues que lui et ses hommes arpentaient. Des gars comme

Arthur connaissaient le plat préféré de votre cousine, la couleur de ses draps et sans doute aussi la marque de ses sous-vêtements. Un tel investissement avait permis à de nombreuses enquêtes d'aboutir.

Puis, il y a sept ans, Beagle avait été abattu sur le chemin du palais de justice. Malgré les moyens donnés à l'enquête, le meurtrier n'avait jamais été identifié. Le moral avait baissé parmi les hommes de la brigade, qui la quittèrent progressivement au profit d'une carrière permettant de reconnaître ses enfants à la sortie de l'école.

— Beaucoup de dirigeants ne nous aimaient pas, poursuivit Arthur. Avec moins de personnel, nous réussissions là où ils échouaient. Mais avec de tels résultats, l'état-major ne pouvait rien nous refuser. Après la mort du vieux Beagle, en revanche, ils ont fermé les robinets.

Arthur s'écarta machinalement de sous une plaque de plâtre qui menaçait de tomber du plafond.

— Les ordinateurs en panne n'étaient pas remplacés, pas plus que les départs à la retraite. Si une ampoule grillait, on allait en acheter une neuve nous-mêmes. Puis, il y a trois ans, la ville a arrêté de payer les factures. Alors on s'est débrouillés. Les filles ont proposé de s'installer en bas et de payer l'électricité. En échange, elles pouvaient exercer en sécurité.

— Je vois. Ce sont les toilettes ? s'enquit Jack pour éviter d'aborder la définition du proxénétisme.

— En effet. Mais cela fait des années qu'elles sont en panne. Si vous avez un besoin pressant, vous pouvez aller chez Polpette, le restaurant italien qui se trouve un peu plus bas dans la rue. Vous devez simplement apporter votre papier toilette.

Arthur désigna quelques rouleaux posés sur une armoire.

— On fait une cagnotte entre nous, indiqua-t-il.

— La ville ne dispose-t-elle pas d'un plombier ?

— Quoi ? s'étonna le policier qui avait déjà repris la visite. Si, mais c'est le délai normal pour des toilettes bouchées. Alors ici, c'est le bureau de Will. Comme il a un peu de mal à marcher longtemps, il peut surveiller une bonne part de son quartier depuis la fenêtre. Le reste, il s'en occupe par téléphone. Tous les commerçants ont son numéro.

Jack n'écoutait plus, le regard déjà dirigé vers la porte suivante. Il ouvrit la bouche pour s'exclamer, mais aucun son n'en sortit.

— Je vous sens intéressé par mon bureau, nota fièrement Arthur.

La pièce était parcourue d'alambics et tubes de verre qui s'entortillaient jusqu'au plafond, traversant la pièce avec la trajectoire d'un étudiant bourré. Un liquide ambré s'animait à l'intérieur de ceux-ci, devenant doré à l'approche des fenêtres. Des caisses de bois clair occupaient un coin, à côté d'une petite table couverte de carnets de notes. Une douzaine de bouteilles étiquetées, différemment selon les millésimes, indiquaient la nature du liquide.

— De la liqueur de bulot, expliqua Arthur. De tout premier choix.

Jack posa un œil sur une tourie transparente à l'intérieur de laquelle flottait une grosse quantité de gastéropodes marins.

— Fabuleux, répondit-il, avec l'air de celui qui vient de plonger la main dans la bonde d'un évier bouché.

Rappelez-moi de vous en prendre une bouteille à l'approche des fêtes.

— Avec grand plaisir, répondit un Arthur réjoui. Il doit m'en rester une cuvée de l'an dernier. Une excellente année.

— Qu'y a-t-il, au deuxième étage ? demanda Jack qui n'était pas certain de vouloir l'entendre.

— Les vestiaires, principalement. Mais attention où vous marchez. Le plancher est traître. Marius y range aussi un peu de matériel.

— Je vais demander un budget pour rendre à cet endroit ses lettres de noblesse. D'ailleurs, est-ce que je dispose d'un espace de travail ?

— Ah. Oui. Votre bureau.

Avec le sentiment grandissant qu'Oliver ne lui avait pas tout dit, Jack nota que son interlocuteur s'était légèrement tassé.

— Il y a peut-être quelque chose que vous devez savoir, avant d'y entrer…

Hippolyte n'en revenait toujours pas. L'Académie avait perdu le dossier du nouveau commissaire. Pas la moindre trace de ce type. Évidemment, sans cela, impossible de lui fournir les accès informatiques nécessaires, ou pire, un salaire.

L'assistant avait une bonne place et ses chefs fermaient souvent les yeux lorsqu'il partait un peu plus tôt pour aller voir sa maîtresse. Il y était parvenu en évitant soigneusement de se mettre à dos des commissaires. En quinze années passées dans ce bureau, il avait développé son carnet d'adresses et appris à rattraper les erreurs des autres.

Quelques minutes auparavant, il avait reçu par e-mail la confirmation qu'il attendait. Une amie qui travaillait à la police fédérale avait résolu le problème. Content de lui, Hippolyte avait basculé son siège en arrière et mordu une nouvelle fois dans son sandwich triple viande. Il n'était pas encore treize heures et cette erreur était déjà de l'histoire ancienne.

Un cochon. Un cochon avait élu domicile dans le bureau de l'officier. Prosper avait été recueilli par les membres de la brigade environ deux cent cinquante kilos plus tôt. À l'époque où les enquêtes arrivaient encore jusqu'à eux, ils l'avaient dressé à la détection des billets de banque. L'animal n'avait cependant trouvé jusqu'ici que le portefeuille de Will, qui n'en avait alors récupéré qu'une moitié poisseuse.

Le nouvel arrivant n'avait pas tardé à s'installer, partageant l'espace disponible avec l'encombrant compagnon. Étonnamment, ce dernier paraissait apprécier Jack, à qui il apporta rapidement un tas de jouets couineurs, les yeux remplis d'espoir. Son derrière frétillant rendait vain tout rangement, bousculant avec indifférence tout ce qu'il approchait. Jack découvrit ainsi malgré lui que lancer le poulet en caoutchouc était à proscrire pour éviter de passer l'heure suivante à remettre en place le mobilier.

Arthur lui avait conseillé d'être prudent, indiquant qu'à plusieurs endroits, c'était la peinture qui soutenait les murs. Le bureau était spacieux et bien éclairé, d'une hauteur de plafond de deux étages. Son espace aérien voûté était traversé en tous sens de centaines de fils dorés qui volaient jusqu'à autant de clochettes de tailles variées, occupant un mur entier. Chacune d'elles était accompagnée d'une plaquette. Un fin grelot en cristal mentionnait ainsi « Pâtisserie Chez Insuline », tandis qu'une clochette argentée plutôt massive et assez travaillée indiquait « Barbier du Bouc ». Une idée de Beagle. À l'époque, le bureau était occupé en permanence par les enquêteurs. Si un commerçant tirait sur le fil depuis son comptoir, il voyait rappliquer la brigade dans la minute. Des coups répétés s'il était en danger, un coup s'il voyait un truc louche. Après quelques mois, une jeune recrue pouvait savoir qui appelait les yeux fermés.

Côté rue, si les grandes fenêtres vermoulues peinaient à filtrer le brouhaha des badauds, elles avaient toutefois le mérite de couvrir les bruits plutôt significatifs qui s'élevaient du Croque-Madame.

Si l'on faisait abstraction d'un trou d'environ neuf millimètres et auréolé de sang creusé dans le mur derrière la chaise de Jack, l'endroit était plutôt chaleureux. On lui avait indiqué que son prédécesseur avait d'abord tenté de se pendre à une poutre, mais que celle-ci avait cédé à cause des termites. Un jeune gars très bien, plein de projets, avait précisé Will. Il avait obtenu cette promotion quelques jours après avoir arrêté le fils de l'ancien maire lors d'une bagarre de bistrot.

Pour parer à un interrupteur ayant tendance à faire sauter les plombs à tout moment, l'ancien occupant avait disposé çà et là des bougies de toutes tailles pour les longues soirées de veille. L'homme avait fait de son mieux pour poursuivre les enquêtes entamées par le vieux Beagle, avant sans doute de se décourager, constatant que l'on attendait principalement de la brigade qu'elle ne fasse pas trop de bruit et ne coûte surtout pas trop cher en heures sup.

La journée était passée vite. Pendant que Jack tentait de joindre le responsable logistique à la division centrale, les inspecteurs s'étaient succédé pour l'aider à s'installer. Arthur lui avait préparé un thé excellent, bien qu'assez épais pour être consommé à la fourchette. Will lui avait montré un album photo qui rassemblait les souvenirs de ses plus belles enquêtes. Même Marius, qui dégageait la chaleur humaine d'un alligator migraineux, lui avait apporté quelques objets utiles, en demandant simplement de les laisser en vue afin de les récupérer plus facilement si Jack mourait sans prévenir. Il s'agissait notamment d'une carte détaillée du quartier, couverte d'annotations au crayon ajoutées par Beagle au fil des années. L'officier lut au hasard quelques pattes de mouche, inscrites sur le commerce qui faisait face au commissariat : « Pâtissier. Déteste le fisc. Épouse partie avec le voisin. Les scones sont excellents. »

Ces bougres avaient du mérite de venir encore jusqu'ici, abandonnés sans mission ni considération. Personne ne se serait aperçu de leur absence, se dit Jack en grattant le menton du cochon venu poser la tête sur son genou.

Ces dernières années, avec Oliver, ils avaient multiplié les astuces, ruses, filouteries et tromperies en tout genre pour faire fructifier leurs affaires. Il n'était pas simple de déménager une statue de plusieurs tonnes ou un tableau de trois mètres de haut en toute discrétion et une patrouille pouvait toujours se trouver au mauvais endroit au mauvais moment. Jack ne s'était donc pas imaginé franchir un jour les portes d'un commissariat de son plein gré et encore moins être chargé d'en remettre un sur les rails. La tâche ne serait pas évidente, mais cela entrait dans ses compétences. Choisir les bons mots, convaincre et au besoin courir très vite.

Il referma distraitement la carte, se disant qu'Oliver misait gros sur cette brigade. Trop gros, probablement. Depuis son genou de plus en plus moite, il entendit Prosper émettre un ronflement de bonheur. L'animal ne s'attendait pas aux évènements de ces prochaines heures.

La place de l'Hôtel-de-Ville était à présent surmontée d'un ciel d'encre. Un peu plus tard dans la soirée, ses pavés se couvriraient aussi d'un panaché de vomissures laissées par leurs occupants. Pour l'heure, cependant, les nombreuses tables qui la parsemaient ployaient sous une multitude d'assiettes et cocktails aux couleurs vives. Installés sur les reliefs de la mairie, quelques pigeons observaient d'un œil méfiant la dernière fenêtre encore éclairée, source d'une agitation inhabituelle.

Oliver surgit d'une porte dérobée logée dans le mur de son bureau et posa une scie sauteuse sur le rebord d'une fenêtre.

— Il se fait tard, dit-il en retirant des lunettes de protection de son visage. Vous devriez rentrer chez vous, Mary.

— Le conseil a lieu demain, répondit-elle. Je rassemble vos demandes budgétaires. Ce serait un miracle si les conseillers en acceptaient ne serait-ce qu'un dixième. Restaurer un train à vapeur ?

— C'est un investissement. Chaque wagon serait loué par un restaurant, dont les clients voyageraient dans la région le temps d'un repas. On commencerait par deux ou trois wagons avant de rénover les suivants grâce aux revenus locatifs. Les gens aiment ce qui change de l'ordinaire. Imaginez les boiseries, les lanternes…

— Espérons que les conseillers seront sensibles à votre romantisme. Pour l'aménagement des parcs également. Rien que le devis des kiosques et des lampadaires d'époque risque de tuer une demi-douzaine de mandataires. Notez, cela ferait des salaires en moins à payer.

— Ces dépenses développeront le tourisme et freineront l'exode urbain. Les commerçants ne demandent que cela. Ce n'est pas avec le Festival de l'endive inauguré par mon prédécesseur que l'on créera de l'emploi.

La secrétaire s'appuya contre un mur, les dossiers serrés contre sa poitrine. Elle afficha un air compatissant, teinté d'une pointe de pitié.

— Vos idées ne sont pas mauvaises et la population apprécierait. Mais vos alliés au conseil se comptent sur les doigts d'un bûcheron alcoolique.

— Je les convaincrai. De toute façon, le directeur financier a forcément validé ces idées. Je me souviens de les lui avoir soumises.

— Vous les lui avez soumises puis l'avez licencié parce qu'il les désapprouvait. Selon vous, s'y opposer est contraire à notre système démocratique, puisque le peuple vous a élu. Vous avez ajouté que rien n'était plus important que la démocratie, à vos yeux.

Oliver donna l'impression de réfléchir.

— Toujours en matière de désaccord, reprit-elle en consultant un document, la Commission royale de toponymie et de dialectologie se montre réservée concernant votre idée de permettre à des entreprises privées de rebaptiser des rues moyennant rémunération. J'ai déjà répondu que vous en preniez bonne note et les remerciez pour leur avis que vous ne suivrez pas.

Depuis qu'il était maire, Oliver étoffait chaque jour sa cartographie mentale des administrations, laquelle commençait à ressembler à un réseau neuronal particulièrement malade.

— Vous avez bien fait, dit-il en attachant un collier autour du cou d'un Rufus encore ensommeillé. Pour ma part, je vais passer voir Jack. J'aimerais savoir comment s'est déroulée cette première journée.

— Effectivement, vous faites bien de ne pas tarder. Le dernier commissaire n'a attendu qu'un jour pour entendre siffler la première balle.

Cela faisait des années que le vieux commissariat de la rue de la Trique ne s'était plus endormi aussi tard. Au deuxième étage, aux rayons bleutés qui filtraient à travers les fenêtres crasseuses, se fondait une lueur orange qui s'étendait sur le plancher séculaire et les murs constitués d'autant de poussière que de pierre. La chaude lueur s'échappait d'une porte fendue et vermoulue. Un courant d'air léger la traversait, venant d'un vestiaire vétuste constitué d'armoires métalliques de toutes tailles, dans un dégradé de gris moche et vert très moche.

— Ce cochon vient de violer mon sac ! s'exclama Jack en tenant un sac de sport à bout de bras.

— Au moins quelqu'un qui le trouve à son goût, répondit Oliver, assis sur un tabouret et occupé à tester toutes les combinaisons du cadenas d'un des casiers.

Jack lâcha son sac et passa devant l'armoire de Marius. Une photographie ternie le représentait, souriant, posant avec son épouse et sa fille devant l'entrée de Disneyland.

— Ça alors, s'étonna Jack en regardant le cliché. Je ne l'imaginais pas capable de sourire.

— J'ai lu leur dossier, répondit Oliver, toujours concentré sur le cadenas dont le cliquetis égrenait les secondes. Pas étonnant qu'ils aient changé. Au fait, as-tu découvert sur quoi enquêtait le vieux Beagle avant sa mort ?

— Les gars de la brigade n'en parlent pas, mais je ne tarderai pas à le découvrir. J'espère.

— Tiens bon. Une fois que nous connaîtrons le secret qu'il a emporté dans la tombe, tu disparaîtras.

Jack observait toujours la photographie, l'air pensif. Le Marius de l'époque était athlétique, bien habillé et heureux. Qu'on s'en rende compte ou non, certaines carrières vous façonnent lentement, copeau après copeau. D'autres vous taillent à la tronçonneuse et l'on s'étonne ensuite d'un rendu grossier. Ce type-là donnait en plus l'impression d'être passé au broyeur. Sans Arthur et Will, qui constituaient ses seuls liens sociaux, il aurait sans doute mis des années à découvrir l'existence d'une épidémie remplaçant les humains par des morts-vivants.

— Mary a tenté d'obtenir les rapports d'enquête concernant son décès, poursuivit Oliver. D'après l'archiviste, le dossier s'est « perdu ». En revanche, ce taré conserve une copie de toutes les photos de cadavre qui passent dans son service.

Oliver tendit son téléphone à Jack. On y voyait sous tous les angles un homme petit et mince, le visage buriné, mal rasé, étendu sur le sol d'un parc situé à côté du palais de justice. On se représente généralement beaucoup de sang, autour des tués par balle. En réalité, se couper en épluchant des légumes est souvent plus impressionnant.

Le corps du policier était criblé d'orifices que l'on aurait à peine remarqués s'il n'avait porté une chemise blanche sous une veste qui avait connu quelques saisons de trop. On voyait aux traces de sang étalées sur le tissu que l'on avait tenté d'endiguer l'hémorragie avant de capituler, faute de compter suffisamment de doigts.

Un déclic annonça l'ouverture du cadenas.

— Écarte-toi, dit Oliver en se mettant de côté. Beagle était réputé pour être paranoïaque.

Il fit prudemment pivoter la porte métallique, puis ils jetèrent un regard déçu à l'intérieur de l'armoire au contenu pour le moins ordinaire. Jack souleva un pantalon d'uniforme chiffonné, lové dans les bras d'une chemise jetée là en hâte. Le restant de l'armoire était occupé par un gilet pare-balles, un ceinturon et de vieilles bottes à la semelle aussi lisse qu'une autoroute suisse. Les seuls effets personnels se limitaient à un flacon de parfum et quelques boîtes de café pour les nuits à rallonge.

Jack et Oliver contemplèrent en silence leur découverte. Un calme qui aurait pu s'éterniser, s'il n'avait été ponctué par une série de craquements à peine audibles, un étage plus bas. Oliver tourna la tête vers le couloir. Jack aussi avait entendu.

— C'est Prosper qui cherche un truc à manger, dit-il. Il est…

Il s'interrompit lorsque la lumière se coupa brusquement. Les sens, éveillés par l'adrénaline, prennent alors conscience d'une série de détails jusqu'alors négligés. L'absence d'issue, notamment. Jack et Oliver se redressèrent. La température de la pièce venait de baisser d'une poignée de degrés. Une manière qu'a le cerveau primitif de rappeler qu'une simple chemise ne sera pas d'un grand secours.

Les yeux de Jack parcoururent les ombres de la pièce à la recherche d'un objet lourd. De vieux boucliers de maintien de l'ordre en plastique traînaient dans un coin. À défaut de mieux, Jack en ramassa un en tâchant de faire le moins de bruit possible. Ils feraient bien l'affaire contre un couteau.

Les secondes s'étirèrent dans un silence pesant, du genre pas silencieux du tout. Il est curieux, dans ces moments, de constater qu'un cœur et une respiration peuvent être aussi perceptibles. La menuiserie moyenâgeuse de la tour ronchonnait. Les fenêtres et les tuiles remuaient lors du passage du vent.

Au moment où les deux hommes étaient parvenus à se convaincre d'une méprise, le raclement d'un tiroir qui s'ouvre résonna jusqu'au vestiaire.

— Allons voir, murmura Oliver.

Depuis le début de son mandat, cinq ans plus tôt, il s'empâtait. Sa conscience avait beau nier l'évidence, il le savait. Ses journées consistaient essentiellement à répondre à des courriers accusateurs par un enchaînement habile de « il me tient à cœur de résoudre votre problème dans les plus brefs délais » et de « néanmoins, vous comprendrez que ». La moitié des citoyens se plaignait de travaux dans sa rue, tandis que l'autre moitié en réclamait.

L'odeur de l'aventure. Enfin, l'odeur qu'elle aurait eue si son nez n'avait pas fermé boutique à cause du cauchemar olfactif que constituait ce vestiaire. Tout cela lui manquait. Il ouvrit la porte donnant sur le couloir à peine éclairé par les rayons obliques de la lune.

Jack passa en premier, le bouclier en plastique levé devant lui. Il n'était pas simple d'avancer sur le plancher sans l'entendre protester. En bas, en revanche, on s'agitait. Prosper grognait et ses sabots martelaient le sol. Quelqu'un murmura quelques paroles indistinctes à son intention, puis le claquement rapide de chaussures se fit entendre dans l'escalier. Une silhouette vêtue d'une pèlerine en cuir apparut au sommet des marches. Une large capuche empêchait d'en distinguer le visage. À voir l'arrêt brusque qu'elle opéra à quelques pas de Jack, elle ne s'attendait pas à cette rencontre. Un relent âcre de cigare froid les atteignit, mêlé à une odeur d'herbes séchées.

— Qui êtes-vous ? demanda Oliver d'un ton autoritaire.

Pour toute réponse, la silhouette leva un pistolet noir droit devant elle. Jack et Oliver notèrent qu'il s'agissait davantage d'une menace que d'une promesse. L'intrus ne tirerait que s'ils approchaient.

— Rien ne vous oblige à répondre, naturellement, admit Oliver en reculant d'un pas en gage de bonne foi.

L'arme toujours dirigée sur Jack, l'individu fit volte-face pour s'engager dans les marches, mais un craquement sinistre indiqua que le plancher avait choisi cet instant pour céder. Les planches de chêne presque lyophilisé se désagrégèrent, emportant Jack et l'inconnu vers l'étage inférieur.

Surpris, Jack poussa un cri qu'il espérait contre toute probabilité être le seul à avoir entendu. La chute lui remonta l'estomac, mais s'acheva plus rapidement que prévu et d'une manière étonnamment confortable. Il ouvrit les yeux sur un couloir qu'il n'avait pas encore vu, plein à mi-hauteur d'une épaisse couche de rapports et procès-verbaux jaunis. Quelques portes et étagères émergeaient de cette marée administrative. Jack aurait apprécié s'accorder un instant pour se repérer, mais l'individu s'était déjà relevé et prenait la fuite.

Au moment où il forçait sur ses avant-bras pour se lancer à sa poursuite, Jack prit alors conscience du poids que peut atteindre un cochon adulte. Pour cause, il avait amorti ledit cochon qui poursuivait également la silhouette.

— Ça va ? s'enquit Oliver en atterrissant à côté de lui.

— Je vais faire la fortune d'un kiné, répondit Jack en attrapant la main de son ami.

Le couloir s'achevait sur une sortie de secours à l'arrière du bâtiment, puis un escalier galvanisé descendant vers un parking public éclairé par quelques lampadaires. Une dizaine de voitures bien entretenues s'y trouvaient, se tenant soigneusement à l'écart d'une épave qui ne pouvait être qu'un véhicule de police banalisé.

— Là ! cria Oliver en désignant Prosper, qui courait vers une rue perpendiculaire.

Un cochon n'oublie jamais une odeur. Celle-là, encore moins. Prosper accéléra pour ne pas perdre la trace. Les humains l'avaient recueilli des années plus tôt alors qu'il errait dans les rues battues par la pluie, loin de sa maman. Ils avaient été gentils avec lui.

Plusieurs passants s'écartèrent vivement pour le laisser passer. Un choix judicieux. On n'arrête pas trois cents kilos de détermination sans une solide préparation ou un bol de pâtée.

L'animal avait traversé une large voie pavée en escalier, composée d'anciennes bâtisses aux loyers prohibitifs, qui reliait la rue de la Trique à la place de l'Hôtel-de-Ville. Il stoppa net devant l'entrée d'une vieille imprimerie et poussa du bout du groin la porte mal refermée.

Les gentils humains seraient fiers de lui.

Chapitre 2

Le maire est un salaud

Le lendemain en fin de matinée, la rue de la Trique accueillait déjà bon nombre de visiteurs, encouragés par un soleil généreux.

— Madame, j'ai bien compris que l'on avait cassé votre porte durant la nuit, dit patiemment Arthur, mais je vous répète que je ne suis pas menuisier. Oui, c'est ça, bonne journée.

Un cabas débordant d'achats à la main, il redirigea son attention sur une vitrine garnie de nougat vieilli en fût de chêne.

— Vous en pensez quoi du nouveau commissaire ? demanda Will, qui tenait Prosper au bout d'une petite laisse rose.

— Un type bien, je dirais, répondit Arthur en poursuivant sa route.

— Je me demande ce qu'il a fait pour en arriver là, grogna Marius, pensif.

Après une carrière forgée de désillusions, il montrait une méfiance grandissante à l'égard des chefs. Au cours des trente dernières années, il avait reçu toutes sortes de coups. On lui avait rayé sa voiture, lancé des cocktails molotov et même refilé la gale à deux reprises. Mais les attaques les plus blessantes étaient venues de la hiérarchie. Beagle, lui, était différent. Il était flic, pas carriériste. Il se foutait qu'un collègue se trompe. L'important, c'était qu'il avait fait de son mieux.

— Il paraît que c'est un excellent ami du maire, dit Arthur.

— Eh ben, je ne voudrais pas être son ennemi, rétorqua Marius.

— Le maire a l'air sûr de son coup. Faut bien admettre que ce commissaire est plutôt doué. Découvrir un atelier de faux billets dès le premier jour…

— Ça, c'est surtout grâce à mon Prosper, rectifia Will, papouillant le cochon qui détourna la tête pour renifler un pavé avec intérêt. Prosper, non ! siffla-t-il ensuite en lançant un regard alarmé en direction du commerce tout proche.

Will tira désespérément sur la laisse de l'animal qui rapprochait déjà ses pattes et se tortillait pour positionner son derrière au-dessus du point d'intérêt.

Une petite femme replète sortit du commerce devant lequel ils se trouvaient, vêtue d'un tablier brodé aux couleurs de l'enseigne. Elle tenait un généreux bol de pâte constellée de pépites de chocolat et de canneberges, une cuillère en bois plantée en son centre. Elle adressa un large sourire à Will et se dirigea vers lui.

— Monsieur Will ! s'exclama-t-elle avec enthousiasme. J'ai vu l'article dans la presse, ce matin. Je savais qu'avec des policiers comme vous, on pouvait dormir sur nos deux oreilles.

Elle logea le bol entre les mains du policier, dont le teint s'empourpra davantage, tout comme le cochon très concentré sur sa tâche.

La Pâterie Royale, réputée pour le goût de ses créations et responsable de bon nombre d'artères bouchées, ne désemplissait pas. Plutôt étroite, la boutique était née modestement avec le constat que ce qu'il y avait de meilleur dans la préparation d'une pâtisserie, c'était lécher la cuillère en bois. La clientèle ne s'effrayait pas d'une file s'étendant bien au-delà de l'entrée pour repartir avec son précieux bol de pâte à gaufre chaude, cookie ou tarte tatin.

Certains illuminés décidaient ensuite de cuire la pâte, mais ne représentaient qu'une rare minorité. On se répétait qu'il ne fallait pas les juger, mais leur lancer des pierres semblait malgré tout une réaction appropriée.

Will, dont la chemise peinait à éponger l'angoisse, ne profita pas longtemps de l'odeur de beurre fumant. Prosper avait choisi cet instant pour se soulager dans une pétarade monstrueuse, dégageant un relent à rendre jalouses les toilettes d'un festival en période de canicule.

— Les évènements d'hier l'ont rendu un peu nerveux, marmonna Will dans l'air devenu irrespirable.

La commerçante fit mine de n'avoir rien remarqué, chose qui revenait à siffloter en contournant votre voisin étendu ivre et nu devant votre entrée.

— Pauvre petite bête, lança-t-elle en regardant l'énorme animal au visage radieux. Je retourne m'occuper des clients. N'hésitez pas à passer quand vous voulez.

Marius regarda s'éloigner la petite femme et reprit la conversation tandis que Will dépliait un sac à déjections de la taille habituellement dédiée aux courses hebdomadaires.

— Ce n'est pas une bonne chose, que le commissaire ait trouvé ce couloir, gronda Marius.

Un peu plus tôt dans la matinée, Jack avait voulu explorer le couloir qu'il avait découvert en passant à travers le plancher. Face à son propre bureau, ce qu'il avait pris pour un placard rempli de vieux dossiers jusqu'au plafond était en réalité l'entrée d'un couloir perpendiculaire. Il en avait déblayé l'accès, puis progressé à travers une cascade de formulaires et classeurs. Durant la poursuite, il avait dépassé plusieurs portes donnant sur des locaux de rédaction, eux-mêmes noyés sous leur propre production. L'une des portes, cependant, était verrouillée. Le blason de la brigade sculpté à sa surface la démarquait des autres. Will avait promis d'en chercher la clé dans ses tiroirs.

— Il n'a pas tardé à s'intéresser à la porte, regretta Will. Heureusement, il n'a pas eu le temps d'y entrer. On l'a appelé pour une réunion à l'état-major.

— Vaudrait mieux pour lui qu'il ne l'ouvre pas. Quoi qu'il puisse y découvrir, il finira par le regretter.

— Pas certain qu'il y renonce. Il semble plutôt persévérant. La visite d'hier soir aurait déjà dû le décourager.

Marius grimaça. Ou plutôt, les plis de son visage s'entassèrent différemment.

— Le chef aussi et ça ne lui a pas réussi. Il était moins étanche, la dernière fois qu'on l'a vu.

Les deux autres acquiescèrent en silence.

— D'après le commissaire, dit Arthur, le type ne s'attendait pas à le trouver là. Sans doute à cause de l'heure. Me demande ce qu'ça aurait donné s'il l'avait rattrapé.

Ensuite ils demeurèrent silencieux. Ça recommençait comme autrefois, lorsque le commissaire était mort.

Comme dans toutes les grandes villes, l'état-major de la police s'était établi dans des locaux modernes qui évoquaient davantage une grande entreprise qu'un commissariat. On estimait que les bonnes décisions se prenaient dans un confort que n'autorisait pas le recoin d'un bâtiment abandonné et racheté de justesse avant sa démolition. L'immeuble en verre se tenait à l'écart des sirènes, sur l'île de la Reine aujourd'hui occupée par un vaste parc entouré de commerces et appartements de luxe. Un seul pont, partant de la place des Palais, enjambait l'Urée et permettait d'y accéder.

Au dernier étage, Jack venait de s'installer dans un siège moelleux en cuir de bébé taupe, disposé comme une douzaine d'autres autour d'une table en verre. Ses pieds s'enfoncèrent dans une moquette de laine carmin aussi épaisse qu'un matelas.

Une baie vitrée courant sur toute la longueur de la pièce donnait sur les quais et les premières rues adjacentes. La grande résidence de l'ancien maire s'y distinguait tout particulièrement. Alors que la plupart des façades étaient d'un style Renaissance classique, Fiddle avait choisi une propriété contemporaine dotée d'un bardage métallique qui lui donnait l'aspect d'un coffre-fort. Une apparence cohérente pour l'homme, connu pour conserver jalousement une impressionnante collection d'œuvres d'art.

Une légère fumée bleue s'élevait en volutes du pied de l'immeuble, où Jack avait stationné la voiture de la brigade. Le fait que la berline, reconstituée à partir de nombreuses autres, avance encore défiait tout pronostic. Parmi les nombreuses particularités du véhicule, Jack avait noté la nécessité d'entrer par la portière passager, des ceintures de sécurité coupées lors d'une précédente désincarcération et des freins qui demandaient, plus que d'anticiper, de planifier l'arrêt. En outre, il fallait composer avec ce qu'Arthur avait défini, avec beaucoup de justesse, comme des sièges « qui sentent le cul ». Le point positif, avait-il également souligné, était qu'à défaut d'un moteur gonflé, les pneus l'étaient.

Une poignée d'officiers de tous formats se trouvaient autour de la table et attendaient le début de la réunion, le nez dans leurs notes. Seul l'un d'eux, assis en face de Jack, le regardait.

— Pas de cravate ? Audacieux, commenta-t-il du ton de votre mère qui vous voit revenir de chez le coiffeur avec des cheveux rouges.

Andrew Fox dirigeait la première division, dont le territoire couvrait les quartiers riches de la cité. Sa coupe militaire et sa barbiche ciselée, apposées sur un visage fin, contrastaient avec l'allure de Jack dont l'uniforme ne donnait déjà plus l'impression de sortir du pressing.

— Une cravate n'arrête pas les balles, répondit Jack. Autant faciliter le travail du légiste.

— Beagle non plus n'en portait pas. Dommage que nous n'ayons plus l'occasion de lui demander son point de vue sur la question.

Fox et ses hommes donnaient du fil à retordre à Jack et Oliver lors de leurs emplettes nocturnes. Dans un style plus organisé que Beagle en son temps, il multipliait les opérations destinées à mettre la main sur le Rossignol, dont l'activité se concentrait autour des bâtisses fortunées dépendant de la première division.

Jack s'apprêtait à dire le fond de sa pensée, mais s'en abstint. Fox était connu pour son sale caractère et mieux valait ne pas attirer sa méfiance. Il baissa les yeux sur les bottes du personnage. Elles n'étaient pas cirées.

On pouvait dire beaucoup de choses d'un policier à la simple vue de ses chaussures. Peu importe qu'il passe ses journées à noircir des pages, le fait qu'il porte des bottes l'attachait encore au terrain. À tout moment, il était prêt à escalader des murs, marcher dans la boue ou prendre un coup de pied dans le tibia. Ne pas les lustrer chaque matin et ignorer quelque salissure, c'était revendiquer qu'il arpentait encore les rues, quelle que soit la météo.

Les officiers les plus dangereux portaient des richelieus cirés. Eux vendraient leurs parents pour un poste prestigieux. À l'opposé, se trouvaient les charentaises d'Arthur, dont le propriétaire s'était totalement désintéressé de l'évolution de sa propre carrière.

— Bonjour à tous, claironna une voix féminine, annoncée par le martèlement de talons hauts.

Une femme élégante en tailleur beige contourna la table, s'assit sur un siège laissé libre et déplia un ordinateur portable sans cérémonie. Elle était plus petite que les hommes autour d'elle, ce qui ne semblait pas affecter son assurance. Son visage sans rides dissimulait une cinquantaine bien entamée tandis que ses cheveux bruns rassemblés en chignon complétaient une apparence soignée. On l'imaginait mal se lancer dans un concours du plus gros mangeur de cassoulet avec Arthur.

La commissaire en chef braqua sur Jack une paire de lunettes rectangulaires uniquement destinées à lancer un regard autoritaire par-dessus.

— Toutes mes félicitations, dit-elle avec plus de douceur qu'il ne s'y attendait. Vous commencez fort.

Elle saisit un journal posé devant elle. La première page était occupée par Oliver, tout sourire, posant à côté de la dixième division au complet. Prosper y trônait au premier plan, tandis que seul un coude de Marius s'invitait dans le cadre. L'homme avait refusé d'apparaître davantage.

— Excellente idée, cette brigade porcine, renchérit-elle.

— Voilà qui explique l'odeur, murmura Fox, juste assez fort pour que la commissaire en chef ne l'entende pas. Au moins partiellement.

— Nous aimons les idées neuves, acheva-t-elle en redirigeant son attention vers son ordinateur. Venons-en aux statistiques du mois dernier…

Jack nota que le sourire de plusieurs officiers s'effaça.

— Seule la dixième division affiche des résultats que je n'ai pas honte de communiquer aux médias, dit-elle d'un ton cassant. Pas un seul procès-verbal n'a dû être rédigé.

— Parce qu'ils en sont incapables ! protesta Fox.

La commissaire en chef lui lança un regard qui en aurait crucifié plus d'un. Jack n'aimait pas Fox, mais il lui reconnaissait le cran de ne pas avoir reculé d'un centimètre.

— Ne soyez pas jaloux, dit-elle.

— Jaloux ? s'exclama l'officier qui donna l'impression de s'étrangler.

— Vos statistiques grimpent en flèche. Je me demande pourquoi vous fournir autant de moyens pour voir la criminalité augmenter.

— Nous passons nos nuits à chercher ; nous n'avons jamais arrêté autant de monde, madame la com…

— C'est bien ce que je dis. Trop de criminalité. Concentrez-vous sur le Rossignol, qui se moque manifestement de vous.

Jack devait admettre qu'au fil des mois, un certain plaisir s'était installé à défier Fox. Rien de personnel ; cela rendait seulement le travail plus divertissant. La semaine dernière, dans l'atelier d'un joaillier, Jack et Oliver avaient laissé un courrier pour remercier le commissaire de leur avoir accordé tout le temps de vider l'endroit. En réalité, seule une couronne volée quelques années plus tôt dans une banque italienne les intéressait. Le reste n'était pas prévu. Un peu comme chez Ikea où vous entrez pour une ampoule et ressortez avec trois sacs de portemanteaux et arrosoirs.

— Hier matin, rétorqua Fox, nous sommes passés à un cheveu de l'arrêter.

— Voilà des mois que vous collectez les cheveux. N'envisageriez-vous pas d'ouvrir un salon de coiffure ?

Et attends de voir ce que je te prépare cette nuit, pensa Jack, auquel les heures de sommeil commençaient à manquer.

L'assemblée semblait réjouie que l'attention de la dirigeante se détourne d'elle. Le voisin de Jack profita de l'instant pour glisser un message devant lui. Ce dernier jeta un œil en direction du papier gribouillé à la hâte. « Ce soir, minuit, au pieu », lut-il.

L'homme consultait innocemment ses notes. À l'inverse des autres officiers, on le sentait enclin à la désobéissance discrète, comme en témoignaient des chaussettes fort peu réglementaires à l'effigie d'Homer Simpson. La mutinerie s'arrêtait là toutefois. Son uniforme était impeccable et luttait pour retenir un ventre généreux, surplombé d'un visage qui affichait une bonhomie certaine.

Jack dévissa le capuchon d'un stylo en or massif, inscrivit quelques mots et renvoya le papier. « Pas intéressé, merci. »

L'homme rougit derrière sa moustache de morse. « C'est le nom d'un bar, dans la rue Louche. Retrouvez-moi là-bas. Des choses importantes à vous dire. »

En fin d'après-midi, Oliver ajusta le nœud de sa cravate devant un miroir de son fastueux bureau, tournant le dos à Mary qui entrait, suivie de deux livreurs portant une lourde caisse. Éclairé par les rayons du soleil qui passaient par les hautes fenêtres, le maire affichait un air déterminé que la jeune femme avait appris à redouter. Le conseil municipal débutait dans moins d'une heure.

— Merci, messieurs. Vous pouvez la déposer dans la pièce voisine, dit-il sans détourner son attention du miroir, le doigt pointé vers la porte dérobée.

Satisfait de sa création, il se retourna prestement vers sa secrétaire.

— Mary, dites-moi, d'où viennent ces horribles peintures accrochées un peu partout dans les couloirs ?

— Achetées à prix d'or au fils de l'ancien maire. Je pense que la ville possède tous ses tableaux.

— Bien. Vendez-les lors d'une vente aux enchères. En liquide. Nous dissimulerons les billets à travers la ville durant quelques semaines.

— Vous suggérez de jeter l'argent par les fenêtres ? s'enquit la jeune femme avec une certaine méfiance.

— Cela fera venir des gens de tout le pays, acquiesça-t-il. Ensuite, augmentons le prix des parkings. Il faudra aussi se pencher sur ce projet de nouvelle galerie commerçante. Beaucoup s'inquiètent de son arrivée.

Une exclamation s'échappa de la pièce voisine, mais Oliver n'y prêta aucune attention.

— Bon sang ! jura l'un des livreurs. C'est quoi, ce truc ?

L'air réjoui, le maire coinça le tuyau d'une pipe en ronce de bruyère entre ses dents.

— On va rire, dit-il.

Il gratta une allumette, mais Mary s'empara de la pipe.

— N'improvisez pas ! le somma-t-elle en le menaçant du doigt.

Beaucoup n'auraient pas osé, parce qu'un index à chaque main est plutôt pratique au quotidien. Mais Oliver se voyait mal se passer de Mary.

— La dernière fois, reprit-elle en suivant Oliver qui avançait en sifflotant vers l'entrée du bureau, ça m'a coûté des soirées entières à rédiger des communiqués de presse et des démentis.

— Fiddle l'ignore encore, mais il va bientôt regretter de s'être levé ce matin.

Mary soupira. Oliver fit mine de n'avoir rien entendu. Il posa la main sur le bouton de porte.

À quelques minutes de là, dans le couloir abandonné du commissariat, Jack déverrouilla la porte ornée du blason de la brigade. Will lui avait indiqué qu'il s'agissait du bureau de Beagle, fermé par les enquêteurs depuis son décès. Dans les heures qui avaient suivi sa mort, la direction judiciaire avait emporté ses dossiers, ses notes, son agenda, son ordinateur et tout ce qui pouvait permettre d'identifier son meurtrier. On avait questionné les membres de la brigade, ses voisins, ses maîtresses. En vain.

Trois marches plus bas, le bureau se dévoila sous son regard. L'âtre imposant d'une cheminée dominait le mur de pierre qui faisait face à l'entrée. Le reste de la pièce était occupé par quelques étagères et une table en chêne à la surface scarifiée par des décennies de maltraitance.

Un panier en osier au nom de Prosper était placé contre la table. Il était bien plus petit que l'animal d'aujourd'hui. Une peluche défraîchie en forme de cochon s'y trouvait.

L'air était sec, avec une odeur de bois et de café. Ici aussi, il devait encore traîner quelques paquets de grains destinés à rester éveillé lors des longues nuits d'hiver.

À première vue, il n'y avait rien d'utile dans ce bureau. Jack regarda Prosper approcher de la peluche et la prendre dans sa gueule avec contentement. Toutes les surfaces étaient couvertes de poussière, à l'exception de…

Jack approcha du bureau. Près d'une lampe d'architecte et d'un porte-crayon, une petite zone octogonale se distinguait du reste du bois terni par une fine pellicule grisâtre. Quelqu'un était entré ici avant lui et avait emporté un objet.

Il regarda sa main sur laquelle il avait écrit « RDV au pieu » et « Penser à emmerder Fox ». La nuit serait chargée. Puisqu'il était arrivé trop tard, autant rentrer faire une sieste. Un type mort depuis sept ans pouvait bien attendre encore un peu.

Oliver se détendit, ce qui n'était jamais bon signe pour son interlocuteur.

Il siégeait dans la magistrale Salle du Conseil, aux murs parés d'or et de marbre, éclairés par des lustres en cristal suspendus huit mètres au-dessus d'un parquet en marqueterie figurative représentant avec une finesse insensée la cité telle qu'elle était quelques siècles auparavant. Il était toujours délicat de se lamenter sur les difficultés de boucler un budget, lorsque gratter la dorure des moulures aurait suffi à l'arrondir sur plusieurs générations.

Oliver, installé aux côtés de Mary et d'une poignée de directeurs, faisait face à une soixantaine de ses adjoints et conseillers municipaux. Dans le fond de la salle, quelques journalistes s'endormaient ou jouaient sur leur téléphone. Jusqu'ici, Mary devait le reconnaître, la séance n'avait pas été des plus passionnantes. Le maire avait exposé ses projets, qui n'avaient pas convaincu. Fiddle avait fait observer qu'il avait déjà multiplié les chantiers au cours des derniers mois et qu'à ce rythme, la ville ressemblerait bientôt à une taupinière de deux cent mille habitants.

— Je me passerai de votre accord, déclara Oliver d'un ton neutre.

— Il vous le faudra pour obtenir le budget, rétorqua Fiddle.

L'homme devait son électorat à son pouvoir de séduction. S'il était vrai qu'Oliver devait le sien à la tête de son chien, cela ne l'empêchait pas de trouver la situation profondément injuste.

Fiddle était ce que l'on appelait un vieux beau, avec une crinière grise sous contrôle, un visage adouci par quelques rides formées par des années de sourires charmeurs, des yeux de glace, accordés à des dents blanches comme une banquise. Son élégance se poursuivait avec le bon goût de ses habits, produits par des tailleurs et bottiers locaux, comme l'attestait un gilet en cuir de queue de castor de haute couture.

— Cela ne me semble pas bien difficile de trouver cet argent moi-même, assura Oliver sous le regard anxieux de Mary.

— Commencez déjà par trouver le Rossignol, s'amusa Fiddle.

La jeune secrétaire soupira. C'était prévisible. Comment Oliver avait-il pu lui tendre une perche pareille ? Fiddle ne perdait jamais une occasion de revenir sur le sujet.

Les autres conseillers, eux, suivaient l'échange dans un silence prudent. Le dernier qui avait critiqué Oliver avait, dès le lendemain, eu le plaisir de découvrir l'inauguration d'une fabrique d'explosifs juste à côté de chez lui. Bien qu'en définitive, il ne s'agisse que d'un panneau collé sur un atelier désert, la maison du conseiller avait vu sa valeur baisser de moitié. Et cela n'avait rien d'illégal.

— Feriez-vous mieux que moi ? demanda Oliver.

Un sourire à peine perceptible se forma sur ses lèvres. Mary avait appris à redouter ce sourire pour la charge administrative qu'il engendrait.

— Assurément, répondit Fiddle. Votre Rossignol serait déjà en cage, plutôt que d'entrer à sa guise chez nos citoyens, contraints de vivre dans la peur de perdre leurs pauvres économies, si difficiles à constituer par les temps qui courent.

Il avait dit cela un peu plus fort avec une diction soignée, espérant qu'un journaliste occupé à enregistrer n'en perdrait rien. Il avait également dissimulé ses bottes en cordovan, lesquelles étaient à l'opposé de ce qu'on pouvait qualifier de modestes.

— Vu ses prestations passées, dit Oliver d'un air dédaigneux sans regarder son interlocuteur, il entrerait chez vous sans peine.

— Je lui souhaite bonne chance !

— S'il nous lit demain dans la presse, j'imagine qu'il appréciera le défi que vous lui lancez.

— Le… ?

Mary observait Oliver. Elle le connaissait. Il avait voulu amener Fiddle à dire ça.

— Vous pensez empêcher le Rossignol de s'inviter chez vous au cours de la semaine à venir ? Attrapez-le et je vous remets mon mandat.

Les flashs des journalistes jusqu'alors somnolents se mirent à crépiter comme un feu d'artifice. Les jours à venir seraient longs. Mary s'écrasa le visage contre la surface de la table.

La rue Louche portait mal son nom. Elle n'était pas louche, dans le sens où un endroit qui l'était autorisait l'éventualité d'une lointaine innocence. Or, il n'y avait rien d'innocent dans ce quartier. Tout policier souhaitant finir son service à l'heure prévue se devait de l'éviter. Tout policier souhaitant atteindre l'âge de la retraite aussi, idéalement.

La façade du Pieu, crasseuse, les fenêtres aveuglées par des panneaux de bois, informait le type qui venait de passer deux mois dans le désert sans provisions, qu'il n'était peut-être pas assoiffé à ce point. La clientèle ne venait pas par amour de la gastronomie ni pour la propreté des verres, mais pour la confidentialité des conversations. Honey Bardge, le gérant, y veillait à l'aide d'un gourdin dont la surface offrait une patine remarquable, témoignant d'un usage régulier.

Jack franchit la porte et salua le patron, accoudé derrière le comptoir. Comme d'habitude, le menu de la semaine s'étalait sur son tablier crasseux. À vue d'œil, il comportait de la saucisse, des oignons, de la purée et des petits morceaux noirs croustillants.

Le nouvel arrivé s'installa à une petite table, tapie dans une alcôve de vieilles briques tapissées d'une abondante littérature locale.

Serge, le commissaire responsable du quartier, l'attendait, en partie dissimulé sous une capuche, comme la plupart des clients. Précaution qui aurait eu davantage d'effet sans l'inscription blanche « Syndicat national des policiers » brodée sur la poitrine.

— Un gentilhomme comme vous ne fréquente pas ce genre d'endroit, dit-il, mais ce dont nous converserons au Pieu restera entre nous. Les gens ici sont des voleurs, des escrocs de la pire…

— Hé, Jack ! s'exclama l'un des clients qui marchait en tête d'un petit groupe.

— Salut, Jack ! Ça fait plaisir de te voir !

— Jack, un Fossoyeur single malt, comme d'habitude ?

L'intéressé eut un toussotement embarrassé.

— Puis-je vous offrir à boire, commissaire ? demanda Jack en lançant un regard à l'intérieur d'un portefeuille sorti de sa poche.

Vide. Il en sortit un second et sourit en le soupesant.

Quelques minutes plus tard, deux grands verres de vin rouge apparurent devant les deux officiers. On avait au moins la certitude qu'il n'était pas coupé à l'antigel, car l'antigel coûtait plus cher que ce vin. Jack retira quelque chose de mou qui flottait dans son verre et redirigea son attention vers son interlocuteur.

Quelques mois après le meurtre de Beagle, Serge avait pris la direction de la dixième division. La brigade se vidait progressivement au gré des demandes de mobilité. Le budget se réduisait de semaine en semaine, tout comme l'arrivée des nouvelles enquêtes, reprises par la direction judiciaire. Pour remotiver ses hommes, dès son arrivée, il avait décidé d'enquêter lui-même sur la mort de son prédécesseur.

— Je pense qu'il suivait des traces qu'il n'aurait pas dû, dit Serge.

— Quelles traces ? demanda Jack en regardant la chose molle rescapée de son verre s'éloigner en rampant sur la table.

— Je ne l'ai pas découvert. Mais à mon tour, lorsqu'on a su que je voulais retrouver l'assassin, une nuit, j'ai reçu la visite d'un tueur à mon domicile. J'ai eu tout juste le temps de me cacher avec ma gamine dans une armoire. Les fenêtres étaient criblées de balles.

— Qui a su que vous recherchiez l'assassin de Beagle ?

— Tout le monde, soupira le commissaire, donnant l'impression d'une chambre à air qui se dégonfle. En dehors de la police, il n'avait ni famille ni ami. Alors j'en ai parlé à un maximum de monde lors des réunions et dans les différents commissariats. J'espérais que quelqu'un m'apporterait un indice pour avancer.

— Avez-vous au moins appris sur quoi il enquêtait ?

L'homme acquiesça. Il but une gorgée de vin par distraction, oubliant que c'était le genre de boisson que l'on garde devant soi uniquement pour s'occuper les mains, et grimaça.

— Un vol tout à fait banal. Il était obsédé par un petit navire en bois, dérobé au musée Dutish.

Serge poursuivit, encouragé par le regard intrigué de Jack :

— Personne ne comprenait pourquoi s'être donné autant de mal pour voler une maquette. Il y a des œuvres qui valent des millions, dans ce musée. L'officier qui m'a remplacé a dû en apprendre davantage, puisqu'il est mort.

— Un suicide, m'a-t-on dit.

— Possible, admit Serge. Mais soyez prudent, Jack. Oubliez cette histoire. Les filles du Croque-Madame n'avaient jamais entendu un suicidaire supplier de l'épargner juste avant d'appuyer sur la détente.

À l'approche de minuit, pour encore quelques secondes, le silence berçait la rue Louis-XVI, nouvellement rebaptisée rue du Burger-King par le maire. Trois voitures de patrouille s'engagèrent sans ralentir dans l'artère commerçante déserte.

— On y est ! s'exclama Fox qui conduisait le véhicule de tête.

Ils s'arrêtèrent à quelques mètres de la façade d'un bijoutier, sur laquelle scintillait la lumière orange d'une alarme silencieuse. Fox sortit du véhicule et approcha de la porte vitrée entrouverte, arme en main.

Une vieille femme était étendue à l'intérieur, du sang lui coulant le long du front. Ouvrant les yeux, elle poussa un souffle de soulagement à la vue des policiers. Fox se précipita vers elle tandis que ses hommes les contournaient pour se diriger vers une porte ouverte derrière le comptoir.

La bijoutière s'accrocha au gilet pare-balles de l'officier et s'aida du bras qu'il lui tendait pour s'asseoir. Elle était plus lourde qu'on ne l'aurait pensé, sans doute en raison des innombrables colliers et bracelets qu'elle portait. Au moins, le voleur n'avait pas eu le temps de la dépouiller.

— Il est toujours à l'étage, murmura-t-elle d'une voix rauque et tremblante.

Elle rajusta la perruque grise volumineuse qui s'était mise de travers dans sa chute, ainsi que ses lunettes à l'épaisse monture d'écaille.

— John, appelle une ambulance et attends avec madame, ordonna Fox à l'intention d'un de ses hommes. On va le cueillir avant qu'il ne s'échappe par les toits.

Fox souriait. Ce n'était pas malin de venir cambrioler si près de son commissariat. Quand bien même il aurait eu le temps de quitter le commerce, le voleur n'aurait jamais pu sortir de cette rue, véritable couloir sans issue avant plusieurs centaines de mètres.

L'enseigne était spécialisée dans les bijoux précieux de seconde main. Certains, d'une valeur historique, étaient réservés aux clients fortunés et n'étaient pas exposés mais préservés à l'étage. Fox avait déjà enquêté sur la bijouterie, suspectée de fermer les yeux sur la provenance des parures qui lui parvenaient.

Les étages avaient été fouillés, mais le voleur était parti. Toutes les fenêtres étaient closes.

— Venez, dit Fox en refermant une armoire, on va visionner les caméras. La vieille a sans doute perdu connaissance et ne l'a pas vu repartir.

De retour dans la boutique, Fox manqua de trébucher sur son inspecteur, ligoté derrière le comptoir. Un bristol en papier grainé posé à ses côtés mentionnait d'une encre bleu turquoise : « Merci pour ta voiture, cher ami. Tu m'es une fois encore d'une grande aide. Le Rossignol. »

Portant machinalement la main sur le mousqueton de son gilet, Fox constata que ses clés manquaient. Dans plusieurs rues voisines, ceux qui dormaient avec la fenêtre ouverte entendirent ce qu'ils prirent pour le hurlement d'un taureau qui se serait assis sur ses... qui se serait mal assis.

La petite place du Temps cuisait sous le soleil de midi. À l'ombre d'un palmier, Will déjeunait assis sur un banc de pierre sous le regard horrifié de deux policiers à la tenue impeccable qui patrouillaient pédestrement. Ils le saluèrent discrètement, parce qu'il faisait partie de la famille, mais d'une branche honteuse qu'on aurait sciée si l'on avait pu.

Will venait d'enfourner une bouchée du dix-huit fromages-bacon de chez Flaky's, un sandwich contenant assez de graisse pour assurer le bon développement d'un baleineau. Il sourit avec maladresse, se débattant avec la dentelle de fromage qui le reliait au morceau de baguette luisant.

À peine les deux policiers avaient-ils disparu qu'un homme s'assit à côté de lui sans le regarder. Il dissimulait son visage sous une épaisse capuche.

— Tu te fais du mal, lui dit une voix familière.

Will se renfrogna. Il le savait. Depuis des années, il était mal dans sa peau et avait trouvé le réconfort dans le sucre et le gras. Les kilos étaient venus insidieusement.

Il avait rejeté sur la trentaine la difficulté grandissante de monter un escalier. Puis celle de respirer correctement lorsqu'il était assis. Il s'était aperçu que son uniforme trop serré lui donnait l'allure d'un muffin, que les passants commentaient son apparence à haute voix.

De nombreuses fois, il avait feint de n'avoir rien entendu. Un soir, quelques jours après le départ de sa compagne, il en avait pleuré et n'avait pas mangé jusqu'au lendemain où il avait vidé l'étal d'une pâtisserie. Envahi par la culpabilité après chaque bouchée, il avait conscience de se suicider peu à peu, mais les seules pensées réjouissantes dans sa vie concernaient à présent la composition du repas suivant.

— Comment est-il ? demanda l'homme.

— Quelqu'un de bien, je dirais. Il nous a déniché de nouvelles pièces pour le véhicule de patrouille. D'après Arthur, il dispose maintenant de feux bleus et d'une radio de bord qui fonctionne. Je n'avais jamais connu ça.

L'homme émit un grognement d'approbation. Il regardait ses mains jointes.

— Il ne doit pas découvrir ce que nous avons fait.

Le sandwich terminé, Will mordit dans un beignet dont le fourrage déborda de toutes parts. Ils en offraient toujours un avec leurs sandwiches.

— Il a voulu entrer dans le bureau. J'ai réussi à passer avant et à nettoyer les indices. En principe, ça suffira.

L'homme s'alluma un vieux morceau de cigare et se leva.

— Je l'espère pour lui.

Les premiers jours qui avaient suivi le défi lancé par Oliver à son adversaire, la presse avait massivement relayé ses propos. La veille de l'échéance, toutefois, tous avaient estimé que le message n'avait pas été entendu. Après avoir campé jour et nuit aux abords de l'imposante résidence de Fiddle, les journalistes s'étaient redirigés vers une actualité plus tangible. Après tout, si le Rossignol ne s'était encore jamais donné la peine d'y entrer, ce n'était pas pour rien.

Côté quai, le bardage métallique ajouré dissimulait quelques fenêtres discrètes, impossibles d'accès en raison d'épaisses bandes d'acier qui les protégeaient.

À l'arrière, donnant sur un petit jardin arboré, l'architecture originelle du manoir en pierre calcaire avait été préservée. Cependant, des portes et fenêtres à l'épreuve de toute tentative d'effraction étaient insérées dans des murs qu'on aurait mis un siècle à creuser. Deux gros mammifères au nombre anormal de dents défendaient la propriété. La tête issue d'un croisement entre une hyène et un requin, ils imposaient à leur propriétaire le port d'un certificat attestant de leur origine canine. Le jardin était délimité par une haute clôture superflue ; un candidat à l'intrusion aurait fini en repas protéiné avant de toucher le sol.

En outre, en son absence, Fiddle avait pour habitude d'enclencher une alarme dernier cri. En cas d'effraction, un brouillard opacifiant se répandait en quelques secondes et empêchait toute progression.

On connaissait enfin l'amour de l'ancien maire pour les beaux objets. L'indésirable qui aurait passé la tête par une fenêtre en sa présence aurait ainsi profité pour dernière vision de celle de l'intérieur d'un canon de fusil joliment ciselé.

À la tombée du jour, deux policiers déroulèrent une rubalise blanc et bleu entre deux lampadaires devant l'habitation. Une traînée de sang fraîche s'échappait par la porte d'entrée et rejoignait un emplacement de stationnement vide. Des passants avaient appelé et la police s'était aussitôt rendue chez Fiddle, qui avait nié toute implication.

Le procureur avait demandé le passage du labo et la garde à vue du suspect.

Les deux policiers, trop occupés à répondre aux passants que, non, ils ne pouvaient pas passer sous la rubalise pour marcher sur le trottoir, n'entendirent pas les chiens de garde aboyer furieusement.

À l'arrière de la luxueuse habitation, une corde de chanvre serpentait sur le toit pentu et se jetait dans le vide jusqu'à une fenêtre restée grande ouverte.

— Bon sang ! jura Oliver à l'intérieur. Il faudrait revenir avec un camion.

Des milliers de pièces de monnaie jonchaient le sol en tas irréguliers, sous une couche de poussière grisâtre qui ternissait l'éclat du précieux métal doré.

— Et attends d'avoir vu le reste, siffla Jack cagoulé et ganté en regardant par l'ouverture de la porte.

Ils firent quelques pas à l'extérieur du bureau, sur un palier dominant le hall immense qui s'élevait sur toute la hauteur du manoir. Deux étages plus bas, le dallage en damier s'effaçait à de nombreux endroits sous des tonnes d'argent, visible uniquement par les sillons creusés çà et là pour atteindre les différentes portes. Ces montagnes de souverains, krugerrands et napoléons d'or grimpaient le long des tapisseries délavées, comme pour atteindre les dizaines de portraits accrochés aux murs.

Éclairé par la lumière bleutée de la nuit, le large escalier de chêne sombre prenait ainsi l'apparence d'une cascade de glace. Les deux compagnons descendirent une volée de marches. Chaque pas était accompagné de nouveaux tintements provoqués par les piécettes qui dévalaient l'inestimable rivière.

Oliver saisit Jack par la manche pour l'aider à reprendre ses esprits.

— Le labo ne va pas tarder. On reviendra.

Ils retournèrent jusqu'au bureau. Une bougie se consumait sur le cabinet à écrire, à l'intérieur d'une lanterne rouillée. Fiddle était occupé à rédiger un prochain discours lorsque les policiers avaient sonné.

— Je t'avais dit que ça fonctionnerait, le coup du sang acheté à la boucherie, dit Oliver en fouillant dans un manteau qui reposait sur le dossier de la chaise. Il en refaudra, d'ailleurs. C'est toujours utile. Et l'eau de Javel sous la porte aura achevé de les convaincre.

Il retira un trousseau de clés de l'une des poches et se tourna vers Jack.

— Le majordome t'a-t-il dit où était caché le coffre ?

— Ça n'a pas été simple de le faire parler. À la fin, il était tellement ivre que je ne comprenais plus rien. Mais ce bureau n'est pas bien grand.

Une lourde armoire entrebâillée découvrait des planches encombrées d'autres bocaux de toutes tailles, fermés par des couvercles aux inscriptions effacées par la poussière. Même à deux, il n'était pas concevable de pousser un tel meuble. Les autres murs étaient assez dépouillés, hormis une horloge sur pied que Jack ne parvint pas à déplacer.

— Elle semble fixée au mur, dit-il. Approche un peu la lanterne…

Une porte en bois destinée à l'ajustement du balancier était verrouillée à l'aide d'une serrure. Oliver regarda le trousseau de clés et choisit sans aucune hésitation la plus grosse d'entre elles, qu'il introduisit dans une fine ouverture argentée en forme de croix latine.

— Elle ne tourne pas, constata-t-il, désappointé.

Jack toqua sur le panneau. Le son mat d'une plaque d'acier lui répondit.

— Le bois est décoratif. On ne l'ouvrira pas au pied-de-biche.

— J'ai déjà entendu parler de ce type de coffre, murmura Oliver en faisant pivoter la petite vitre donnant accès au cadran.

Ce dernier ne comportait qu'une seule aiguille. La chose était courante avant le XVIIe siècle, où le quotidien des gens, moins effréné, se contentait d'une précision moindre.

— On essaye la date de naissance ?

Éclairé par la lumière vacillante offerte par la bougie de suif, Oliver tourna la grande aiguille pour désigner tour à tour le jour, le mois, puis l'année dans une multitude de cliquetis rapides. Le huitième mouvement achevé, un claquement métallique indiqua qu'une dizaine de points de fermeture venaient de se mettre en mouvement.

— Narcissique, commenta Oliver en ouvrant la porte.

Il enfonça la main sans cérémonie à l'intérieur du coffre et en retira une forme rectangulaire en velours noir, grande comme un carton à dessins.

— Parfait, allons-y.

Jack, nettement plus lourd qu'à l'arrivée, eut toutes les peines du monde à remonter sur le toit. Le tintement de ses poches rythmait chacun de ses gestes.

— Ah, au fait, dit Oliver en aidant non sans mal son ami à se hisser sur la corniche, j'ai commencé à me renseigner sur le vol dont Serge t'a parlé. Jusqu'à maintenant, je n'ai rien trouvé. Demain, j'irai voir les archives de la presse. Il doit bien y avoir des articles sur le sujet.

Il leva un grand cylindre en carton appuyé contre une cheminée, le déboucha et en sortit un long morceau de tissu enroulé.

— J'ai pensé à nos fans, dit-il. Aide-moi à l'attacher et allons dormir. Une conférence de presse m'attend à la première heure.

Wilson Fiddle avait des problèmes d'argent. Il en possédait beaucoup et le conserver n'était pas simple. Les pauvres, eux, avaient tout de même la vie plus facile.

L'air était doux, le long des quais qui bordaient l'Urée. Il tremblait, mais c'était nerveux. Il avait passé la nuit au commissariat, assis sur un banc collant, où s'étaient succédé maris violents, sans-abri bagarreurs et toxicomanes recherchés. De toute évidence, aucun d'eux n'avait vu de l'eau au cours des derniers mois, qu'il s'agisse de la boire ou de s'y baigner.

Vers trois heures du matin, le labo avait informé Fox que le sang étalé sur le trottoir de Fiddle n'était pas d'origine humaine. Le magistrat de garde l'avait alors libéré au terme d'un interrogatoire que le commissaire prenait plaisir à faire durer. Nul n'ignorait qu'il détestait la politique.

Fiddle était décoiffé, mal rasé et des cernes de basset s'étaient formés sur son visage. Pire, un suspect avait régurgité son repas sur sa chemise blanche.

Il ne devait surtout pas rencontrer de journaliste. Pas ainsi. L'ancien maire avait quitté le commissariat par une porte de service, et s'était mêlé à quelques étudiants qui titubaient gaiement et l'avaient pris pour l'un des leurs.

Sa maison était en vue, à cent mètres de là, se découpant dans le ciel aux couleurs chatoyantes de l'aube. Il pressa le pas.

Les dents serrées, il le vit. L'un de ses voisins de cellule en avait parlé. Un drapeau noir à l'effigie d'un rossignol ondoyait sur un mât fixé au sommet de son toit.

Arrivant chez lui aussi vite que le permettaient ses inconfortables mocassins en museau d'ours, il ne remarqua que bien trop tard le petit groupe de photographes qui l'attendait avec enthousiasme.

Chapitre 3

La rue qui n'apparaît sur aucune carte

Cela avait été un excellent tirage. Le portrait d'un Fiddle peu reluisant apparaissait en première page. *La Maird libre* avait titré l'article « L'ancien maire arrêté pour meurtre ». Bien que ce soit techniquement vrai, le lecteur avisé aurait souligné la malhonnêteté de ce choix pour un homme aussitôt innocenté. Mais l'honnêteté ne payait pas. Celui qui avait affirmé le contraire était certainement mort de faim et de froid après avoir essayé.

La deuxième page était consacrée à Oliver, resplendissant, prenant une pose faussement décontractée et naturelle devant la mairie. Il tenait entre les mains *La Vierge aux champignons*. Le maire indiquait avoir trouvé le célèbre tableau sur son bureau, accompagné d'une carte signée par le Rossignol.

— Je laisse à la police le soin d'écarter ou d'établir tout lien avec l'intrusion dont a été victime mon prédécesseur, avait-il déclaré. Quant à moi, une fois l'expertise réalisée, je restituerai ce chef-d'œuvre à l'Espagne. Nous savons tous que ce pays promet depuis des années une forte récompense en échange de ce trésor national qui lui fut dérobé. Les premiers contacts avec l'ambassadeur n'ont d'ailleurs pas tardé.

Gubbins Pootje ferma son journal et poussa un grognement de satisfaction. Un riche qui se faisait voler, ce n'était qu'un juste retour des choses. Gubbins n'aimait pas les barreaux de l'échelle sociale situés au-dessus de lui, même si, à choisir, il les aurait préférés à ceux d'en dessous.

Les pieds sur son bureau, il tira à lui son mug de café.

L'homme était responsable de la logistique pour la police de la cité depuis de nombreuses années. L'emploi le préservait du contact avec le public et, surtout, préservait le public d'un contact avec lui.

— Mais pour qui se prend-il, celui-là ? dit-il en regardant un bon de commande au sommet d'une petite pile logée entre deux catalogues de ses fournisseurs.

Un nouveau commissaire était arrivé à la dixième division quelques jours avant et était décidé à faire du zèle. Gubbins parcourut du regard une liste interminable. Les officiers de plus d'un mois d'expérience avaient appris à mériter le matériel qu'ils commandaient, ne serait-ce qu'en venant se présenter et en suppliant un minimum.

Le logisticien manqua de s'étrangler avec une gorgée de café lorsqu'il atteignit la ligne « quatre chaises de bureau en similicuir ». Bon sang. Ce type était fou. La dernière fois qu'il avait accepté de livrer des chaises de bureau, son arrière-grand-père travaillait encore. Et d'ailleurs, des années plus tôt, on lui avait demandé que plus un centime ne soit accordé à cette brigade.

Il indiqua son refus en bas de page et glissa la feuille dans la cassette ad hoc. Il n'aimait pas les policiers. Ces types le prenaient pour un larbin sans cervelle parce qu'il n'avait pas d'uniforme. Mais ils ne comprenaient pas qu'il avait le pouvoir sur eux. Sans lui, pas de chaussures confortables ni de papier dans les imprimantes.

Gubbins fut tiré de ses pensées agréables par l'arrivée d'un livreur. Un black avec une casquette crasseuse et un gilet fluo trop grand pour lui.

— Z'êtes le responsable du papier toilette ? fit-il en lisant un bordereau posé sur une écritoire à pince.

— Directeur de la logistique ! mugit l'intéressé en virant au violet.

En réalité, il s'était attribué le titre quelques années auparavant, profitant de ce que personne d'autre ne l'accaparait. Cela ne sembla toutefois pas impressionner le livreur, qui se contenta de lui tendre le bordereau.

— Ah. Ben j'ai deux cents boîtes de papier toilette pour vous. Faudrait signer ici.

Gubbins se leva d'un air important, remonta son pantalon, recentra son ventre. Il approcha du livreur, épaules en arrière.

— Tu penses pas que je vais signer ton papier sans vérifier ce que tu me dis ? Comment je peux être sûr que t'essayes pas de me rouler ?

Gubbins commandait toujours du papier demi-épaisseur légèrement abrasif. On ne trouvait pas moins cher. Un jour l'entreprise avait essayé de lui refourguer un modèle matelassé et parfumé.

Mais celui qui réussirait à l'arnaquer n'était pas encore né. Il quitta son bureau en bousculant le livreur, descendit jusqu'au parking et passa devant la grande porte de son hangar. Un petit camion au volet arrière levé était stationné juste à côté. Sur son flanc, on pouvait lire « déménagements Lescrot ».

— Vous allez tout compter ? s'inquiéta le livreur. Je suis pressé, moi !

Le responsable logistique découvrit une série de dents carnassières.

— Jusqu'au dernier rouleau, mon gars.

Il monta à l'arrière du camion et se dirigea vers une première caisse en carton. Vide. Bouche ouverte, il se retourna juste à temps pour voir le livreur lui adresser un clin d'œil et refermer le volet. Et évidemment, il avait laissé son téléphone à l'étage. Ainsi que la clé du hangar.

Enfoiré de livreur.

Jack était installé dans son bureau, affairé à inventorier ses nouvelles fournitures, le dos confortablement enfoncé dans un siège flambant neuf. Les centaines de clochettes étiquetées se balançaient en silence, bercées par le vent. Entouré de caisses, Prosper dormait dans son panier, les pattes dirigées vers le plafond. Dans une organisation où la perte d'un Bic pouvait vous coûter votre carrière, Jack et son petit camion blanc avaient été accueillis comme le Père Noël.

Près de lui, Arthur susurrait d'une voix enjôleuse dans l'unique téléphone de la brigade.

— Tous nos opérateurs sont actuellement occupés. Nous mettons tout en œuvre pour vous servir.

— Elle ne va pas raccrocher, lança Jack.

— Pas si fort ! siffla le policier en plaquant la main sur le micro. C'est la vieille Tournedisque de la rue du Pâté-en-Croûte. Cela fait des années que sa rue ne dépend plus de la division et elle appelle encore chaque semaine. Le temps d'attente est plus long que prévu, reprit-il de sa voix de répondeur. Il y a… cent trente-neuf personnes dans la file d'attente.

Un grognement jurassique parvint du couloir. Les deux hommes tournèrent la tête.

— Vous devriez aller voir, suggéra Arthur en raccrochant le combiné. Le tailleur est probablement arrivé à l'entrejambe.

Jack contourna trois autres fauteuils de bureau encore emballés et se glissa dans le couloir. Dans la pièce du fond, Marius se tenait debout, bras écartés et l'air constipé.

— Il vient de me soupeser une cou…, commença-t-il, scandalisé.

Un homme aux allures de gobelin, agenouillé à côté de lui et occupé à prendre ses mesures, se releva pour s'adresser à Jack.

— Il a les tétons complètement irrités à cause du polyester, indiqua le tailleur, indifférent au policier qui le regardait comme un bouledogue s'apercevant qu'un chat joue avec sa queue. Je vais utiliser du twill. Ça évite le repassage et ça respire.

— Excellente idée. Ne regardez pas à la qualité, Edward, c'est moi qui offre.

Jack remarqua un bouton de pantalon profondément enfoncé dans le mur. Une heure auparavant, le tailleur avait demandé à Will de relâcher son ventre.

L'uniforme n'était pas le point fort de la police de Maird. Lorsqu'un policier partait à la retraite, le premier qui atteignait son armoire avait la chance de récupérer les plus belles pièces. Les autres s'équipaient eux-mêmes ou devaient composer avec une ceinture qui se relâchait sans cesse, un pantalon qui vous broyait l'entrejambe et une chemise qui paraissait transpirer toute seule.

Une commission de l'uniforme avait vu le jour pour étudier le problème, mais au bout d'une dizaine d'années, ils ne s'étaient pas encore accordés sur la nuance de bleu sombre à adopter pour le tissu des chaussettes. Une réalité sans doute éprouvée par de nombreuses administrations à travers l'Europe.

— Le modèle qui a servi pour ces vêtements tenait davantage de l'orang-outang que de l'humain, commenta le tailleur. Avec un cou d'autruche. Par ailleurs, comment pouvez-vous supporter de passer chaque jour une demi-heure à remonter ce pantalon ?

Il s'adressait à Marius.

— Tant que je suis payé pour le faire...

— Et ces poches latérales, sont-elles indispensables ?

— C'est pour mettre notre carnet, répondit Marius. Tous les policiers en ont un. C'est nécessaire pour noter les déclarations et renseignements en patrouille.

Jack dévisagea le policier.

— Tous ?

— Tous ceux qui mettent parfois un pied sur le terrain.

Beagle était en tenue civile, le jour de sa mort, pensa Jack. S'il avait un tel carnet, il devait donc encore se trouver dans l'un des pantalons de son vestiaire. Lorsqu'ils l'avaient ouvert, Jack et Oliver n'avaient pas eu le temps de fouiller les poches, pris de court par le visiteur. Il quitta la pièce au pas de course.

Au même moment, à quelques pas de là dans la rue de la Trique, Polpette accueillait ses premiers clients.

L'établissement, tenu par un ancien de la brigade, avait gagné une réputation enviée par beaucoup en ville. Si l'adresse était appréciée pour le choix pléthorique de cafés et desserts qu'elle proposait, les clients venaient de loin pour une autre raison.

Depuis la Belle Époque, sa splendeur préservée offrait à la clientèle un décor sans pareil. Les tables nappées de dentelle s'éparpillaient sans ordre précis entre des murs garnis de fresques qui représentaient la cité à l'aube du XXᵉ siècle. Chaque scène s'achevait dans les marbrures des demi-colonnes qui grimpaient vers un plafond garni de lustres d'époque, points centraux d'une multitude de faïenceries, moulures et dorures.

Derrière l'immense comptoir d'acajou, le mur était occupé par ce qu'Oliver avait cru au premier regard être un orgue en cuivre. La multitude de tubes entrelacés, claviers et manomètres était en réalité une machine à café artisanale, permettant des compositions de saveurs inédites pour les amateurs.

Le plus fort des breuvages était servi après signature d'une décharge et sur présentation d'un document attestant une bonne santé cardiaque. Le Cycliste professionnel était l'ami des policiers en fin de nuit. Restait à assumer une urine luminescente durant les jours qui suivaient.

Le maire était attablé dans un coin discret avec Mary et un petit homme chauve en costume vert ajusté et bien coupé, une mallette sur les genoux.

— Je dois admettre que je ne pensais jamais revoir *La Vierge aux champignons*, dit l'heureux propriétaire à l'accent prononcé. Les personnes de parole se font rares, aujourd'hui.

Le slogan de campagne d'Oliver était « Des promesses toujours respectées ». Du coup, il n'avait fait aucune promesse. Mais cette fois, il était sûr de lui.

Will venait d'entrer dans le restaurant, un rouleau de papier toilette dans les mains. Déjà l'air assez embarrassé, il s'empourpra brusquement à la vue du maire qui le salua. Le rouleau serré contre lui, il traversa le restaurant aussi vite que l'autorisait sa condition physique.

— Le parquet ne devrait plus tarder à autoriser sa restitution, assura Mary. Voici déjà les certificats remis par les experts désignés.

— Je vous remercie, répondit l'homme en acceptant les documents. À mon tour, je tiendrai parole.

Il ouvrit d'un claquement sec sa valisette et en sortit un contrat manuscrit, rédigé sur un élégant papier beige.

— Je pensais que vous demanderiez de l'argent.

Oliver retira le capuchon de son stylo d'un air solennel, parcourut le document et apposa sa signature en bas de page.

— Si je reçois de l'argent, je dois obtenir l'accord des conseillers municipaux pour l'employer. Et je crains qu'ils ne soient pas sensibles à ma vision de la cité.

— Je comprends. Ce bâtiment historique est donc à vous pour la durée de votre mandat. Prenez-en soin. Puis-je toutefois me permettre une observation ?

— Je vous en prie.

— J'ai le sentiment que vous prévoyez de l'utiliser à d'autres fins qu'une simple salle de réception.

— Votre intuition est exacte, monsieur.

Les lèvres d'Oliver, dissimulées derrière ses mains jointes, s'étirèrent. Il n'écoutait plus. Il était content de lui. Dans un film, il se serait autorisé un rire démoniaque. Mais dans la réalité, cela ne provoquerait que l'embarras de l'assistance. Il s'en abstint donc.

Les nuages s'épaissirent au fil de la journée, rappelant que l'automne était aux portes de la ville. Jack se glissa entre les premières gouttes de pluie et entra dans la bibliothèque municipale. Un parfait alignement d'étagères s'offrit à lui, sous un plafond soutenu par d'épaisses colonnes et arcades faiblement éclairées.

Oliver était assis derrière une importante pile de journaux aux pages vieillies.

— J'ai trouvé une info intéressante, murmura Jack en s'installant en face de son ami. Beagle avait un carnet dans son vestiaire. Il notait tout dessus.

— Et ?

— Trois jours avant sa mort, il a écrit ceci.

Jack posa devant lui un petit carnet à la couverture de tissu marron. Oliver se pencha pour lire les quelques mots griffonnés sur la page de gauche.

— « Ruelle Biscornue », « A retrouvé le navire ».

Un moment de silence s'installa puis Oliver se détendit.

— On progresse enfin.

Il tira à lui quelques quotidiens posés à l'écart et déplia le premier.

— De mon côté, j'ai rassemblé des articles de l'époque. Je ne vois rien au sujet d'un navire. Je propose d'aller à l'adresse renseignée dans ce carnet. Peut-être l'indicateur de Beagle y habite-t-il encore.

Jack approuva et jeta un regard par les hautes fenêtres dont la surface semblait onduler, battues par la pluie.

Avec un peu de chance, l'enquête serait rapidement bouclée. Et avec beaucoup de chance, il resterait en vie jusque-là.

La nuit s'installa dans les rues, dont quelques-unes profitaient encore de la lumière des restaurants. Non loin de l'hôtel de ville, Le Mine de Rien offrait un bon compromis pour tout policier de la cité. Il était juste assez cher pour éloigner la population qui transitait habituellement par les cellules sans pour autant réclamer un endettement sur trois générations. En outre, l'établissement ne se trouvait pas sur le territoire de la brigade, ce qui leur épargnerait le patron venant demander un service. Par chance, la dixième division ne comportait aujourd'hui plus qu'une seule rue, pas bien grande, ce qui facilitait les choses au moment de faire un choix.

Jack était installé en compagnie de Will, Arthur et Marius. Le Mine de Rien, sur le thème du Far West, offrait un spectacle singulier à sa clientèle. Les lourdes tables de chêne brut aux allures de wagonnets étaient dotées de roues en fer et avançaient lentement sur des rails, évoluant au gré du repas sur trois étages. Ceux-ci, disposés en mezzanines, surplombaient le rez-de-chaussée occupé par un comptoir tournant le dos à un mur couvert de cordages, qui permettaient de piocher dans une importante collection de jambons secs et roues de fromages. Un ingénieux système de poulies les acheminait ensuite jusqu'à la bonne table sans contraindre les serveurs à gravir les étages.

Assis sur un tonnelet de bois recouvert d'un coussin confortable, Jack attrapa quatre pintes que le serveur lui tendit alors que leur table passait à côté du comptoir.

— Il y avait des morceaux partout, expliquait Arthur. Z'auriez dû voir ça. Un vrai carnage. J'en ai eu l'estomac retourné pendant trois jours.

Il attrapa un petit pain doré déposé devant lui et en détacha une tranche.

— Quelle idée de mettre des choux de Bruxelles dans des spaghettis, poursuivit-il. Monsieur ! Pourriez-vous remettre quelques olives, s'il vous plaît ?

Jack croisa ses énormes yeux cristallins et larmoyants. On aurait dit le regard implorant d'un bébé phoque.

— Vous avez vu que Fiddle s'est fait cambrioler ? fit Will habillé avec une chemise qui ressemblait à un parachute. Le maire a gagné son pari.

— Cela fait des années qu'on sait que ce type est plus louche que le compte d'un club de foot, grogna Marius.

— Pensais pas que le Rossignol arriverait à entrer sans se faire gauler, dit Arthur. Merci, monsieur.

Il venait de prendre à deux mains un énorme saladier d'olives. *Prodigieux*, pensa Jack.

— À la place de Fox, on l'aurait déjà attrapé. Comme quoi, une cravate et un gros budget, ça ne fait pas tout.

Jack ricana en portant sa chope à ses lèvres.

— Vous pensez pouvoir attraper ce type ?

Jack et Oliver œuvraient depuis déjà pas mal d'années. Le surnom était arrivé tardivement, de même que l'intérêt des médias qui ne facilitait pas les choses. La couverture médiatique d'une affaire multipliait les moyens alloués pour débusquer l'auteur. Mais jusqu'ici, la persévérance des enquêteurs et patrouilleurs ne les avait pas inquiétés.

Marius haussa les épaules.

— À l'évidence, le Rossignol ciblait le tableau. Ce n'est un secret pour personne qu'il y a des peintures qui valent davantage dans ce manoir. Il suffit de découvrir qui lui a indiqué que *La Vierge aux champignons* était cachée là. Personnellement, j'irai voir du côté de Foutriquet, son majordome. Il a été remercié le mois dernier.

— Fiddle a dit qu'il avait besoin de faire des économies, acquiesça Will. Les temps sont durs.

— Pas pour tout le monde. D'après sa femme, Foutriquet a touché un beau pactole, renchérit Arthur. Une dame très en forme, j'ai trouvé. Ils déménagent cette semaine dans le Sud.

— Tu as croisé Foutriquet ? demanda Marius.

— Pas cette fois, j'ai attendu qu'il parte. Le lit était encore chaud. Mais sa femme sait que l'argent vient d'un inconnu avec qui il avait rendez-vous chez Polpette.

— Très juste, opina Will en piquant dans une olive, Jeff l'a vu le mois dernier lors du fameux rendez-vous. Il a noté que le majordome n'avait pas l'air très à son aise.

Arthur se pencha sur un Jack dont le teint commençait à pâlir.

— Le patron du Polpette, Jeff, est un ancien de la brigade. Il n'oublie jamais un visage.

— Le type a laissé son parapluie, d'ailleurs, reprit Will. Enfin, pas le sien. Je l'ai reconnu tout de suite. C'est le vieux parapluie rose à carreaux de Miss Bark qui habite place des Palais.

— Ouais, la dernière fois que j'ai été chez elle, poursuivit Arthur, elle m'a dit qu'elle partait faire un tour du monde. Elle avait rencontré un homme charmant qui pouvait lui louer son appartement. Trop de voleurs, qu'elle disait.

Jack déglutit. Il n'aimait pas la tournure que prenait la conversation.

— La vieille dame qui habite au rez-de-chaussée va souvent chercher un bol à la Pâterie, indiqua Will.

Arthur se pencha à nouveau vers Jack.

— Il a le béguin pour la patronne, chuchota-t-il. Toutes ses enquêtes le mènent là.

— On n'aurait aucun mal à obtenir des photos et les empreintes du gars, continua Will en lançant un regard noir à Arthur. Dans l'heure, on obtiendrait un mandat. Il doit y avoir en ce moment un sacré butin dans l'appartement de Miss Bark.

Jack prenait à présent le teint de la roue d'emmental qui passait au-dessus de leur table. Ils étaient vraiment doués, les salauds.

Marius attrapa une assiette de charcuterie qui arrivait dans sa direction comme un téléphérique miniature.

— Ouais, dit-il. On pourrait.

— Sans aucun doute, approuva Arthur sans grand intérêt.

— Mais après ce que la direction m'a fait, pas question que je lui serve un faire-valoir sur un plateau. Qu'ils se débrouillent.

Arthur et Will approuvèrent en silence.

— Vous n'avez pas l'air bien, chef ? remarqua Will.

— Je digère mal les olives, assura Jack en élargissant son col pour mieux respirer. Et donc, vous disiez que la direction vous avait fait un sale coup ?

Les traits de Marius se durcirent.

— Je n'aime pas en parler, dit-il.

— Ça lui a causé beaucoup de tort, ainsi qu'à sa famille, expliqua Will. Nous l'avons aidé autant que possible.

— D'ailleurs, fit Arthur en accueillant une assiette exagérément garnie, si vous avez besoin d'un prêt, je connais un bon courtier. J'ai déjà dix-sept emprunts chez lui. Il ne me refuse rien et m'a même remboursé le dernier sans rien demander en échange. J'imagine qu'il m'aime bien.

Leur table montait paisiblement vers l'étage et passa à côté d'une fenêtre. Jack regarda au travers et vit un homme, abrité de la pluie par une pèlerine de cuir luisant. Un vêtement moyenâgeux, semblable à celui porté par l'individu qui s'était introduit dans le commissariat. La silhouette se découpa dans l'obscurité lorsqu'elle passa dans la lumière projetée par les vitres du restaurant.

— Tiens, voilà Fox, fit Will en regardant à son tour. Encore à chercher le Rossignol. Il paraît que la commissaire en chef ne l'apprécie pas. Je ne lui donne pas six mois pour être muté dans une voie de garage.

Jack n'écoutait plus. Fox était venu au commissariat en pleine nuit et avait essayé de le tuer. Pourquoi ?

Les assiettes se vidèrent, les verres également et les boiseries décorées de photographies anciennes continuèrent à défiler. Ils approchaient à présent du chandelier immense suspendu au plafond, dont la chaleur rayonnait jusqu'à leur table d'où s'élevait le rire de Will.

— C'était le bon temps, sourit-il en s'emparant de la carte des desserts. On était une super équipe. Vous vous souvenez du braquage de la Madoff ?

Arthur prit une nouvelle gorgée et se tourna vers Jack.

— Robert Willow, dit-il. Après quelques braquages de pharmacies réussis, il a gagné un peu trop en confiance. Un jour, il a volé un camion poubelle et a défoncé la façade de la Madoff Bank, sur la place des Palais. Ensuite, il a essayé de faire sauter le coffre avec des explosifs, mais la porte n'a pas bronché.

Jack connaissait le type. Aucune créativité. En outre, la cible était mauvaise dès le départ, puisqu'elle se trouvait pile en face de la première division. Ses hommes n'allaient pas mettre deux minutes à arriver.

— Il a pris la fuite au moment où l'employée déclenchait la clochette. J'étais dans le bureau quand elle a tinté. J'ai appelé les autres. Will mangeait au Flaky's. Celui avec la vue panoramique. Il pouvait suivre le gars en temps réel. Mieux qu'une caméra. Beagle était chez sa maîtresse, à ce moment-là...

Will pouffa.

— Je l'ai vu débarquer en caleçon au coin de la rue du Lard et lui sauter dessus. Je ne sais même pas où il avait rangé ses menottes.

— Beagle avait une maîtresse ? demanda Jack en notant l'information dans un coin de sa tête.

— Une ancienne collègue de la troisième division, répondit Arthur. Je connaissais bien sa mère, ajouta-t-il avec l'œil brillant.

Il sembla rejoindre les deux autres, perdus dans un mélange d'alcool et de pensées nostalgiques.

— C'est vrai qu'on formait une chouette équipe, continua-t-il en reniflant. C'est moche, ce qui est arrivé au vieux Beagle. On lui avait dit d'arrêter.

Marius lui donna un coup de coude pour le faire taire. Arthur, aux confins de l'ivresse, ne remarqua rien.

— C'était une mauvaise idée de s'attaquer à Fifi… à Fiddle.

Marius lui planta cette fois sa fourchette dans la main avec la délicatesse d'un marteau-piqueur. Jack ne put s'empêcher de réagir.

— Il enquêtait sur Fiddle juste avant sa mort ?

— Il le soupçonnait d'être mêlé à un vol, indiqua Marius à contrecœur. Le vol d'une maquette de navire. Un truc insignifiant. Ça ne lui ressemblait pas. Il s'est replié pendant des semaines sur ce dossier et ne s'intéressait plus à rien d'autre.

Arthur sortit une flasque de l'intérieur de sa veste.

— Vous êtes encore pâle, commissaire. Un peu de liqueur de bulot pour digérer ? proposa-t-il à Jack en s'en versant lui-même un verre.

Jack croisa ses grands yeux humides et perdit tout contrôle de ses pensées.

— Avec plaisir, articula-t-il en tendant son verre. Et qu'est-ce qui lui faisait croire que Fiddle était lié au vol ?

— Il n'en a rien dit. Certains le disaient parano, mais je pense qu'il cherchait à nous protéger.

Jack regarda son verre.

— Tiens, la liqueur, ça ne mousse pas, d'habitude, observa-t-il à mi-voix.

Voyant Arthur vider son verre d'un trait, Jack porta le sien à ses lèvres.

— Bah, qu'est-ce que je risque ?

Beaucoup de belles histoires commencent par cette phrase. Les plus douloureuses aussi, comme il s'en fit la réflexion lorsqu'il reprit connaissance le lendemain vers midi, étendu dans le panier de Prosper avec l'impression persistante d'avoir mâché un slip.

À treize heures dans la rue de la Trique, quelques passants se jetèrent de côté. Par principe, on pouvait refuser d'accepter tout conditionnement, réfuter que la Terre était ronde ou d'autres constats scientifiques maintes fois soutenus. On pouvait remettre en question les lois du mouvement de Newton. On pouvait. Mais à la vue d'un porcidé adulte lancé en plein galop après une balle couinante, personne ne prenait cette peine.

Prosper ouvrit ainsi un couloir dans la foule pour Will et Jack qui le suivaient, marchant d'un pas mou vers le commissariat.

— Vous verrez, leurs sandwiches sont excellents, dit Will en reprenant la balle que lui apportait le cochon.

Jack émit un bruit de vague approbation. Il avait mal au crâne et une haleine indéfinissable, à mi-chemin entre le fruit de mer et le pain d'épice. Mordant dans son sandwich, il dépassa une longue file de jeunes qui attendaient sur le trottoir. La file s'achevait devant Le Croque-Madame.

— C'est bizarre, ça, dit-il.

— C'est parce qu'ils font leur propre mayonnaise à la truffe. En réalité…

— Je parle de tout ce monde qui attend devant le commissariat.

— Oh, ça, répondit Will avec le ton de celui qui fait mine de ne pas avoir remarqué qu'il tient une télé volée dans ses bras.

Jack soupira.

— Une autre idée d'Arthur, j'imagine ?

— Ça paie le charbon, pour se chauffer, vous voyez.

— Développez.

— Ben, ça faisait déjà quelque temps qu'on n'avait plus d'ordinateur, lorsqu'un installateur nous a apporté l'imprimante qui se trouve dans mon bureau. Le gars n'avait jamais vu ça. Vous balancez une bûche ou un rondin dedans et ça vous le transforme en papier en quelques secondes. Vous imprimez et reliez un dictionnaire avant d'avoir fini de cligner des yeux.

— Vous n'avez pas pensé à une erreur, naturellement ?

— Il ne s'agissait pas d'une erreur. La société avait signé un contrat avec la ville, pour l'ensemble de ses bâtiments. Du coup, à l'approche des examens, les étudiants viennent imprimer leurs travaux chez nous. Nous sommes très compétitifs.

Jack monta l'escalier qui menait au premier étage et consulta son téléphone qui venait de vibrer dans sa poche. Oliver ne voyait aucune trace de la ruelle Biscornue mentionnée dans le carnet de Beagle.

Jack avala un bout de verdure qui dépassait de sa bouche. Lui non plus, n'avait rien trouvé dans la cartographie de son moteur de recherche. La ruelle n'était pourtant pas si récente, si Beagle y avait rendez-vous avant sa mort.

— Ruelle Biscornue, ça vous dit quelque chose ? demanda Jack en se retournant.

Gravir les marches représentait pour Will une épreuve, qu'il ponctuait de plusieurs pauses.

— Jamais entendu parler, répondit-il après quelques secondes consacrées à reprendre son souffle. Qui vous a parlé de ça ?

— Beagle avait gribouillé une adresse dans son carnet. Peut-être ai-je mal lu. Les autres ne sont pas là ?

— Vous leur avez demandé de patrouiller dans le quartier, après avoir vomi une première fois sur la table qui passait en dessous de nous. Mais Arthur ne devrait plus tarder. Il est bénévole non loin d'ici, dans une association qui soutient les femmes isolées ou qui n'ont pas le moral. Des cibles faciles, pour des personnes malavisées.

— C'est gentil de sa part, répondit distraitement Jack.

Avant d'ajouter :

— Enfin j'imagine.

Il se dirigea vers son bureau et s'y installa. Beagle devait connaître cette ruelle. Ce taré passait ses journées à arpenter la cité. Il avait probablement donné un prénom à chaque pavé. Il ouvrit l'un des tiroirs et y plongea la main pour attraper la carte de l'ancien commissaire, que Marius lui avait confiée à son arrivée. Ses doigts ne rencontrèrent qu'un crayon et quelques résidus de tabac.

Après avoir vérifié les autres tiroirs, il posa ses jambes sur le bureau et ferma les yeux. L'obscurité lui permettrait de réfléchir.

Cette nuit-là, Fox était entré dans cette pièce et ne s'attendait pas à le rencontrer. Il n'avait pas cherché à tuer Jack. Pas sans raison.

Ce dernier se plaqua les mains devant les yeux. Les pièces du puzzle commençaient à s'emboîter. Le problème, c'est qu'il se retrouvait à présent avec un peu trop d'angles pour un rectangle.

Pourquoi Fox avait-il volé cette carte ?

Oliver avait pensé à une nouvelle piste. Sans doute avait-il raison. Le meilleur moyen de progresser était d'entrer au palais de justice. Le dossier d'enquête concernant la mort de Beagle y était forcément archivé.

Cette nuit-là, se produisit une forte détonation qui réveilla les habitations sises aux abords du palais de justice. Les patrouilles convergeaient déjà, lorsque deux silhouettes fantomatiques atterrirent dans une petite rue à l'arrière du vieil édifice. Jack et Oliver, couverts de plâtre de la tête aux pieds, s'époussetèrent en s'éloignant d'un pas vif.

— Ben bravo, maugréa Oliver dont le sillage ressemblait à celui d'une locomotive à vapeur. Ça va être discret.

— Au moins, nous sommes désormais fixés.

— Nous l'aurions été avec une seule charge et moins de patrouilles aux fesses. Bon, on se voit demain soir. N'oublie pas les cordes.

Ils se séparèrent. Jack grimpa une rue piétonne en escalier longeant d'anciens remparts de la ville. Les patrouilleurs sortaient rarement de leur voiture pour ratisser. Il déboucherait ainsi dans des jardins publics déserts à cette heure et de là, ne serait plus qu'à quelques pas de son appartement.

Il monta une série de marches creusées en leur centre qui menaient dans les jardins. Il était inutile de se presser. S'il devait fuir, l'endroit offrait bon nombre d'arbres derrière lesquels se cacher. Tandis qu'il s'engageait sur un sentier, un bruit de pas, juste derrière lui, l'arracha à ses pensées.

Se retournant, il tressaillit et étouffa un cri.

— Bouge pas, grogna la voix de Marius.

Sous sa cagoule, Jack loucha sur la lame d'un impressionnant couteau de survie levé à quelques centimètres de son nez. Pourtant, il fallait bien le reconnaître, c'était plutôt le visage derrière qui effrayait le plus.

D'un geste, Jack retira sa cagoule. Il avait conscience que ses yeux cerclés de plâtre lui donnaient un air de hibou.

— Bien joué, Marius, dit-il en levant la main en signe d'apaisement. Je voulais tester vos…

— Vous venez d'entrer par effraction dans le palais.

— Je ne vois pas ce qui vous fait dire cela.

— C'est écrit sur votre main.

Jack posa les yeux sur sa paume et poussa un juron. *Foutue mémoire.*

Le policier à l'imposante stature baissa le couteau et le rangea à sa ceinture.

— Vous cherchiez le dossier sur le meurtre de Beagle, hein ?

Jack soupira. Il ne servait à rien de mentir.

— En effet, mais…

— Et je parie que vous n'êtes pas parvenu à mettre la main dessus ?

Ce n'était pas une question. Jack se tut.

— Moi aussi, j'ai essayé, reprit-il. Un type dans cette ville a le bras long et a tout intérêt à ce que l'enquête reste au fond d'un tiroir.

— Il doit bien exister quelqu'un qui puisse nous renseigner. Qui a enquêté sur sa mort ? Qui a emporté tous les dossiers sur lesquels il travaillait avant de mourir ?

— Élisabeth Mugger et ses meilleurs hommes. Avant d'être commissaire en chef, elle était à la tête de la direction judiciaire. Quelques mois après la mort de Beagle, elle a accepté de me rencontrer. L'enquête piétinait. Elle et ses hommes ont passé le quartier au peigne fin et interrogé tous ses habitants. Ils ont arrêté quelques suspects, mais tous avaient un alibi. Après un an d'enquête, elle a été contrainte d'abandonner.

— Quelqu'un faisait pression sur elle ?

— Non. Elle avait épuisé toutes les pistes. Après avoir réinterrogé plusieurs fois les mêmes personnes, il fallait se rendre à l'évidence ; d'autres familles attendaient que des dossiers avancent. C'est une femme intelligente. Si elle n'a rien trouvé, nous n'aurons pas davantage de résultat sept ans plus tard.

Marius s'interrompit quelques instants.

— Vous savez, dit-il, dans la plupart des cas, l'auteur est rapidement identifié, soit parce qu'il était trop bourré pour quitter les lieux, soit parce qu'il est dénoncé par un proche. Ici, cela pourrait être n'importe qui. Beagle avait un tas d'ennemis, parce qu'il faisait du bon boulot.

Il marqua une nouvelle pause, regardant par-dessus l'épaule de Jack. L'endroit sentait le chèvrefeuille et le thym. Les jardins offraient une vue imprenable sur une vaste étendue de toitures disparates. Maird était bâtie sur le modèle d'un tas d'autres villes. Des siècles plus tôt, un type avait écrasé la tête d'un second à l'aide d'un gourdin et avait eu le plus bel emplacement. Comme il faisait peur, il avait eu beaucoup d'amis. Ainsi, un désordre de rues s'était progressivement formé. Le village était devenu une cité fortifiée. Parfois, une place avait été créée par un violent incendie ou le manque d'espace pour installer un échafaud. Aujourd'hui, la ville était devenue moderne. Entendez par là que ses habitants ne se lavaient pas davantage et n'allaient pas plus longtemps à l'école, mais ils avaient la télé.

— C'est ici qu'il est mort, dit Marius en désignant un banc de pierre. Il y donnait souvent rendez-vous à ses indicateurs. C'était discret et ça mettait les gens à l'aise pour lui parler.

— Ce serait donc l'un de ses indicateurs qui l'aurait tué ?

— Peut-être. Ou quelqu'un qui le suivait et a attendu d'être hors de vue pour l'abattre.

Il se tourna vers Jack.

— Pourquoi vous donner tant de mal pour un type que vous ne connaissez pas ?

— C'est ce que fait un flic, non ? répondit Jack en haussant les épaules.

Pour la première fois, Marius esquissa un sourire. Quelque chose d'assez approchant, du moins.

— Vous lui ressemblez, commissaire Lescrot. Vous l'entendrez sans doute encore. Mais à présent, vous devriez partir. Arthur ne va pas tarder à me rejoindre. Je parie qu'il est déjà à ma recherche et il n'existe pas meilleur pisteur.

Il n'avait pas encore achevé sa phrase qu'une mélodie enfantine en approche se fit entendre. Tous deux se tournèrent vers Arthur, occupé à jouer sur son téléphone. Il passa devant eux sans les voir, le visage éclairé par l'écran.

— Une dernière chose, fit Jack en le regardant s'éloigner.

Comme Marius ne répondait pas, il poursuivit :

— Savez-vous où se situe la ruelle Biscornue ?

— Jamais entendu parler.

Le lendemain soir, les quelques journalistes présents sur les quais admettaient volontiers que le maire ne manquait pas de style. Quelques semaines auparavant, il avait sollicité auprès du conseil municipal l'acquisition d'un bâtiment en bord d'Urée destiné aux réceptions. Les élus avaient répondu par un refus, et voilà qu'un riche étranger lui en offrait un pour la découverte de son tableau. La transaction avait d'ailleurs été d'une rapidité jamais vue.

— Vous appelez ça un bâtiment ? grogna Fiddle à Oliver.

Les journalistes avaient souligné l'audace du maire d'inviter son rival à l'inauguration. L'homme avait été innocenté d'un prétendu meurtre qui n'avait jamais eu lieu, mais le répit n'avait pas duré. La police l'avait rappelé peu après pour connaître l'origine du tableau déposé dans le bureau du maire par le Rossignol. Il avait nié avoir un jour possédé l'œuvre, sans convaincre.

— Techniquement, il s'agit bien d'un bâtiment, répondit Oliver.

Dans la matinée, les travailleurs collés aux vitres des entreprises qui longeaient les quais avaient partagé sur Internet l'arrivée par le fleuve d'un impressionnant galion espagnol. Bien que plus petit que les immenses navires amiraux de la même époque, son gréement dépassait tout de même de loin la toiture des hautes bâtisses qui bordaient l'endroit.

— Par chance, il était entreposé depuis des années dans un hangar et les mâts étaient déjà démontés. Cela a facilité son acheminement, précisa Oliver, bien conscient que son interlocuteur ne l'écoutait pas.

Les deux hommes conversaient sur le pont à l'avant du navire, souriant aux nombreux invités qui allaient et venaient avec un regard d'enfant, le nez levé vers les cordages. Tandis que quelques élus pillaient les tables garnies de hors-d'œuvre, la plupart se bousculaient pour atteindre le gouvernail. Le *Cordillera de los Andes* affichait fièrement ses rondeurs, depuis l'hydre de Lerne sculptée en guise de figure de proue jusqu'aux lanternes de sa poupe outrageusement travaillée. S'il attirait aujourd'hui les regards, nul ne s'attendait à la place qu'il occuperait quelques semaines plus tard dans les quotidiens.

— Osez nier que tout cela n'était pas préparé, fit Fiddle, les dents serrées.

Oliver tourna un regard innocent vers la surface des tables ployant sous le poids d'amuse-gueules colorés, qui avaient contraint le traiteur à engager du personnel pour travailler jour et nuit.

— Par votre pari stupide, vous avez attiré le Rossignol chez moi et il est reparti avec *La Vierge aux champignons* que vous saviez être en ma possession. N'oubliez pas que c'est vous qui l'avez volé pour moi, il y a quelques années. Si je tombe, je n'hésiterai pas à parler de votre passé.

Oliver leva sa flûte de champagne.

— Je suis confiant, dit-il. Personne ne croira les élucubrations de mon concurrent en politique, qui s'accroche désespérément au mandat qu'il a perdu.

Fiddle sourit.

— Monsieur Larnac, vous avez eu beaucoup de chance, lors des élections. Vous sortez cependant de nulle part. Certains semblent s'amuser que vous transformiez cette ville en cirque, mais j'ai rendu de très nombreux services, dans ma carrière. Nos petits artisans, par exemple, voient d'un très mauvais œil l'arrivée de cette nouvelle galerie commerciale dont vous semblez permettre la construction. Ne sous-estimez ni leur contrariété ni la mienne.

Oliver remercia l'homme de ses conseils et s'éloigna. Même lorsqu'il vous menaçait, on ne pouvait s'empêcher de remarquer la blancheur de ses dents et un parfum fruité qui rappelait les meilleurs cocktails. Sale type.

Oliver ne s'y trompait pas. Les plus grandes arnaques sont parfaitement légales. Depuis qu'il occupait cette fonction, il le savait encore mieux. Fiddle, lui, ne l'avait jamais compris. Pour l'emporter sur un adversaire, il considérait un gorille équipé d'une batte de baseball comme la quintessence de la technique de persuasion. Mieux vaudrait être prudent durant les semaines à venir.

Quelques mètres plus loin, Mary discutait avec la commissaire en chef. Élisabeth Mugger n'avait jamais semblé sympathique au premier abord. Ni au second. Évoluer dans un milieu d'hommes l'avait contrainte à une certaine méfiance, mais elle pouvait s'en dispenser en compagnie de la jeune secrétaire. On voyait sans peine briller les étoiles par centaines. Une si rare occasion dans les villes qu'Élisabeth suspectait le maire d'en avoir suspendu des fausses pour l'occasion. De plus en plus de gens se disaient qu'il était capable de tout.

— Le commissaire Lescrot a rapidement pris ses marques, dit Mary. Depuis qu'il est arrivé, la dixième division semble renaître.

— Pour être honnête, nous ne l'espérions plus. Après ce qui est arrivé à ses prédécesseurs, j'ai préféré éviter que quelqu'un récupère cette place maudite. Seuls les trois inspecteurs ont refusé de partir. Ce n'est pourtant pas faute de le leur avoir proposé.

— Que voulez-vous, ils tiennent à leurs habitudes. Peut-être arrivera-t-il à mettre la main sur l'assassin du commissaire Beagle. Je sais que le maire en a fait la demande.

— Ce serait courageux et il peut compter sur mon soutien. Hélas je crains d'avoir épuisé, à l'époque, toutes les pistes jusqu'à ce que l'affaire me soit retirée. Et le maire, justement, comment va-t-il ?

— Plutôt bien. Il a de plus en plus d'alliés au conseil, répondit Mary en prenant un toast au saumon recouvert de guacamole et pépins de grenade. Ces derniers jours, il a montré qu'il était plus fort que Fiddle.

— Ce navire de guerre amarré à deux pas de sa maison, en plein centre-ville, est également un beau message adressé à son adversaire.

— Même Fiddle ne devrait rien trouver à y redire. Depuis que le navire est apparu dans la presse, la ville croule sous les demandes venues de tout le continent pour y célébrer des mariages. Je pense que nous avons déjà assez d'argent pour en construire un second. Les traiteurs, boulangers, poissonniers, bouchers et fleuristes du coin sont enchantés.

— J'ai entendu que beaucoup étaient assez mécontents de voir arriver cette nouvelle galerie commerçante. Des heurts seraient à prévoir, selon nos renseignements.

Mary adressa à la dirigeante un sourire rassurant.

— Je suis sûre que monsieur le maire parviendra à trouver une solution avant que cela ne dégé...

Elle fut interrompue par un brusque silence. Tous s'étaient tournés vers Oliver, qu'un homme menaçait d'une arme à feu.

Moins d'une minute auparavant, juste à côté de la passerelle d'embarquement, Oliver conversait avec un moustachu, dont la haute taille culminait vers une cascade de cheveux graisseux, tombant de part et d'autre d'un visage rougi par un budget boisson conséquent. L'homme avait acheté un vaste terrain dans le centre-ville, autrefois occupé par une fabrique. Quelques heures avant la nomination d'Oliver, Fiddle avait donné son accord pour la construction d'un centre commercial de cinq étages. Oliver avait depuis lors tenté d'annuler le projet, sans succès jusqu'à ce jour. La ville ne manquait pas de boutiques, mais de chambres pour accueillir les touristes fortunés. Un hôtel remplirait tout autant les caisses municipales, tout en préservant les emplois actuels.

— Je dois vous avouer que je ne pensais pas venir, monsieur le maire, dit-il. Le projet d'hôtel que je souhaitais développer à Paris vient d'être annulé.

— Vraiment ? s'étonna Oliver d'un air qui sonnait faux.

L'homme éclusa son verre d'une seule traite.

— Cette saleté de terrain acheté hors de prix serait d'une « rare valeur archéologique ». Par conséquent, il est impossible d'y construire quoi que ce soit tant qu'il n'a pas été exploité par l'université.

— Pas de chance, vraiment.

Oliver se souvenait d'avoir passé une nuit entière, le mois dernier, à y répandre des morceaux d'amphores et autres céphalopodes fossilisés en compagnie de Jack. De quoi remplir une seconde fois les réserves du Louvre.

Il se fit d'ailleurs la réflexion que la majorité des pièces en provenaient réellement.

— C'est peut-être l'occasion de construire cet hôtel chez nous, suggéra Oliver en faisant signe au serveur de remplir une nouvelle fois la flûte de son interlocuteur.

Son contenu émanait d'une bouteille de champagne, en réalité remplie d'un alcool traditionnel réalisé dans la baignoire d'un distillateur russe. Le breuvage pouvait démarrer un camion en plein hiver sibérien, ce que ne sembla pas remarquer le promoteur lorsqu'il siphonna le verre mortellement dosé.

— Nan, dit-il. Cette ville n'a pas vraiment de potentiel touristique. Sans vouloir vous vexer. Elle est pleine de détraqués.

— Comprenez que, de mon côté, je fais face à de nombreux commerçants qui s'inquiètent de votre centre commercial. Un hôtel aurait davantage d'intérêt pour tous.

— Avec tout mon respect, c'est une idée de m…

Il n'acheva pas sa phrase. Un pistolet noir venait d'apparaître sous son nez.

— Venez tous les deux sans faire d'histoires, dit un homme en pull épais, le visage dissimulé par une écharpe.

À l'odeur, on reconnaissait sans peine Barney Caboche, poissonnier dans la rue de la Trique. Les habitants le connaissaient mieux sous le nom de Barney Ce-Ne-Sont-Pas-Ces-Moules-Qui-Vous-Ont-Rendu-Malade ou encore Barney Mais-Non-Ce-Thon-N'était-Pas-Déjà-Là-Le-Mois-Dernier.

L'enlèvement s'était déroulé selon les conventions d'usage. Des complices avaient placé un sac de jute sur la tête d'Oliver, lui avaient lié les mains dans le dos et l'avaient jeté sur le plancher d'une camionnette. Il avait d'abord pensé se trouver dans le véhicule d'un caviste, puis s'était souvenu de la présence du promoteur. Le trajet n'avait duré que quelques minutes au cours desquelles Oliver s'était fait la réflexion que la voirie municipale méritait une sérieuse rénovation. Placé sur une couverture épaisse, il se dit toutefois que ses ravisseurs avaient le sens de l'hospitalité. Un peu plus tard, il allait se dire qu'ils avaient aussi le sens de la mise en scène.

Oliver sentait un sol en pierre sous ses pieds. Toujours ligoté, il était assis sur une chaise qui tournait le dos à une seconde, occupée par un promoteur gémissant. De ce qu'il pouvait en juger, il n'était ni à l'intérieur ni à l'extérieur. Son intuition lui disait qu'il était entouré de murs, mais le ruissellement d'un petit cours d'eau était audible devant lui.

Il respira une goulée d'air tiède. Il y avait une forte odeur de terre humide et de feuillage. Ç'aurait pu être la lisière d'une forêt s'il en restait une dans les environs, chose que des siècles d'urbanisation excluaient catégoriquement.

— Où sommes-nous ? bredouilla le promoteur.

À défaut d'originalité, la question se montrait pertinente. Oliver s'apprêtait à répondre, lorsqu'il entendit approcher des pas. On lui retira le sac qui l'aveuglait.

Ses yeux durent s'habituer à l'obscurité, à peine déjouée par une poignée d'étoiles qui décoraient la nuit visible à travers un plafond de verre brisé. Il n'était jamais venu ici.

Il devait s'agir d'une ancienne boutique de fleuriste, abandonnée depuis plusieurs décennies. La salle en pierre rappelait un temple en ruine. Elle était traversée par un ruisseau canalisé en ligne droite, qui disparaissait dans une grille de fer forgé. Avec les années, des arbres exotiques avaient débordé de leurs pots et s'étaient développés à outrance. Leurs racines trempaient dans le ruisseau, tandis que leurs branches avaient percé la verrière zénithale. Les grosses lianes lisses et pâles qu'elles formaient s'étaient fondues dans l'architecture, dessinant des ogives sur le plafond voûté. Gaudí en aurait été jaloux.

À côté des deux hommes, sur un ancien comptoir, se trouvait un fourreau de cuir déplié où s'alignaient des rasoirs de diverses tailles. Les lames bleutées, brillantes, se distinguaient nettement du décor minéral. Le promoteur aussi semblait les avoir remarquées.

— Vous n'avez pas le droit ! protesta ce dernier qui commençait à dégriser.

Oliver n'avait jamais réellement vu les choses sous l'angle de la légalité. Lorsqu'un piéton s'engageait sur un passage clouté devant un camion lancé à pleine vitesse, il était dans son droit. Le mec bourré dans un bar qui draguait la copine d'un autre mec bourré, bodybuildeur professionnel, était dans son droit.

Oliver était de ceux qui privilégiaient l'instinct de survie. Aussi décida-t-il de rester silencieux.

— Vous êtes Désiré Lecul ? Le type qui veut construire le centre commercial ?

— C'est Lécut, protesta l'intéressé. Avec un accent. Et vous avez intérêt à me relâcher.

De toute évidence, leur ravisseur ne partageait pas cette perspective. Oliver le reconnut à ses bretelles et son nœud papillon en laine. Il s'agissait du barbier de la rue du Lard, dissimulé sous une cagoule de velours. Un gentleman, qui avait remporté un tournoi de lutte organisé par la ville quelques semaines auparavant au profit de jeunes défavorisés. Contre toute attente, il avait ainsi démontré qu'il était possible de transformer son adversaire en punching-ball avec élégance. Le jury avait apprécié.

— Hé ! cracha le promoteur. Vous allez m'écou…

En une fraction de seconde, une lame sortie de nulle part lui passa sous le nez, emportant un petit tourbillon de poils. Ceux qui survécurent se dressèrent d'effroi. La température descendit de quelques degrés du côté de Désiré Lécut.

Le barbier approcha du comptoir. Un verre au contenu ambré s'y trouvait, posé à côté d'une bouteille de Fossoyeur. Il but le verre et le reposa d'un coup sec.

— La prochaine fois, je recommence en fermant les yeux. On se revoit dans cinq minutes.

Oliver regarda autour de lui. Impossible de savoir où ils l'avaient emmené. Quelques restes d'affiches brunies par le temps se distinguaient encore par endroits, mais leur contenu était effacé depuis des lustres. Des années plus tôt, il aurait encore pu lire l'adresse de la boutique, qui donnait dans la ruelle Biscornue.

Son regard se posa sur le comptoir, que des lianes commençaient à gravir. Hormis le fourreau et la bouteille, il accueillait une vieille caisse enregistreuse et une dizaine de boîtes métalliques octogonales. Oliver en ignorait l'utilité et ne s'y attarda pas. Pour l'heure, il ignorait que leur dimension correspondait au millimètre près à la trace observée par Jack sur le bureau de Beagle. Une marque sans poussière sur une surface abandonnée depuis la mort de son occupant.

— Vous croyez qu'ils vont nous laisser partir ?

— Sans doute, oui.

— Vous les connaissez ?

— De simples commerçants. Je ne m'en fais pas. Mon adjoint en charge du commerce a été enlevé et séquestré l'année dernière, lorsqu'on a voulu réduire le nombre de parkings. Il se porte bien, d'ailleurs.

L'autre se taisait, attendant la suite. Il y a toujours une suite, lorsqu'on emploie ce ton.

— Il est sorti de l'hôpital cette semaine. Les médecins sont plutôt optimistes. Il reconnaît déjà ses proches et d'ici à quelques mois, il devrait à nouveau pouvoir prononcer des phrases simples. Mais je ne m'en fais pas trop. Un maire enlevé et assassiné n'est pas bon pour les affaires. Vous, en revanche…

— Mais ils risquent la prison !

— C'est certain.

Oliver se gratta le nez à l'aide de son genou.

— Notez que pour notre amateur de rasoirs, ce ne serait pas un problème. Il en sort. Après trente ans derrière les barreaux, il a dû s'y faire des amis. Dans l'ensemble, ce sont de bons gars, vous savez. Mais de bons gars qui travaillent douze heures par jour et voient malgré tout s'accumuler les factures.

— Vous croyez que si nous changions d'avis à propos de ce centre commercial… ?

— Peut-être, peut-être, murmura Oliver. C'est une idée à laquelle je n'avais pas pensé. Mais cela tombe bien, j'ai justement sur moi une demande de permis d'urbanisme pour un hôtel de deux cents chambres en lieu et place du centre envisagé. Ainsi qu'un contrat dans lequel vous vous engagez à mener à terme le projet. Une simple initiative de ma secrétaire.

Le promoteur vit apparaître une liasse de documents devant ses yeux.

— Vous… Vous n'étiez pas attaché ?

— Je transpire des poignets, assura Oliver en lui tendant un stylo. C'est génétique. Tenez, il faut parapher en bas de chaque page et signer la dernière. Elle est déjà datée. Je vous enverrai une copie.

Quelques minutes plus tard, l'homme était déposé sur les quais, accompagné d'un panier garni offert par les commerçants du centre-ville.

— Encore désolé pour le choc dans la camionnette, monsieur le maire, fit l'un d'eux. Je me suis cogné le genou sur l'attache-remorque et…

— Ce n'est rien, assura Oliver. Vous avez tous été parfaits. Je vous avais dit que ça marcherait. Très convaincant le coup du rasoir, Fred.

— Un plaisir, monsieur le maire. Mary a appelé, au fait. Elle a communiqué aux journalistes présents que vous vous étiez échappé après avoir maîtrisé seul une dizaine de ravisseurs. Elle a aussi indiqué qu'elle avait déjà planifié une journée shopping avec votre carte. Pour ne pas avoir prévenu, au sujet de l'enlèvement.

Le sac de jute à nouveau sur la tête, Oliver sourit secrètement en accompagnant le barbier jusqu'à la sortie. Ce n'était pas cher payé. En une soirée, il avait gagné en popularité, déjoué les plans de Fiddle et obtenu l'hôtel dont il avait besoin.

— Navré de devoir vous bander les yeux, s'excusa le barbier. Le propriétaire tient à garder cet endroit le plus discret possible.

On lui ouvrit une porte, puis on le guida sur du plancher. L'air se fit de plus en plus doux, indiquant que l'endroit était chauffé. De nombreux arômes d'herbes et d'épices se mélangeaient. Une nouvelle porte s'ouvrit sans un bruit et Oliver se retrouva dehors.

On le fit marcher encore une ou deux minutes et faire quelques tours sur lui-même pour le désorienter. Une fois le sac retiré, il découvrit qu'il se trouvait dans la rue des Flairants, ainsi nommée en raison des façades étroites d'artisans qui contrastaient avec le majestueux musée Dutish où logeaient autrefois les gouverneurs de la cité. Par le passé, les étages de la rue étaient occupés par le personnel qui travaillait pour son noble voisinage. Plus jeune, Oliver y avait lui-même habité quelque temps, au-dessus de l'atelier d'un horloger.

Les commerces fermaient tard, dans cette rue. Certains ateliers étaient encore éclairés. Les volets se baissaient un à un. Parfois, le contenu d'un seau était évacué par une travailleuse qui ne demandait qu'à rentrer chez elle, trop fatiguée pour remarquer le maire tout juste libéré.

Il serra la main étonnamment délicate du barbier et rentra chez lui, accompagné par les étoiles et les soûlards. Il pouvait bien s'octroyer quelques jours de répit. La fin de l'année ne serait pas de tout repos pour le Rossignol.

Les semaines se succédèrent sans évènement notable jusqu'à l'approche de novembre. Kristof plongea les mains à l'intérieur de son gilet pare-balles pour les réchauffer. Aucun policier n'aime garder un périmètre. Non pas en raison de la pluie, du froid ou de la nécessité de trouver des toilettes propres dans les environs, mais parce que garder un périmètre est une expérience sociale qui vous donne envie d'étrangler les gens. Face aux banderoles bleu et blanc, les passants se divisaient en trois groupes.

Les premiers membres de cette typologie s'arrêtaient pour photographier le corps à grand renfort d'exclamations enthousiastes. Tout frétillants, ils partageaient l'excitation d'un archéologue qui croiserait un tyrannosaure vivant lors d'une balade en forêt. Avant de se faire arracher la tête, il s'entend.

Les deuxièmes, plus âgés et bouche grande ouverte, demandaient avec une consternation de mauvais acteur ce qui était arrivé. Car une hache plantée en travers du front ou des flammes sortant d'un immeuble n'étaient pas toujours suffisamment explicites. Et parce que le moment semblait s'y prêter, ils embrayaient ensuite sur la dénonciation du voisin qui tond sa pelouse le dimanche.

Enfin, la troisième catégorie demandait s'il était possible de passer parce que, vous voyez, sinon je dois faire un détour. Le policier, qui venait de placer une demitonne de cônes orange, de lampes bleues, de banderoles et son véhicule en travers du chemin, se demandait si on le prenait pour une truffe.

Mais Kristof ne se plaignait pas. Il avait une bonne place sous les ordres de Fox. Le commissaire était exigeant, mais juste. Ceux qui faisaient de leur mieux étaient toujours remerciés et travailler pour lui durant quelques années garantissait d'être engagé partout ensuite.

Il se demandait malgré tout s'il n'allait pas se faire engueuler.

Il était midi trente. Il se trouvait à l'angle des rues de la Trique et du Pâté-en-Croûte, tournant le dos au corps d'un homme grassouillet, couché sur le ventre. Une simple couverture de survie dissimulait son visage. Entouré de commerces, le policier attendait avec impatience qu'on lui apporte une tente pour empêcher les curieux de s'accumuler, lorsqu'un frisson le parcourut. Ses collègues l'avaient mis en garde. Il déglutit.

Encadré par Arthur et Jack, Will approcha de son pas lent, tenant Prosper au bout de sa laisse rose.

— Vous savez ce qu'il s'est passé ? demanda-t-il au policier en faction.

— Un malaise, répondit ce dernier d'une voix faible. Hé ! Attendez, vous faites quoi ?

Will lui avait tendu la laisse du cochon et passait déjà sous la banderole fixée entre deux lampadaires. Le jeune policier voulut s'interposer avant d'en être empêché par Prosper qui lui renifla indélicatement l'entrejambe.

Arthur se pencha vers Jack.

— Regardez bien.

Will s'approcha du corps en l'observant d'un œil expert. L'homme devait être âgé d'une quarantaine d'années, au vu de ses mains. Il portait une veste de tweed marron avec un motif prince-de-galles démodé, un pantalon en velours trop ample et des souliers en cuir. Il tenait encore en main un cornet de frites, dont le contenu s'était répandu sur les pavés de pierre bleue.

Will sortit un gant en latex de sa poche et l'enfila.

— Approximativement deux tiers de graisse de bœuf et un tiers d'huile d'olive. Pas encore à température au moment de la cuisson. Si l'on tient compte du calibre, je dirais qu'elles proviennent de chez Graillon.

— Touchez pas ! s'écria le policier en voyant Will ramasser une frite et la mettre en bouche.

Ce dernier l'ignora somptueusement et poursuivit son analyse.

— Cette frite a été servie à onze heures cinquante-huit, dit-il en consultant sa montre. Il venait tout juste d'ouvrir. Aux traces de graisse sur le papier, on voit sans peine que le cornet était bien rempli. Cet homme était accompagné d'une femme. Le vieux Teddy est toujours plus généreux lorsqu'une femme est face à lui. D'ailleurs, deux fourchettes sont plantées dedans.

Le jeune policier se tut, partagé entre l'admiration et l'inquiétude à l'idée que Fox trouve sa scène de crime saccagée par ces types.

— Pas son épouse, ajouta Arthur. On voit qu'il venait de retirer son alliance.

— Exact, approuva Will. Mais quelque chose cloche. Chez Graillon, la mayonnaise est plus blanche que ça.

Will se pencha une seconde fois et se saisit d'une frite plus plate pour ramasser un peu de sauce, qu'il regarda d'abord sous tous les angles avant de l'enfourner.

— C'est bien ce que je pensais, chers collègues.

Il fouilla la veste du défunt et en retira un pot de mayonnaise de supermarché.

— Il apporte sa propre sauce. Sans doute une intolérance aux œufs. Mais quelqu'un l'a empoisonné. Cet homme était affreusement allergique aux cacahuètes dont on a saupoudré le contenu de ce pot. Un choc anaphylactique. Pauvre gars.

— Sa femme avait découvert la relation ? s'enquit Jack, fasciné.

— Non, répondit simplement l'enquêteur.

Il lécha l'index du mort sous le regard médusé du jeune policier qui se décomposait. Il était certain que l'on ne pouvait pas faire ce genre de chose.

— Il mangeait ses frites avec une fourchette, reprit Will. Mais regardez ces traces de gras, sur le papier.

— Plutôt normal, sur un papier destiné à emballer des frites, répondit Jack.

— Non, car cette graisse est à l'extérieur du papier. C'est de la crème pour les mains. Un mélange d'huile d'argan et de rosier du Japon.

Will palpa à nouveau les poches de tweed.

— Il avait un stylo d'adrénaline, dans la poche, en cas d'allergie. Vide. Lui aussi sent la crème pour les mains. Il a dû laisser sa veste sans surveillance lorsqu'il était chez sa maîtresse. Ensuite, leur affaire terminée, ils ont eu faim et se sont rendus chez Graillon.

— Et j'imagine que vous savez qui est cette maîtresse ? demanda Jack.

Will fit « non » de la tête.

— Je pense que pour répondre à cette question, nous entrons dans le domaine de compétence d'Arthur.

Arthur s'éclaircit la gorge.

— En effet, dit-il en s'avançant à son tour. Il ne sera pas bien difficile de l'identifier. Cette crème pour les mains est disponible dans plusieurs hôtels de la cité. Néanmoins, si l'on ne conserve que ceux situés à proximité du Graillon, il n'en reste que trois. Le premier est à exclure. La rue est pleine de fleuristes et bijoutiers. Trop de pression pour y emmener sa maîtresse, croyez-moi.

Il contourna le corps pour s'approcher des souliers.

— Les deux autres pourraient s'envisager, mais je vais privilégier l'hôtel Clinton. Il est possible de payer à l'heure plutôt qu'une nuitée complète et il se trouve juste à côté des jardins anglais, empruntés par notre victime.

Il désigna les deux semelles verdies par une pelouse fraîchement tondue.

— Dites à la patronne que vous venez de ma part, dit-il d'un air complice. Elle vous donnera le nom de la maîtresse.

Au même instant, Mary entra dans le bureau du maire.

— Je vous avais dit que Fiddle serait furieux, dit-elle.

Elle s'adressait à une grosse machine moderne en acier posée au milieu du bureau, composée de nombreux ressorts, rouages et bras articulés.

— Il a mal interprété mon geste, assura Oliver en sortant de derrière l'engin, une clé anglaise à la main.

— On vous voit clairement le pousser dans cette fosse septique, lors de l'inauguration de la station d'épuration, rétorqua-t-elle en lui montrant la première page d'un quotidien.

— Le sol était mouillé et j'ai perdu l'équilibre.

Il passa de l'autre côté de la machine et resserra un boulon.

— Vraiment intéressante, cette presse à billets de banque. Une chance que Prosper l'ait découverte. Elle aurait pu tomber entre des mains malhonnêtes.

— Effectivement. Je note que vous êtes parvenu à la faire fonctionner sans peine.

— Oh vous savez, c'est assez élémentaire.

— Et à obtenir de l'encre de sécurité dont la vente est extrêmement contrôlée.

À présent occupé à choisir une clé à cliquet, Oliver lui lança un regard méfiant.

— Oui, une chance.

— Pareil pour le papier fabriqué à la Banque nationale.

— Aperçu par hasard à la papeterie du coin, répondit prudemment Oliver.

— Ainsi que des macarons holographiques authentiques.

Oliver marqua un temps.

— Pardonnez-moi, dit-il, j'ai été distrait. Vous me parliez d'un problème, n'est-ce pas ?

— Concernant les caisses d'explosifs que vous stockez dans la pièce voisine ?

— Non, l'autre.

— Je vous disais que Fiddle souhaite réduire le coût de fonctionnement de la police. Il compte proposer au conseil de fermer la dixième division. C'est une attaque contre vous.

— A-t-il avancé des arguments ?

— Il n'en manque pas. Il joint également cette photographie.

Mary montra le cliché d'Arthur en slip, mais chapeauté d'un képi, occupé à du rodéo sur le dos de Prosper dans la rue de la Trique.

— Oh, ça, répondit Oliver avec soulagement. Une mauvaise réaction à un prototype d'alcool de palourde qu'il distille dans son bureau.

Mary prit un air compatissant.

— Pour une raison que j'ignore, vous semblez beaucoup tenir à ce commissariat. Mais je ne suis pas sûre que le fait qu'Arthur se soit bourré la gueule en service alors qu'il fabriquait son propre alcool plaide en faveur de cette brigade. Mieux vaudrait trouver autre chose ou renoncer.

Oliver secoua la tête.

— Pas question. Écrivez que je démontrerai l'utilité de cette brigade avant la fin de cette année. La nuit du Nouvel An achèvera de les convaincre.

— Moi qui comptais passer le réveillon en famille, j'imagine que mes projets sont à revoir ?

— Vous ne le regretterez pas, Mary. Ce sera grandiose. Ajoutez à l'intention du conseil que nous venons d'investir dans ce bâtiment et que l'opinion publique jugerait sévèrement un gaspillage de fonds.

— Vous considérez le tampon encreur du commissaire Lescrot comme un investissement ?

— L'adresse est dessus, répondit Oliver en versant un liquide émeraude dans un réservoir sphérique en verre. Si l'on fermait la dixième, il lui en faudrait un nouveau.

— Bien, c'est noté. Une dernière chose.

— Je vous écoute.

— Honey Bardge, le patron du Pieu, vous fait savoir que Fiddle a engagé une milice pour s'en prendre à vous.

— Vraiment ? Sait-on comment ?

— Les coups dans les zones douloureuses sont privilégiés, a-t-il dit. Un accident mortel serait le bienvenu.

— Eh bien, il était temps. Je craignais de m'empâter. À présent, allons déjeuner. Avez-vous déjà essayé ce nouveau bar à soupe dans le piétonnier ?

Jack se laissa tomber derrière son bureau. Il n'avait pas soupçonné la quantité de paperasse qui allait parvenir jusqu'à lui. Pas étonnant que personne ne voie du bleu dans les rues.

Arthur apparut dans l'embrasure de la porte. Il avait déjà enfilé sa veste pour rentrer chez lui. Jack salua le vieux policier et s'empara d'une liasse de documents à trier, se demandant encore si Oliver ne s'était pas trompé. Ces dernières semaines, il n'avait plus progressé dans l'enquête.

Seule piste, cette foutue adresse griffonnée dans le carnet de Beagle demeurait introuvable.

Il soupira, lorsqu'un tintement cristallin résonna au-dessus de lui. Il leva les yeux vers une petite clochette dorée qui se balançait sur sa potence.

Intrigué et y voyant une bonne occasion de délaisser son occupation du moment, Jack se leva, regard tourné vers le plafond. Le câble qui venait de s'agiter était différent des autres. Tressé et plus fin. On avait dû l'installer ultérieurement. Pourtant, cela n'avait aucun sens. À moins d'avoir vécu dans une grotte ces dernières années, toute victime sensée savait qu'il ne fallait plus rien attendre de cette brigade. Will, bien que volontaire, arriverait trois heures après dans le meilleur des cas, Arthur serait reparti avec une spectatrice et il était peu probable que Marius vous adresse la parole.

La clochette retentit à nouveau. Le faux commissaire s'en approcha. Une étiquette manuscrite y était suspendue. Les yeux plissés, Jack y lut difficilement : « Obs. R. Biscornue ».

Le câble torsadé disparaissait dans le plafond. Se précipitant à la fenêtre, il le vit quitter la tour, accompagné de nombreux autres, et traverser la rue avant de s'envoler vers les toitures voisines.

Prenant sa veste, Jack dévala l'escalier, traversa la rue en oblique, nez levé vers le ciel, ignorant les protestations de passants aux bras chargés d'emplettes. Il poussa la porte vitrée d'une pâtisserie et interpella un vendeur.

— Police ! Je dois accéder au toit.

— Euh, je...

Il n'attendit pas la réponse et s'engagea dans l'imposant escalier hélicoïdal qui reliait plusieurs mezzanines garnies de présentoirs bariolés de glaçages, de cheesecakes aux fruits exotiques ou de fudges colorés. Arrivé à hauteur d'une trappe dans le plafond, le vendeur lui tendit une échelle employée pour atteindre les rayonnages les moins accessibles.

— Je referme ? lança le vendeur à l'intention des deux bottes qui disparaissaient déjà dans l'ouverture.

— Oui, ne vous inquiétez pas pour moi, je trouverai un passage.

Les câbles grimpaient le long des tuiles, puis éclataient en tous sens. Celui qui l'intéressait courait sur les commerces de la rue de la Trique. Les odeurs changeaient de toit en toit, permettant d'en deviner le locataire. Jack survola le bar à chocolat chaud, dont les parfums laissèrent ensuite place aux arômes successifs de pain, de noisette grillée puis de cuisine italienne. Il dut parfois se rattraper de justesse à une cheminée, tandis que le câble doré poursuivait sa fuite vers le soleil déclinant. Plusieurs minutes plus tard, il arriva sur des toitures différentes, formées d'un patchwork de tuiles en queue de castor.

Il ne connaissait pas la rue en contrebas. Les maisons, bien qu'entretenues, semblaient remonter au Moyen Âge. Des lampions japonais, suspendus à des cordes tendues d'une façade à l'autre, diffusaient une lueur chaleureuse dans l'obscurité qui s'installait. Un homme portant un gros panier d'osier sur le dos s'arrêta pour converser avec un forgeron dont la forge s'éteignait paisiblement à l'intérieur de son atelier grand ouvert. La rue s'achevait sur les collines rocheuses situées au nord de la ville, autour desquelles une brume légère commençait à apparaître.

Le câble, à présent esseulé, sautait de l'un à l'autre des lampadaires alignés le long d'un chemin de plus en plus pentu. Ensuite, il disparaissait dans un passage entre deux rochers.

Coincé dans sa progression sur le faîtage d'une petite habitation à pans de bois, Jack descendit en sautant dans une charrette à bras remplie de foin. Heureusement, il y en avait toujours une dans ces cas-là. Malheureusement, celle-ci était remplie d'une matière molle qui évoquait la litière de Prosper.

Un escalier en pierres disloquées grimpait sur la colline, parmi une forêt de bambous géants qui assombrissait le chemin. Parfois, un reflet brillant trahissait le passage du câble dans le feuillage épais. Il n'eut pas à avancer longtemps pour voir apparaître une très ancienne tour japonaise, bâtie sur des rochers que des cascades de mousse verdoyante dévalaient.

Le vieil observatoire. On le voyait de partout en ville. Il faisait partie du décor, mais Jack n'y était jamais entré. Plus encore que le commissariat, on le sentait proche de l'effondrement et personne ne souhaitait flâner sous un télescope de plusieurs tonnes lorsque la gravité ferait son effet.

Pourtant, le passage était régulier et une solide porte en chêne empêchait les indésirables d'entrer dans la tour. Une douzaine de mètres plus haut, un fin fil d'or torsadé se glissait dans la gueule d'un dragon de pierre. Impossible toutefois d'escalader. La pierre était lisse et rendue glissante par la végétation.

Jack se pencha sur la serrure. Un modèle antique, qui fonctionnait avec une grosse clé.

Il fouilla dans ses poches. Il n'y dénicha que quelques papiers froissés, un morceau de cookie emballé qu'il avait conservé pour Prosper et son téléphone. Inutile de penser à prévenir Oliver qu'il se trouvait là. La batterie était à plat, comme souvent.

Se rappelant la manière dont se déverrouillaient la plupart des portes du commissariat, il donna un coup d'épaule dans le panneau qui s'ouvrit sans peine. Profitant des derniers rayons du jour, il s'engagea dans la tour et avala une série de marches vermoulues jusqu'au sommet. Machinalement, il avait sorti son arme.

— Bon sang !

L'endroit était habité. Un lit, une garde-robe et une table étaient disposés sous un imposant télescope de laiton, qui descendait jusqu'à hauteur des yeux. Le plafond voûté et les murs, d'une teinte bleu sombre, étaient parcourus de constellations tracées à la plume. Chaque étoile était accompagnée de son nom. Jack fit quelques pas dans la pièce. Des vêtements amples, usés jusqu'à la trame, étaient jetés sur le dossier d'une chaise. Une grande fenêtre offrait une vue imprenable sur la ville. Devant elle, une table était recouverte de notes minutieuses et de photographies. L'occupant de l'observatoire profitait du point de vue imprenable pour s'intéresser aux inconnus.

Jack posa le regard sur l'un des clichés. Pas si inconnus que cela, en fait. On voyait Jack quitter seul le commissariat. D'après sa tenue, la photographie devait dater de la veille. Il jeta un coup d'œil par la fenêtre. La rue de la Trique était à plusieurs centaines de mètres. On n'atteignait pas une telle précision avec un appareil photo classique. Jack ne semblait pourtant pas être le sujet du photographe. Il prit les clichés de papier glacé et les observa. De toute évidence, on s'intéressait plutôt aux gens qui l'entouraient.

Pourquoi avait-on agité cette clochette ? Et surtout, pourquoi n'y avait-il plus personne ici ?

Jack se dirigea vers la pupille de sortie de l'énorme télescope et sursauta lorsqu'il en approcha l'œil. L'instrument avait été modifié, équipé d'une focale lui donnant une tout autre utilité que l'observation des étoiles. L'engin était tourné vers son appartement de la place des Palais. Une fine molette permettait d'agrandir l'image jusqu'à lire l'heure du four sans le moindre mal.

Il recula d'un pas. Il voulut sortir son téléphone puis se rappela qu'il ne l'aiderait pas. Tout le monde ignorait qu'il était là.

La chaleur due à son ascension s'était à présent dissipée. Il tenait fermement son arme de service et s'apprêtait à rebrousser chemin, lorsque quelque chose l'arrêta. Un détail qui martelait son inconscient depuis son entrée dans la pièce.

Des boîtes de café octogonales, posées sur un coin de la table. Les étiquettes étaient quasiment illisibles, comme si elles avaient séjourné dans l'eau. Jack en prit une. Vide. La suivante et toutes les autres aussi.

Il revit la marque brillante, sur le bureau poussiéreux de Beagle. Ce n'était pas une coïncidence. À quoi servait cette boîte ? Et que contenait-elle, pour qu'on veuille l'empêcher de la trouver ?

Jack arrivait à la place des Palais, qu'il devait traverser pour rentrer chez lui. Il n'avait rencontré personne jusqu'ici. Pas étonnant, avec un tel brouillard. Dans un roman, il se serait fait égorger.

En quittant l'observatoire, il s'était engagé dans la rue qui courait au pied de la colline. Drôle d'endroit.

Les habitants ne devaient pas rouler sur l'or. La plupart semblaient se chauffer au bois et s'éclairer à la bougie. La rue elle-même était étrangement construite. Elle semblait se faufiler clandestinement à l'arrière d'anciens bâtiments publics et bifurquait sans cesse, au gré de constructions venues perturber sa trajectoire. Il avait dû se mettre de profil pour passer entre deux édifices, traverser une grange occupée par des vaches endormies et même emprunter un pont couvert qui enjambait d'autres rues. Tout cela pour finalement se perdre et déboucher sur une impasse. Il était alors repassé sur les toits.

La place était déserte, mais il entendit des pas dans son dos. Sans y prêter attention, il accéléra. Derrière, on accéléra aussi.

Il jeta un regard par-dessus son épaule, mais ne vit rien d'autre que la lueur des lampadaires qui se perdait dans la brume. Il hésita à s'arrêter et faire volte-face, se sachant armé. Mais Beagle aussi l'était, juste avant de devenir sujet aux courants d'air. Au centre de la place, il changea de direction et se mit à courir.

Celui qui le suivait se mit à courir à son tour. Le doute n'étant plus permis, Jack s'engagea dans une rue au hasard. Il finirait bien par rencontrer un café encore ouvert où se réfugier, le temps d'appeler un taxi qui le conduirait dans un hôtel. Dans tous les cas, il ne pouvait plus retourner à son appartement. Demain, il enverrait des amis le vider pour lui.

L'expérience lui avait appris à choisir des chaussures selon deux critères : silencieuses et légères. Il s'en félicita après avoir changé plusieurs fois de rue avec la certitude d'avoir semé son poursuivant. Arrivé sur la place de l'Hôtel-de-Ville, il entra dans un café où l'eau coûtait assez cher pour être payée par mensualité et où le sourire était dépendant du pourboire. Par chance, la fenêtre des toilettes n'était pas verrouillée. La clientèle habituelle n'aimait pas mettre son pied dans l'urinoir pour filer en douce. Cela lui serait utile pour déguerpir à moindres frais.

En attendant, il se laissa tomber sur une banquette vide, la respiration saccadée et un point au côté. Et il posa la boîte de café usée sur la table devant lui. *Beagle, qu'avais-tu donc trouvé ?*

Chapitre 4
La mine maudite

Le lendemain en début d'après-midi, Jack était avachi derrière son bureau, accompagné d'Arthur, assis devant lui et occupé à décortiquer des crevettes.

— … et là, elle s'est mise à hurler « Bernie ! T'arrête pas, Bernie ! ». Je n'ai pas voulu lui dire que ce n'était pas Bernie. Elle avait un peu bu quand je l'ai ramenée chez elle. Même les voisins frappaient contre les murs. J'ai cru que le lit allait se casser en deux, mais autant lui montrer que papy Arthur en avait dans le ventre. Alors j'ai…

Jack venait de cligner des yeux, le temps que le cerveau redémarre.

— Je vous remercie, Arthur, mais j'avoue que ce n'est pas cela que j'entendais par « Pourriez-vous me détailler vos rapports ». Je lis ici « 9 h-12 h : TTA ». C'est quoi, TTA ?

— Ah ça, on ne l'a jamais su, répondit Arthur en lançant un morceau de carapace dans le seau à ses pieds. Mais on doit le faire chaque matin. C'est important.

— Donc vous le faites ?

— Non, mais on l'écrit dans le rapport. Ça revient au même. Les supérieurs s'en contentent. Comme ça, eux-mêmes peuvent dire à leur chef que les directives sont suivies à la lettre. On est très à cheval sur le règlement, dans la brigade, vous savez.

Jack se pinça l'arête du nez.

— Vous m'excuserez, mais je débute dans le métier. Si je comprends bien, comme les chefs ne vous font pas confiance à propos de ce que vous faites de vos journées, ils vous demandent de l'écrire ?

— C'est cela, approuva Arthur en retirant ses gants de cuisine et son tablier.

— Mais on vous fait confiance lorsque vous l'écrivez ?

— Probablement pas, mais c'est un arrangement tacite.

— Comment ça ?

— On ne fait pas remarquer au chef qu'il ne peut pas nous contrôler depuis son bureau. Ainsi, il reste dans son bureau et ça arrange tout le monde.

Jack émit un grognement d'approbation.

— Cependant, vous n'avez rien écrit pour l'après-midi.

— Oh oui, en effet. Lorsque j'écris trop, j'ai une crampe dans la main. C'est plutôt désagréable, vous savez.

Jack s'apprêtait à lui décocher un regard dubitatif, puis croisa les énormes pupilles larmoyantes du vieux policier. On ne pouvait pas douter d'yeux pareils. Ce type avait un superpouvoir.

— En tout cas, je ne veux plus que vous consacriez votre temps à ces bêtises. Vous perdez des heures à les remplir et personne ne les lit.

Il avait commandé un conteneur pour vider le couloir de Beagle, véritable Triangle des Bermudes administratif.

Jack posa le document qu'il tenait en main juste à côté de la boîte de café vide, trouvée la veille dans l'observatoire.

— Oh ! fit Arthur. Voilà des années que je n'avais plus vu ces boîtes. Le vieux Radart continue d'en envoyer ?

— Qui ça ?

— Radart. Il vit dans l'observatoire, au nord de la ville. À l'époque, Beagle l'avait engagé pour surveiller des endroits où avaient lieu beaucoup de vols. Lorsque c'était urgent, il pouvait sonner. Mais pour le reste, il transmettait les infos par un canal sécurisé.

— Quel canal ?

— Je vais vous montrer. Suivez-moi.

Arthur prit une clé accrochée au mur et se dirigea vers le couloir. Ils descendirent ensemble jusqu'au trottoir. Intrigué, Jack le regarda frapper à la porte du Croque-Madame. Une jeune femme lui ouvrit et lui adressa un large sourire lorsqu'elle le reconnut. Dire qu'elle était habillée relevait clairement de l'abus de langage.

— Bonjour, Maja. Nous ne faisons que passer. J'emmène le commissaire au sous-sol.

— Tu sais que tu es toujours le bienvenu, répondit la fille avec un fort accent slave.

L'intérieur était garni de fauteuils capitonnés de velours rose et d'une décoration pour le moins explicite. Toute une panoplie d'instruments de torture en cuir était accrochée aux murs. Arthur ouvrit une petite porte à l'aide de sa clé, actionna un interrupteur et disparut dans un escalier aux marches polies par les passages répétés. Jack dut se pencher pour descendre. Le plafond de brique était bas et couvert de toiles d'araignée.

— Personne n'est plus venu ici depuis très longtemps, fit remarquer Arthur en arrivant en bas.

Il s'agissait d'une cave voûtée classique, remontant à la construction de la tour. Des lampes étanches projetaient une lueur orange dans la petite pièce encombrée de vieilles tables empilées. Sur le mur d'en face, une grille fermée donnait sur une salle garnie d'étagères en bois destinées à l'entreposage des saisies.

Arthur ne s'attarda pas, se dirigea vers la gauche et entra dans une autre pièce à peine éclairée. Jack ne s'était pas trompé en pensant entendre un écoulement.

Un petit cours d'eau traversait la salle, ruisselant jusqu'à une grille épaisse.

— L'eau descend dans la ville depuis les carrières. Il n'existe qu'un seul autre accès, chez un ancien fleuriste qui s'en servait pour arroser ses plantes. Pas loin de l'observatoire. Beagle ne m'y a jamais emmené. Tous les jours, Radart quittait sa tour avec ses rapports et photos dans ce genre de boîte et les faisait parvenir jusqu'ici. Elles sont étanches et le mec buvait beaucoup de café, pour surveiller toute la nuit s'il le fallait. Un drôle de type, ajouta-t-il en mordant dans un savon sorti de sa poche.

Voyant son interlocuteur regarder le savon avec horreur, il indiqua :

— C'est du beurre de cacao. Plein de vitamines.

— Dangereux ?

— Pas idéal pour la ligne.

— Je parlais de Radart.

— Ah. Disons qu'il s'entendrait plutôt bien avec Marius. Il a de petites difficultés, socialement parlant.

Jack plissa les yeux. Le fond de la pièce n'était pas bien éclairé. Quelques ampoules étaient grillées, mais sa vue commençait à s'habituer à l'obscurité.

— Il existe d'autres salles ? demanda-t-il.

— Deux. La salle où l'on rangeait tous les objets saisis, à l'époque. Il y a des milliers d'objets accumulés depuis les premiers gardes qui ont occupé la tour. Faudrait juste chercher la clé dans les affaires de Beagle.

Il marqua une pause, le temps d'étouffer un rot.

— Et de ce côté, se trouvent quelques caves. Le taux d'humidité y est excellent. J'y entrepose quelques bonnes bouteilles.

Oliver soupira bruyamment. Il était chez lui, dans un fauteuil moderne en cuir cognac qu'il partageait avec Rufus. Il regarda par-dessus ses lunettes et le cahier dans lequel il était occupé à prendre des notes. Le loft, spacieux, s'ouvrait sur deux étages, mêlant brique ancienne et bois. L'espace avait été choisi tout spécialement pour faire tenir un imposant squelette de stégosaure. Dans une autre vie, Oliver s'était beaucoup intéressé à l'archéologie. Cette merveille de la nature faisait toujours son effet, mais visiblement pas pour tout le monde, constata-t-il à la vue de tee-shirts occupés à sécher dessus.

Il s'efforça de se concentrer sur ses notes et de ne pas remarquer les nombreux cartons arrivés chez lui dans l'après-midi, au mépris d'un rangement voulu impeccable. Le conseil municipal lui avait octroyé jusqu'à la fin de l'année pour démontrer l'utilité de la dixième division. Or, elle n'en avait pas. Il était le premier à l'admettre. Mais si son intuition était bonne, derrière leur balourdise apparente, ces types cachaient un secret.

Un secret inestimable. De quoi remporter chaque élection à venir.

Il attrapa sa tasse de thé sur le bout de canapé et en but une gorgée. Depuis toutes ces années de recherche, il touchait peut-être au but.

On sonna à la porte, pour la dixième fois aujourd'hui. Même le dogue ne prit pas la peine de lever la tête.

Oliver se dirigea vers l'entrée, perdu dans ses pensées. Il avait entendu parler d'un reportage, au sujet de dinosaures reconstitués à partir de sang de moustiques trouvés dans de la sève fossilisée. Il pourrait construire un parc sur le thème du jurassique, où le public payerait pour les voir. Il prit note de l'idée, qui paraissait excellente. Étonnant que personne n'y ait jamais pensé.

Il ouvrit.

— Vous pouvez déposer ça avec le res…

Oliver sentit une main comme un étau lui saisir le cou. Le propriétaire de cette main était sensiblement plus haut et large que lui. Avec un nez rafistolé à maintes reprises.

— La violence n'a jamais rien résolu, articula Oliver.

— Vous êtes le maire ?

— Non.

— Vous mentez. Bien la preuve que vous l'êtes.

Oliver voulut porter à l'homme un coup de genou, puis se ravisa en constatant qu'il ne touchait plus le sol. Plus précisément, il se ravisa en constatant que son adversaire lui-même ne semblait pas l'avoir remarqué.

— J'ai besoin d'hommes comme vous. Combien ?

— Fiddle me payera mieux.

— Permettez-moi d'en douter. Je l'ai vu négocier avec un vendeur pour acheter une demi-pomme, un jour.

Oliver fouilla vainement les poches de son pantalon à la recherche d'un objet utile pour le libérer. Le géant, lui, avait dû voir Rufus du coin de l'œil, ignorant que le paresseux ne bougerait pas du fauteuil. Sans lâcher son étreinte, il recula suffisamment pour sortir. L'air frais de la rue permit à Oliver de respirer un peu. Inutile de tenter une attaque. L'homme voulait de toute évidence transmettre un message, ce que l'on ne faisait pas si l'intention était de tuer le destinataire. Cette brève satisfaction céda toutefois la place à une perspective moins heureuse. Avec deux jambes et deux bras dans le plâtre, le message serait malgré tout transmis. Oliver déglutit.

Ils se trouvaient à présent sur le trottoir, mais la rue était déserte. Oliver avait choisi le quartier anglais pour sa vue imprenable sur son parc rectangulaire doté d'un lac artificiel, mais aussi pour son calme. Il n'avait pas prévu que cela le desservirait.

— Si vous avez une requête, n'hésitez pas à écrire à mon cabinet. Je réponds personnellement à tous les citoyens qui en font la demande.

L'homme leva un poing gros comme un melon en direction du visage d'Oliver. Ce dernier ferma les yeux, sachant que ça ne rendrait pas le choc moins douloureux. En réalité, il s'était toujours demandé à quoi servait ce réflexe. Il aurait tout le temps de se documenter sur le sujet une fois en réanimation.

— Fiddle te fait savoir qu'il vient reprendre son mandat.

L'impact n'arriva toutefois pas et l'étreinte se relâcha de manière appréciable. Se risquant à ouvrir un œil, puis le second, il vit le canon d'un fusil soulever délicatement la narine de son adversaire.

Jack se tenait dans le dos d'Oliver, en sortie-de-bain nouée à la ceinture.

— Tu diras à Fiddle, s'il insiste, qu'il va plutôt se prendre une mandale.

— Je croyais que la violence ne résolvait jamais rien, protesta l'agresseur.

— Ça, c'est ce que disent tous ceux qui n'ont pas un fusil de leur côté, répondit Oliver en ouvrant les doigts de l'homme. À présent, je pense qu'il serait avisé de rentrer chez vous. Je vais faire de même.

Oliver n'attendit pas la réponse et lui tourna le dos d'un air théâtral, se disant après coup que l'effet aurait été plus réussi si Jack avait mieux noué sa serviette. Il referma la porte derrière celui-ci et s'immobilisa.

— Attends avant de baisser ce fusil.

Rufus grognait, la truffe dirigée vers une fenêtre qui aurait dû être fermée. Les deux hommes parcoururent la pièce. Quelqu'un était entré, puis reparti aussitôt.

— Ce type n'était là que pour faire diversion, commenta Jack. Fiddle t'a eu à ton propre jeu.

Il approcha d'une table de travail dont les tiroirs étaient ouverts. Quelques notes manuscrites étaient éparpillées sur le sol.

— Qu'y avait-il dans ces tiroirs ?

— Surtout des factures. Rien de compromettant.

Oliver réfléchit quelques instants.

— J'imagine qu'il cherchait de quoi me lier au vol de *La Vierge aux champignons*. Dans tous les cas, il est de moins en moins inoffensif. S'il regarde ces documents en détail, il pourrait remonter jusqu'à la planque.

— Je m'occuperai demain du déménagement. On n'est jamais trop prudent. Qu'as-tu vu ?

Le ciel s'assombrissait. À perte de vue, rues et façades se drapaient de lumières orangées, traçant une toile flamboyante jusqu'aux collines.

— L'observatoire. Les fenêtres sont éclairées.

Tournés vers la fenêtre, les deux hommes ne remarquèrent pas le micro qui s'était mis en marche, collé dans le crâne du stégosaure.

Jack et Oliver grimpaient l'escalier humide qui conduisait à l'observatoire. Les bambous géants masquaient le ciel et les lumières de la ville. Les deux amis manquèrent à plusieurs reprises de trébucher sur une marche descellée.

— Il doit bien exister un chemin plus direct que le toit des voisins pour parvenir jusqu'ici, haleta Jack.

— Sais pas. Je n'en connais pas d'autre. Drôle d'endroit.

— Soyons sur nos gardes. Arthur m'a dit que c'était un type bizarre. Et venant de lui, cela donne matière à s'inquiéter.

Arrivé au sommet, Oliver sursauta. Un petit homme semblait les attendre devant la porte ouverte de l'observatoire.

— Vous en avez mis du temps, dit-il d'une voix impatiente. Je suis descendu quand vous êtes entrés dans la rue du Pâté-en-Croûte.

Le petit homme, très âgé d'après ce que l'on pouvait en juger, les regardait à travers des lunettes dépareillées, sans doute artisanales, donnant l'impression qu'il avait un œil bien plus grand que l'autre. Elles surmontaient une barbe grise et hirsute en mal d'entretien qui se fondait dans la toison broussailleuse de son torse. Car le type était entièrement nu.

— Mais qui êtes-vous ? demanda Oliver.

— Jean-Alphonse Radart. J'habite ici. Venez, entrez. Faut pas rester dehors.

Il jeta un regard méfiant aux alentours et referma la porte derrière ses deux invités. Il poussa trois gros verrous et prit la direction de l'escalier. Il empestait l'alcool.

— Quel est cet endroit ? demanda Oliver. Je ne suis jamais venu dans cette rue.

— Rien d'étonnant. La ruelle Biscornue a été bâtie à l'écart du système. Aucune autorité ne sait qu'elle existe. Les gens ici ont construit des maisons modestes où il y avait de la place. Ils ne paient pas d'impôt et ne demandent rien en échange. Certains font pousser des tomates, d'autres élèvent des poules ou fabriquent des vêtements... Et tout le monde vit bien mieux ainsi, croyez-moi. Pas d'électricité pour recharger votre maudit téléphone, ici.

En haut des marches, l'homme se dirigea vers la cheminée et retourna une bûche rougeoyante.

— Vous êtes policier ? demanda Oliver en regardant la table couverte de photographies.

— Retraité. Mais je rends parfois service. Mission d'intérêt général.

— Oui, je vois ça, répondit Oliver en prenant un album ouvert sur la table, aux pages remplies de femmes nues dans leur salle de bains.

Il le reposa à bonne distance de Jack, qui avait déjà tendu une main pour le prendre.

— Vous disiez nous attendre ?

— Je vous ai vus arriver. Je me disais bien que vous viendriez tôt ou tard. Les deux autres sont venus aussi. Un verre ? demanda-t-il en débouchant une bouteille de Fossoyeur. Ça soigne les colites.

Une odeur intriguait Jack. Il ne l'avait pas sentie lors de son premier passage. Elle lui rappelait pourtant quelque chose.

— Les deux autres ? s'enquit Oliver.

— Les officiers qui ont dirigé cette brigade avant votre ami. Eux aussi, sont venus demander ce que je savais sur la mort du vieux Beagle et cette vieille légende.

Il prit une paire de jumelles en cuivre sur la table et regarda par la fenêtre puis s'assit sur son lit, face à ses invités.

— Une légende ? répéta Oliver.

— Oh ? Vous l'ignorez ?

Radart reposa l'instrument et, par malchance, décroisa les jambes.

— Mon père me racontait cette histoire, lorsque j'étais gamin. C'était dans le milieu des années 1600. La guerre des États venait de s'achever.

Comme toujours dans ces cas-là, le décor se mit à onduler et les personnages profitèrent d'un fondu enchaîné sur la place des Palais, au cœur de la ville endormie. Il pleuvait des hallebardes lorsque le capitaine des gardes frappa à la porte d'une grande bâtisse. Son armure ruisselait. Un homme ouvrit en hâte. Il portait une perruque blanche que lui imposait son rang social dont témoignaient également ses riches habits.

— Je vous écoute, dit-il précipitamment.

— J'ai une mauvaise nouvelle, monsieur le gouverneur. Des paysans ont vu votre fils se diriger vers les

Mines de la Morille, avec ses amis. On sait le terrain fragilisé par toutes ces pluies. Il est probable que l'affaissement d'un puits les ait emportés à l'intérieur.

Le gouverneur dut se tenir à la porte pour ne pas perdre l'équilibre. Les mines de sel étaient condamnées depuis plusieurs années. La ville portuaire avait créé sa richesse grâce à son extraction et son marchandage. Les mineurs avaient suivi les veines de plus en plus bas. Trop bas, peut-être. On les avait mis en garde. Ils se rapprochaient des Enfers. Les accidents s'enchaînaient et les mineurs étaient de moins en moins nombreux à remonter à la surface. L'endroit fit l'objet de différentes superstitions. On avait alors fermé l'exploitation et remblayé les puits d'aération. Mais ces derniers mois encore, plusieurs paysans avaient disparu.

Ils avaient donc rouvert la mine maudite et s'étaient enfoncés dans ses profondeurs. Ils étaient ressortis quelques heures plus tard avec les enfants, se promettant de ne jamais raconter ce qu'ils y avaient vu. Personne ne devait plus y mettre les pieds. Les gardes y veilleraient jusqu'à leur mort. L'entrée fut scellée et la clé conservée par le gouverneur. En cas d'absolue nécessité.

Trente années s'écoulèrent sans nouvel incident, mais les gardiens du secret vieillissaient.

— Les finances de ville ne suivent plus. Mon successeur voudra rouvrir la mine, confia le gouverneur à l'officier désormais retraité. Nous devons le mettre en garde.

Devant lui, sur son bureau, un navire miniature à moitié achevé prenait forme.

— Il vous croira sénile.

— Alors, il le verra de ses propres yeux. Imaginez ce qui arriverait si cette porte était réouverte. Elle n'a été conservée qu'à la seule fin de secourir ceux qui tomberaient dans un puits.

Le capitaine observait la création. Un choix judicieux. Aucun voleur ne s'y intéresserait. Et seuls les gardes, les dirigeants et une poignée d'instruits connaissaient suffisamment la ville pour comprendre que cette maquette n'en était pas une par hasard.

— Nous la conserverons ici même, dans ce palais, afin que les dirigeants de la cité et ses gardes puissent retrouver cette mine.

— Que Dieu les en préserve.

Radart vida une demi-bouteille d'un seul trait, ramenant Jack et Oliver à la réalité.

— Beagle enquêtait sur le vol de cette maquette, dit-il. On dit qu'elle seule mène à la mine maudite.

— A-t-on idée d'où se situait cette mine ? demanda Jack.

— On l'ignore. Maird était très différente alors. La mer venait autrefois jusqu'aux remparts de la cité. D'ailleurs, vous êtes en ce moment dans un ancien phare, monsieur. Plusieurs bras de l'Urée traversaient également la ville. Ce n'est qu'après cette guerre, pour suivre la croissance démographique, que l'on a rebouché plusieurs d'entre eux. Cependant, les mines n'étaient guère profondes, à cette époque. Il est probable qu'elle ait été ensevelie, depuis.

Oliver semblait réfléchir à toute vitesse, à l'inverse de Jack qui affichait une moue sceptique.

— Je ne prétends pas que cette histoire est vraie, reprit Radart. Mais beaucoup veulent y croire.

— Pour quelle raison ?

— Le trésor, monsieur.

Forcément, il y en avait toujours un.

— Des complotistes ont souvent accusé le gouverneur d'entretenir le mythe d'un lieu maudit pour éloigner la population du trésor de la mine. Selon eux, il s'agirait de quelque chose qu'aucune fortune ne peut s'offrir. Une chose qui ne pouvait être remontée à la surface avec les techniques de l'époque. Allez savoir quoi.

Oliver soupira. Si le sol de Maird était d'une quelconque valeur, on le saurait. Même les orties ne voulaient pas y pousser. Il n'y avait que du sable, de la roche et sans doute des déchets radioactifs. À moins que...

— Beagle aurait mis le doigt sur quelque chose ?

Pour toute réponse, Radart éructa.

— Croyez-moi, ce qu'il a découvert l'a tué. Quoi que ce soit. Ce qui est intéressant, dans cette légende, c'est qu'en tant que membre de la dixième division, il était le mieux placé pour le retrouver. À l'origine, cette brigade aurait vu le jour pour veiller sur ce trésor. Certains illuminés affirment que la tradition s'est transmise.

Oliver se remémora l'image d'Arthur, en slip, chevauchant Prosper dans la rue de la Trique. Puis il se tourna vers Jack, qui avait poussé une exclamation. Ce dernier avait trouvé la source de l'odeur qui l'intriguait. Juste derrière lui, une pèlerine de cuir gras pendait au portemanteau, imprégnée d'un parfum de cigare. Sur l'épaule visible, on devinait un blason constitué d'une chouette hulotte, tête de front, observant les visiteurs de ses yeux perçants.

— C'est vous ! s'écria-t-il. C'est vous qui êtes venu, lors de ma première journée dans la brigade.

Radart tourna une paire d'yeux surpris vers son interlocuteur.

— En effet.

— Vous avez essayé de me tuer !

— Simple maladresse. Vous m'avez fait peur.

— Que faisiez-vous dans mon bureau ?

— J'essayais de vous sauver.

Radart se leva et se dirigea vers la pèlerine d'une démarche incertaine. Il y plongea la main et en retira la carte jaunie que Marius avait confiée à Jack lors de son arrivée.

— Je devais vous empêcher de progresser dans l'enquête.

— Vous deviez ?

— Un mort de plus et le commissariat peut fermer boutique. Il faut empêcher ça.

Il voulut donner la carte à Jack, mais la lâcha dans le vide sans s'en apercevoir. De toute évidence, à trop connaître le monde, il avait préféré le voir par le prisme d'une bouteille vide.

— Beagle était un ami, dit-il en regardant le manteau. Je lui dois ça.

— Ce manteau lui appartenait ? demanda Oliver.

Jack comprit pourquoi Prosper avait suivi l'homme, le jour où il était entré dans le commissariat. C'était l'odeur de son ancien maître.

— Tous les vieux flics en avaient un. Une excellente qualité.

— Le lendemain de votre visite, une boîte de café a disparu du bureau de Beagle.

— Probablement la dernière que je lui ai envoyée. Je me servais de ces petites boîtes pour lui rendre compte.

Ainsi, je ne devais m'absenter que quelques minutes. Quelques jours avant sa mort, il avait reçu un témoignage concernant le vol de cette maquette, au musée. Alors il est venu me voir, pour me proposer un travail.

— Qui deviez-vous surveiller ?

L'homme eut un hoquet.

— Beagle avait vu juste, à propos de la maquette. C'est bien Fiddle qui l'avait. Il était occupé à la démonter.

— La démonter ?

— Ouais, dit-il lentement. C'est ce que j'ai bu. Vu, pardon. Je n'ai rien raté de la scène. J'ai tout photographié et envoyé une boîte à Beagle.

Radart jeta un regard vers la fenêtre qui donnait sur la ville.

— Je vous ai dit tout ce que je savais. Il vaudrait mieux que vous partiez à présent.

L'homme se leva péniblement et dut s'appuyer contre le mur pour rester debout. Ils n'en tireraient rien de plus ce soir.

— Une chose encore, dit Jack. Pourquoi avoir utilisé la clochette ? À qui parlez-vous ?

— On m'avait demandé de vous surveiller. Vos collègues s'inquiètent pour vous, monsieur. Un boulot facile. Je devais simplement prévenir si vous étiez en danger.

— Vous avez donc vu qui cherche à m'abattre ?

Un carreau vola en éclats, puis un second. En une fraction de seconde, la fenêtre entière se brisa. Jack et Oliver s'étaient déjà jetés au sol sous une pluie de verre. Plusieurs détonations se firent entendre dehors, tandis que le mur en face d'eux s'émaillait de bouts de plâtre. Radart aussi s'était couché, un peu plus loin.

— Il est sur un toit ! cria Oliver en risquant un bref regard à l'extérieur.

Il se rabaissa vivement lorsqu'un nouveau projectile vint effleurer l'appui de fenêtre.

— Tu as vu qui nous tire dessus ?

— Impossible, il fait trop sombre et il tire de loin.

Une bouteille de gnôle explosa.

— Radart ! cria Jack. Passez-moi votre arme !

Radart ne répondit pas. Il avait le visage contre le plancher, sur lequel grandissait lentement une auréole de sang. Jack poussa un juron et rampa dans les éclats de verre jusqu'au corps inanimé.

— Il est mort, dit-il.

— Es-tu sûr ?

— Vachement, oui, assura Jack en tournant la tête de Radart, transpercée à plusieurs reprises. Cet enfoiré sait viser.

— Et il nous a coincés. Impossible de quitter cet endroit sans se mettre en danger.

À l'instant où Jack se mit en quête d'une arme dans le désordre de l'ermite, une sirène se fit entendre. Puis une seconde.

— Je pense n'avoir jamais été aussi heureux d'entendre arriver la police.

— Attendons encore quelques secondes, puis filons d'ici.

— Bonne idée, mais pas sans emporter ceci, dit Jack en prenant l'album du voyeur. Pour l'enquête. On ne sait jamais.

Chapitre 5

En toute indiscrétion

Oliver était installé à son bureau, Jack assis face à lui. Entre eux, trônait un modèle réduit de la place des Palais, réalisé avec précision. Mary passa derrière eux avec une pile de dossiers.

— Bon, dit-elle, maintenant je comprends pourquoi on emploie un maquettiste à temps plein.

— Et si Radart avait raison ? demanda Oliver en l'ignorant.

— À propos des colites ?

— À propos des gardiens de cette prétendue mine et de ce qu'elle renferme. Personne ne s'intéressait à ce vol. Personne, à l'exception de Beagle qui travaillait dessus jour et nuit. Pourquoi était-ce si important à ses yeux, de retrouver le navire ?

— Parce que ce névrosé ne supportait pas l'idée d'un délit sur son territoire.

— Il y a toujours des délits. Un policier baigne dedans chaque jour. Admettons que le navire mène à un secret qu'il ne voulait pas voir entre de mauvaises mains et qu'il était chargé de préserver comme d'autres avant lui. Un secret sur lequel on a bâti cette tour de garde ?

— Tu penses au souterrain ?

— Exactement.

— Donc selon toi, ce trésor existerait ?

— Pas forcément, non. Mais deux personnes y croyaient. Beagle et son meurtrier.

Le maire marqua une pause, ouvrit un tiroir et coinça sa pipe entre ses dents.

— Je veux cette maquette, dit-il en grattant une allumette. Si l'assassin veut la récupérer, il sera bien obligé de sortir de sa tanière.

Il alluma la pipe et bascula son siège en équilibre sur les pieds arrière.

— Il ne sera pas simple d'entrer dans le musée. Il est pour l'instant en rénovation. Les visites sont interdites pour encore des mois.

— Arthur m'en a parlé, répondit Jack. Il a reçu une grosse commande de champagne aux huîtres pour une soirée privée, réservée aux donateurs. Tu seras invité.

Oliver sembla soudain mal à l'aise. Il s'éclaircit la gorge.

— Je ne pense pas.

— Comment ça ? La ville contribue largement à financer ce musée.

— Vois-tu, il fallait de nouveaux lampadaires, aux abords des parcs. Les anciens étaient quelque peu datés.

— Et… ?

— Tu verras. Ils sont particulièrement jolis. En forme de tulipe. La journée, les pétales couverts de panneaux solaires sont ouverts et captent la lumière pour la renvoyer le soir lorsqu'ils sont refermés.

— Je ne vois toujours pas le problème.

Mary repassa derrière eux.

— Il a divisé par deux les subsides octroyés au musée, expliqua-t-elle d'un air exaspéré. Le conservateur lui lance tout ce qui lui tombe sous la main lorsqu'il le croise dans la rue.

Oliver reporta son attention sur les bâtiments miniatures disposés devant lui.

— Entrer dans le Dutish sans y être invité est impossible. Il est mieux sécurisé qu'une banque.

Il souleva la toiture du musée pour découvrir un intérieur détaillé, comprenant chaque caméra et détecteur de mouvement. Il appuya sa joue contre sa main et contempla le bâtiment avec dépit.

— En parlant de banque, reprit Mary, j'ai peut-être une idée pour vous permettre d'entrer dans ce musée. Mais c'est risqué et ça ne plaira pas à Fox.

Les deux hommes tendirent l'oreille. Il ne leur fallait pas davantage d'arguments.

Une nuit fraîche et sans lune s'était installée sur la place des Palais. Hors de vue, Jack et Oliver étaient tapis sur la verrière qui dominait la Madoff Bank, un imposant bâtiment bicentenaire.

— Tu es prêt ? demanda Oliver.

— Ça va foirer, répondit Jack derrière une barbe longue en poil de blaireau.

Il regarda le commissariat, de l'autre côté de la place. Les patrouilles allaient et venaient. Quelques policiers conversaient devant l'entrée. Ce n'était pas pour rien que la Madoff était réputée imprenable. Il était extrêmement difficile de s'en échapper. Du moins, jusqu'ici, personne n'avait réussi.

En contrepartie, fort de cette confiance, le directeur n'avait jamais réellement investi dans la sécurité. Pour peu que l'on ne soit pas fermé à l'idée de passer les dix années suivantes en prison, y entrer était donc tout à fait concevable.

Oliver était couvert d'une fine pellicule de poussière rouge. Il s'épousseta machinalement.

— Tu as cinq minutes avant que Fox te tombe dessus, dit-il. Bonne chance.

Jack était attaché par la taille à une épaisse corde de chanvre. Il s'efforça de ne pas regarder le vide au-dessous de lui et entra par une découpe dans la verrière. Il se laissa ensuite glisser vers le sol, une quinzaine de mètres plus bas. À mi-chemin, l'alarme se déclencha. *Cinq minutes*, pensa Jack. Cinq minutes pour trouver ce machin.

Trente secondes plus tard, il posa le pied sur le marbre du grand hall. Le temps de parvenir à se libérer, il balaya la salle du regard. Il avait toujours été étonné par le faste ostentatoire des banques. Il était là pour donner confiance au client, lui dire « regardez, on s'y connaît pour devenir riche ». Il accompagnait la promesse d'un taux d'intérêt honorable. Jack, pour sa part, l'avait toujours ressenti comme « regardez, on s'y connaît pour dépenser votre argent ».

Un large comptoir de loupe vernie parcourait toute la longueur du grand hall, faisant face à un alignement de statues de divinités. Le hall s'achevait sur un large escalier bordé de miroirs noircis qui menait aux étages supérieurs.

Jack y croisa son reflet piqué de rouille. Du moins, un reflet. Pas vraiment le sien. Il avait passé la soirée dans les coulisses de l'Opéra, où la costumière avait une nouvelle fois excellé. Barbe, perruque et lunettes étaient indispensables, mais insuffisantes pour tromper Fox. En revanche, une collection savamment dosée de toxines, venins et plantes exotiques avait sur le visage un effet bien plus évident. La sensation était troublante. Il contempla deux petits yeux porcins perdus au milieu d'un visage bouffi et constellé d'eczéma. Une réaction spectaculaire testée à maintes reprises, qui s'estompait dans la journée.

Sans tarder, Jack monta les marches quatre à quatre. Il entendait l'alarme retentir à l'extérieur de l'édifice. Arrivé au deuxième étage, il ouvrit une double porte et s'engagea dans un couloir au sol couvert de moquette verte.

Il le traversa d'un pas rapide, passant sans s'arrêter une série de piédestaux sur lesquels reposaient des œuvres d'art qu'il remarqua à peine. Des éclairs bleus éblouirent les fenêtres donnant sur la place. Jack regarda par la fenêtre et vit des patrouilles converger dans sa direction. Des policiers à pied, devant la banque, leur faisaient signe de se rendre à l'arrière du bâtiment.

— Diable ! souffla-t-il.

Ils avaient fait vite. Il n'y avait pas un instant à perdre.

Après deux essais, à l'aide d'un jeu de rossignols, il parvint à déverrouiller la porte située juste à côté de celle du directeur.

À peine fut-il entré dans le bureau qu'il entendit la grande porte s'ouvrir et des talons résonner sur le marbre. C'était plus rapide que prévu. Il jeta un œil aux fenêtres sans poignée.

— On dirait bien que je suis fait.

Fox venait d'entrer dans le hall de la banque. Il avait eu raison de demander au directeur un badge d'accès.

Dans la majorité des cas, la police devait tenter de joindre un employé qui mettait souvent près d'une heure à arriver sur place.

— Oui, je t'écoute, dit-il en appuyant sur le côté de son micro déporté. OK, bien reçu.

Le dispatching avait été contacté par le directeur. L'intrus était seul et coincé au deuxième étage. Fox connaissait bien le bâtiment. Accéder au toit ou fuir par les fenêtres était impossible. Le vitrage fixe était composé d'aluminium transparent et incassable, tandis que la sortie de secours était verrouillée à cette heure.

Le policier devant lui poussa la double porte du second étage d'un coup d'épaule discret, son arme longue dirigée vers le couloir. Ils s'y engagèrent à pas feutrés.

Fox actionna une première poignée. Il fit signe au collègue qui le précédait de couvrir le couloir, tandis que l'autre le suivait à l'intérieur d'un étroit bureau. Progressant en regardant par-dessus son arme, il contourna prudemment les meubles. Il sentait son cœur bondir d'excitation, sous son gilet pare-balles. Rien.

— Clear, dit-il. On passe au suivant.

Ils retournèrent dans le couloir en rasant les murs et fouillèrent les pièces les unes après les autres. Les battements de son cœur avaient ralenti. Il s'apprêtait à rappeler le directeur pour lui demander s'il ne s'était pas trompé, lorsqu'il tressauta en même temps que ses hommes.

On venait de tirer la chasse derrière la porte située juste à côté d'eux. Celle-ci s'ouvrit et Jack en sortit en s'essuyant les mains dans une serviette molletonnée, l'air décontracté.

— Ah, c'est vous, dit-il d'une voix faussée.

— Vous… qui êtes-vous ?

— Le Rossignol.

— Vous n'essayez pas de fuir ?

— Ma foi, non. J'ai une tendinite, du côté du genou. Vous n'imaginez pas le temps qu'il faut pour avoir rendez-vous chez un spécialiste. J'ai bien essayé une pommade à base de…

Fox reprit ses esprits et leva son arme en reculant d'un pas.

— Mains contre le mur et pas un geste, ordonna-t-il.

Le lendemain à l'aube, Fox jubilait dans son bureau de la première division. Sourire aux lèvres, il était installé dans son siège, derrière une large table de chêne massif. Quelques photographies de sa famille se partageaient la place laissée libre par la multitude de dossiers en cours, dont une part importante était due à Jack et Oliver. Il ajusta un pot de cuir débordant de stylos-billes et fit pivoter sa lampe de bureau, rendue inutile par le soleil qui traversait la fenêtre dans son dos. Sentiment rare depuis bien longtemps, il se sentait sujet à une certaine euphorie. La fatigue n'y était sans doute pas pour rien.

— Je dois aller aux toilettes.

Jack, assis face à lui, ne pouvait prétendre au même confort. Étreint de la tête aux pieds par une lourde chaîne qui serpentait tout autour de lui, le larron disposait d'à peu près autant de mobilité qu'une huître tétraplégique. Toujours afin d'éviter toute évasion, ses hommes avaient jugé utile d'ajouter à sa cheville un boulet aux dimensions impressionnantes, trouvé dans la cave du bâtiment. Un solide cadenas et quelques paires de menottes complétaient le tableau. À l'évidence, ils s'étaient amusés.

Vu les nuits passées loin de leurs familles pour attraper ce type, il leur devait bien ça.

Fox avait souvent tenté d'imaginer l'homme assis devant lui. Sans doute parasité par ses lectures de jeunesse, il s'était représenté une sorte d'Arsène Lupin, élégant et charismatique. Celui-ci était désespérément conventionnel. On l'aurait croisé cent fois sans le remarquer. Son visage boutonneux et distendu ternissait le mythe du dandy, au même titre que ses vêtements qui sentaient un peu le cochon.

— Vous attendrez, répondit-il.

Jack se renfrogna.

— Vous faites beaucoup d'histoires pour peu de chose, dit-il. Si les horaires étaient mieux affichés, je ne me serais pas trompé.

— Votre avocat ne va plus tarder. Je vous conseille d'ici là de garder le silence.

— En partant, j'apprécierais de récupérer la statuette, si vous n'y voyez pas d'inconvénient.

Fox considéra une affreuse poterie, évoquant vaguement la forme d'un sumo.

— N'essayez pas de me faire croire que vous êtes entré dans cette banque pour voler *ça*, maugréa-t-il avec impatience.

Fox reporta son attention sur le procès-verbal qu'il était occupé à rédiger. Il fut interrompu par la sonnerie de son téléphone, posé sur le bureau. Passant le doigt à la surface de celui-ci, il remarqua une fine pellicule de poussière rouge. Ses dossiers en étaient également recouverts. Tout en décrochant, il prit note d'en faire part au service d'entretien, très laxiste ces derniers temps.

— Oui ? La secrétaire du maire est en bas ? Non. Attendez-moi, je descends.

La commissaire en chef l'avait appelé peu avant pour prévenir de son arrivée. Elle voulait certainement récupérer le mérite de la capture et apparaître seule durant la conférence de presse. Mais si la secrétaire était déjà là, le maire serait en avance et le connaissant, il ne prendra pas la peine d'attendre Elisabeth.

Fox posa un regard méfiant sur Jack, toujours emballé comme dans un porte-jarretelles en acier d'un centimètre d'épaisseur.

— Je vous laisse un instant, cher ami. Pour votre parfaite information et pour vous ôter tout espoir de filer, sachez que quatre gardes armés attendent derrière cette porte. La fenêtre, pour sa part, est verrouillée et ne donne sur aucun autre accès que la place, douze mètres plus bas, où attendent mes meilleurs hommes. Quant aux murs, ils font près de cinquante centimètres d'épaisseur. Creuser le sol ne vous avancerait à rien si ce n'est à atterrir dans les cellules.

Jack toussa.

— En effet, dit-il d'un ton neutre, les chances sont minces.

— J'en conviens.

Laissant le prisonnier seul dans le bureau, il sortit et ferma la porte à double tour derrière lui. À peine en avait-il remis la clé à l'un des gardes, que le tableau représentant l'hôtel de ville, accroché sur le mur à la droite de Jack se mit à pivoter en silence. Derrière lui, une large ouverture rectangulaire dévoila d'abord une main gantée, puis une jambe.

— Bien, fit Oliver en époussetant son manteau de feutre avec un calme épatant. Ne perdons pas de temps. Je doute que Mary parvienne à le retenir fort longtemps.

— Une chance, tout de même, d'avoir cet hôtel en travaux juste à côté du commissariat, répondit Jack en retirant ses chaînes une à une. Tu as été bien inspiré de convaincre cet entrepreneur.

— Effectivement. En revanche, Fox ne mentait pas concernant l'épaisseur des murs. J'ai passé la nuit entière à gratter les joints. Besoin d'aide ?

— Ça ira. On passe chez Polpette pour petit-déjeuner ? s'enquit Jack en regardant par l'ouverture tandis que tombait à terre la dernière paire de menottes. Ils ont des croissants terribles.

— Excellente idée, approuva Oliver sur le ton de la conversation.

Au même moment, s'ouvraient sur le hall d'entrée les portes de l'ascenseur. Fox sentit quelques picotements dans sa nuque. *Les chances sont minces*, avait dit le Rossignol.

— Comment ça, *minces* ? s'exclama-t-il pour lui-même devant l'agent intrigué qui s'apprêtait à monter dans l'ascenseur.

Il lui fallut moins de trente secondes pour regagner son bureau. Hors d'haleine, les aisselles ruisselantes, effondré sur le bouton de porte et soutenu par les hommes de faction, c'est dans un silence qui hésitait entre pleurs et colère qu'il découvrit son bureau désert.

À midi, Jack était debout dans la salle de réunion du commissariat central. Les antihistaminiques avaient rendu à son visage son aspect habituel.

— … nous apprécions tous énormément le commissaire Fox, disait-il.

Un scepticisme unanime lui répondit.

— Et je souhaite conclure en affirmant que sa carrière jalonnée d'échecs est un exemple pour tous. À nous de nous en inspirer pour ne jamais reproduire ces innombrables erreurs. À nous de le remercier pour cela. Pour ma part, j'y vois un homme qui, aujourd'hui, a perdu toute dignité et je me refuse à l'accabler.

Jack se rassit.

— Enfin, sans vouloir t'offenser, bien entendu, ajouta-t-il à l'intention de Fox assis à côté de lui.

L'officier concerné était rouge de colère.

— Imbécile, siffla-t-il à voix basse.

— Je vois que tu es dans le déni, répondit Jack d'une voix neutre.

Il posa la main sur la tête de Prosper, assis à ses pieds, qui ne quittait pas Fox des yeux. Le cochon lui donnait de temps à autre un coup de groin pour attirer son attention, le regard débordant de sympathie.

La commissaire en chef se leva.

— Bien. Je crois que nous sommes tous d'accord avec ce qui a été dit.

Élisabeth posa devant elle une photographie de la statuette dérobée au cours de la nuit.

— Par chance, plutôt que l'évasion en nos locaux, cet objet semble retenir l'attention des médias. Tous multiplient les théories afin d'expliquer que le Rossignol a pris de tels risques pour voler une œuvre remportée dans une tombola organisée par une école. Sa valeur, estimée hier encore à quatre euros, soit le prix de l'argile, dépasse à l'heure qu'il est celle de ma voiture.

Jack regarda le journal posé sur la table. La statuette avait été ramenée par un parent qui n'avait pu se résoudre à la jeter et l'avait gardée comme presse-papiers sur son bureau. Son vol n'était pas prévu. En entendant Fox traverser le hall, il avait improvisé. Il était nécessaire de détourner l'attention des enquêteurs et du personnel de la banque de ce qu'il avait fait sur place. Et tant mieux si quelque part dans une école de Maird, l'avenir d'un gamin était soudain assuré.

Prosper se redressa soudain et s'approcha de Fox avec insistance. L'officier le tint à distance du plat de la main, faisant mine de ne pas avoir remarqué qu'un animal de trois cents kilos tentait de monter sur ses genoux.

— Face à l'insuccès des mesures adoptées jusqu'à présent, poursuivit la commissaire en chef, j'ai pris l'initiative de tendre un piège à ce Rossignol. Par souci de confidentialité, je n'en dirai pas davantage, mais je vous conseille de consulter l'actualité dès demain.

Tendant le bras pour attraper son verre, Jack remarqua à peine que le siège de Fox basculait en arrière sous le poids de Prosper. Élisabeth avait prévu de tendre un piège au Rossignol. Tant mieux. Qu'elle retire le dossier des mains de Fox était une excellente chose. De tous ceux présents autour de cette table, il était de loin le plus persévérant. Un jour, il aurait fini par avoir de la chance. Le prochain vol étant prévu dans cinq jours, toute aide était bonne à prendre.

— Abordons à présent le budget. Comme vous l'avez certainement appris, deux patrouilleurs sont décédés mardi dernier, fauchés par un conducteur distrait. Vu leur ancienneté, cela représente une économie non négligeable.

— À la cinquième division, les gars se demandent quand on pourrait réparer la barrière du parking. Voilà six mois qu'on patrouille en bus.

— Un excellent exemple de police de proximité.

— À la troisième, il y a tellement de plomb dans les murs que les téléphones et les radios ne captent pas.

— Chez nous, on attend toujours que l'on vienne nous débarrasser du serpent. La logistique l'avait amené pour bouffer les rats, mais on pense qu'au lieu de ça, il a préféré boulotter le stagiaire. Et le chat.

Prosper, debout sur les pattes arrière, avait à présent réussi à atteindre l'oreille de Fox, qu'il reniflait avec affection. De toute évidence, la sensation n'était pas agréable.

La commissaire en chef leva les mains en signe d'apaisement.

— Messieurs, mon intervention avait seulement pour but de vous indiquer que le budget en question était déjà attribué au service marketing.

— On a un service marketing ? s'enquit l'un des officiers.

— Naturellement. Prenez une entreprise qui fait toujours la même chose. Du dentifrice, par exemple. Cela fait cinquante ans que la recette est identique. Mais si vous voulez continuer d'en vendre, il faut changer d'emballage, de nom et parfois ajouter des paillettes. Ici, c'est pareil.

Elisabeth tourna l'une des pages de ses notes.

— À propos de publicité, nous sommes à la recherche d'un figurant pour nos calendriers et campagnes de recrutement. Nous avions pensé à un collègue issu d'une minorité, pour refléter les valeurs de notre organisation.

— Nous avons un couple homosexuel dans la brigade, indiqua l'un des officiers. Mais…

— Ils accepteraient de prendre des poses un peu… Enfin vous savez, pour que les gens comprennent bien qu'ils sont homosexuels ?

— Je ne crois pas, madame, répondit froidement l'officier.

Élisabeth sembla réfléchir, l'air contrarié.

— Mon fils est handicapé, renseigna un second. Il travaille aux archives.

— Ce serait du réchauffé. On en a déjà tant parlé.

— Un Asiatique ?

— Inutile, ils ne sont qu'une poignée dans cette ville. Ce n'est pas cela une minorité.

Puis, sans prévenir, elle écrasa le plat de sa main sur la table.

— Un black, ce serait bien, dit-elle.

— On n'en a pas engagé depuis des lustres, fit observer un responsable. Vous avez dit qu'ils étaient complètement c…

— Vous devez confondre, coupa Élisabeth avec la chaleur d'une guillotine.

— Marius, l'un de mes hommes, serait certainement ravi, assura Jack. Un homme chaleureux et souriant. Très porté sur le contact humain.

Et cela pourrait être utile pour la suite, pensa Jack. Le plus délicat serait de convaincre le principal intéressé.

Deux journées s'écoulèrent. Élisabeth venait de se lever. Son fils habitait désormais ailleurs et son mari était en voyage d'affaires. Comme toujours. Vêtue d'un peignoir épais et de pantoufles en fausse fourrure, elle descendit l'escalier en bois en direction de sa cuisine impeccablement rangée. Elle ouvrit la porte pour laisser sortir son chien obèse, un enchevêtrement improbable d'espèces en grande partie canines.

Elle avait consacré énormément de temps à sa carrière. Trop, sans doute. Elle avait souvent regretté de ne pas être avec son fils lors des fêtes. Au début, elle s'était donné bonne conscience en se disant qu'elle travaillait pour lui, pour lui offrir de belles choses. Mais elle avait bien remarqué qu'il préférait de loin une boîte en carton ou un bâton à ses cadeaux coûteux. Elle avait également conscience qu'elle choisissait des jeux qui ne l'obligeaient pas à jouer avec lui. Quand elle rentrait du travail, elle filait jusqu'à la garderie ou appelait ses parents pour le faire, préparait le repas et rêvait de rejoindre ses couvertures.

Pourtant, elle était fière d'être arrivée jusque-là. Elle était en bonne voie pour prétendre à une haute fonction au niveau national. Le Rossignol arrêté, une voie royale s'ouvrirait devant elle. Si son plan fonctionnait, ce serait bientôt chose faite. Elle alluma son téléphone, en charge sur le plan de travail, et s'éloigna pour se préparer une tasse de café. Celle-ci faillit lui échapper des mains lorsque l'appareil commença à vibrer à n'en plus finir.

Ce n'était jamais bon signe. Elle n'était pas de garde. Elle consulta l'écran de son téléphone et vit un nombre incalculable d'appels manqués. Des journalistes, pour la plupart. Faisant défiler la liste, elle tomba sur un message de son adjoint : « Ça ne va pas te plaire… » Le message était suivi d'un lien qui renvoyait vers le site de *La Maird libre*.

En début de semaine, elle avait assuré une fausse fuite dans la presse pour attirer le Rossignol. Un responsable du Dutish dénonçait les conditions de sécurité déplorables des *Valseuses de Madame Louise*. Le musée étant en travaux, l'œuvre se trouvait prétendument entreposée dans une annexe sans surveillance ni alarme. Depuis la parution du papier, les inspecteurs qui attendaient sur place avaient déjà attrapé une douzaine de candidats au vol, mais aucun potentiel Rossignol. Les enquêteurs soupçonnaient la plupart d'entre eux d'avoir dû se faire assister pour lire l'article.

Le lien renvoyait vers un papier titré « Le Rossignol moqueur ». Le journaliste introduisait le courrier d'un lecteur, qu'il attribuait au voleur de plus en plus populaire : « Cher conservateur, je tiens à vous rassurer à propos des *Valseuses*. Cette œuvre emblématique ne risque rien, puisqu'elle repose en parfaite sécurité dans ma galerie. Vu votre intérêt, je saisis l'occasion de vous faire savoir qu'elle est disponible au plus offrant. Connaissant votre bon goût mais votre piètre capacité à reconnaître une contrefaçon, je me tiens à votre disposition pour vous assister lors de vos prochaines acquisitions. Bien cordialement. »

Marius avala sa salive. Il n'aimait pas ça. Il y avait bien trop de monde et quelqu'un lui parlait. Un jeune. Il n'avait rien contre les jeunes. Du moins, il n'avait rien de plus contre les jeunes qu'envers le reste des gens. Mais celui-là cumulait les tares. Probablement le fruit avarié d'un arbre généalogique qui ressemblait à un bambou. Il se tenait sur ses pattes trop courtes comme après une visite chez le proctologue ou une infection urinaire. Pas un truc dont on ferait la pub, en tout cas. C'était une chance qu'il porte un uniforme, car il était du genre à porter un training à motif militaire, d'une couleur immonde avec la marque en grands caractères. En outre, son coiffeur avait dû faire une thrombose avant la fin de sa prestation, ce qui ne dénotait pas avec une réelle tête de con, une voix de con et…

— Laissez tomber, je m'en vais, finit par dire Marius en tournant le dos.

— Mais monsieur ! Je vous ai seulement demandé si vous vouliez du sucre dans votre café !

Marius sortit du Star Coffee et retrouva Arthur et Will qui l'attendaient dans la rue de la Trique.

— La prochaine fois, t'iras le chercher toi-même, grogna-t-il à l'intention d'Arthur.

— Impossible, répondit l'intéressé. La serveuse crache dans ma tasse.

— Après ce que tu lui as fait… T'as de la chance que ce n'est pas ma fille. Elle t'aurait cassé un bras.

Marius regarda des enfants courir dans la rue tout en pensant à sa carrière. Il s'y était engagé par passion et, comme beaucoup d'autres, il restait pour le salaire. Il aurait pu se passer d'une maison, mais il n'était pas question d'imposer ça à sa fille.

Durant ses premières années dans la police, il s'était montré fort critique envers les plus anciens qui disparaissaient à chaque occasion pour revenir en titubant. Alors qu'il ne demandait qu'à patrouiller jusqu'à l'aube, il s'était emporté contre ceux qui rentraient dormir lors des fins de nuit sans appel. Il ne les avait pas crus, lorsqu'ils avaient dit qu'il deviendrait comme eux.

Chacun avait son histoire. Arthur et Will aussi avaient la leur. Il enjamba distraitement un des gamins qui venait de tomber et hurlait de douleur.

Lorsqu'il s'était engagé, il savait pour le danger physique, pour les horaires difficiles, pour le fait que les voleurs sortaient de cellule plus vite que le temps nécessaire à la paperasse qui en découlait. Mais il ne savait pas pour tout le reste. Il ne savait pas à quel point être flic, c'était être humain dans un monde qui ne l'était pas. Un monde qui vous détestait pour votre uniforme et qui vous laisserait seul en cas de besoin. Un monde qui en profiterait même pour vous donner quelques coups dans les roubignoles si l'occasion se présentait.

Un évènement avait changé le cours de sa vie, quelques années auparavant. Il avait alors revu son rapport au travail. À son tour, il avait abordé son métier sous un angle différent. Celui d'un moyen de payer les factures et d'offrir de beaux moments à sa fille.

Il n'était jamais intéressant pour un policier de réagir à un délit. Trop de crapules n'avaient rien à perdre. Un mauvais coup et on perdait un œil, un rein ou la capacité de reconnaître ses proches. Les chefs qui vous défendraient étaient rares, car ils voulaient garder leur place ou en visaient une meilleure. Les criminels, en revanche, disposaient de toute une armada d'associations prêtes à les considérer comme des anges incompris et leur payer un bon avocat. Ceux-là ne détruisaient pas leur couple par le fardeau qu'ils rapportaient le soir et ne risquaient pas de dilapider leurs économies en frais de justice. Il y avait suffisamment de mécanismes pour protéger ceux qui ne respectaient pas les règles.

Pour s'assurer une carrière honorable, il était préférable d'approcher les bonnes personnes et de vendre du rêve lors des entretiens qui permettaient de monter en grade. Rendre une bague de fiançailles volée à une veuve ou empêcher un viol, ça ne comptait pas.

— Vous avez vu, dit Will sur le ton de la conversation, cette histoire de Lécheur fou ?

— De… quoi ? s'exclama Marius.

— Un taré qui arrive derrière des inconnus, leur lèche le cou puis disparaît. La presse en parlait ce matin.

Marius frissonna.

— Ce serait sympa si on l'attrapait, poursuivit Will. Ça fait un moment qu'on n'a plus enquêté sur un dossier.

— Ce n'est pas ce qu'on attend de nous, trancha Marius.

— Ne me fais pas croire que tu n'en as plus envie, toi non plus… Tu penses que je n'ai pas vu clair, lorsque tu as donné la carte de Beagle au nouveau commissaire ?

— Je voulais être sympa.

— Ce serait bien une première. Je pense plutôt que tu sais ce qu'il pourrait y découvrir et que tu espères revoir la brigade telle qu'elle était avant son déclin.

Marius garda le silence.

— Il se débrouille plutôt bien, reprit Will. On pourrait lui montrer les preuves qui incriminent Fiddle, pour le vol de la maquette.

— Pas question. Beagle est mort à peine trois jours après les avoir obtenues. Je n'ai pas envie de suivre la même voie. T'as vu ce qui est arrivé à Radart ? Le tueur n'a pas lâché l'affaire. Nous sommes toujours en vie parce qu'il ignore que nous sommes au courant.

— Tu abandonnerais tes valeurs par lâcheté ?

Will s'attendait à voir Marius se mettre en colère. Mais ce ne fut pas le cas. Peut-être que c'était pire. Après un moment, il n'y avait plus de colère. Son regard se durcit.

— Ma priorité est de voir ma fille heureuse. On ne m'a jamais remercié d'avoir des valeurs.

Les journées s'écourtaient, compensées par les centaines de lanternes et guirlandes orangées qui décoraient les rues à l'approche de Noël. Il fallait bien lui reconnaître cela, au maire. La ville devenait plus belle de mois en mois. Il ne s'était pas fait d'amis, ces derniers temps. Là où ses prédécesseurs avaient multiplié les dépenses pour satisfaire de gros investisseurs, il avait préféré rénover les parcs et façades historiques. À présent, vu la recrudescence de touristes, ces mêmes investisseurs faisaient la queue devant sa porte pour ouvrir des boutiques.

Le souffle de la silhouette qui approchait de la rue de la Trique se mua en une brume qui vint virevolter autour de sa capuche. La discrétion était devenue une habitude, ces dernières années. Trop auraient reconnu son visage et c'était une bonne heure pour rentrer. Les commerces allaient bientôt fermer et les gens bien se raréfier.

C'était quelqu'un de bien. Son dévouement pour la cité n'était plus à démontrer. Tuer Beagle n'avait pas été un choix facile. Et cela avait rendu ses interventions suivantes nécessaires. Chacun d'eux se rapprochait de la vérité. Un risque bien trop grand.

La rue de la Trique était de loin la plus belle, à l'approche de décembre. À l'entrée du quartier anglais, elle arborait un charme qui devait beaucoup à la concurrence que se faisaient les commerçants. Chaque vitrine, abritée derrière la fenêtre aux contours imprécis propres aux anciennes bâtisses, se devait d'être plus colorée, plus lumineuse que sa voisine.

Même le premier étage du commissariat baignait encore dans la lueur de ses chandelles et lampes à huile. Ce n'était plus arrivé depuis des années. Le nouveau commissaire avait certainement prévu de patrouiller avec ses hommes, cette nuit. Celui-là était sorti de nulle part, sans passé, mais recommandé par le maire. La commissaire en chef l'avait engagé sans discuter, car conserver son emploi imposait ce genre de concession.

Il était difficile de savoir pourquoi ce commissaire s'intéressait à ce point à la mort de Beagle. Peut-être s'était-il mis en tête de gagner la loyauté de ses hommes en découvrant l'assassin de leur ancien chef. Ils l'aimaient beaucoup, après tout. Mais comme il était passé à deux doigts de se faire descendre, tous auraient compris qu'il renonce. Serge l'avait fait, lui.

Les policiers qui l'accompagneraient cette nuit étaient des épaves incapables de nuire. Mais il aurait été imprudent de tuer le commissaire ce soir. Une autre occasion n'allait pas tarder à se présenter.

La voiture banalisée de la brigade était une horreur. Passer l'aspirateur dans l'habitacle aurait permis de diviser son poids par deux. Seule la portière passager fonctionnait encore, contrairement au capot qui se soulevait au moindre nid-de-poule. En outre, ni la science ni aucun mécanicien n'étaient en mesure d'expliquer ce qui lui permettait d'avancer.

— Et on cherche quoi, au juste ? demanda Marius assis à l'avant.

— Des criminels, répondit Jack.

— Dans cette ville, je suggère plutôt de trouver quelqu'un d'honnête. Si on y parvient, il suffira de le suivre et d'attendre qu'il se fasse agresser.

Ils s'engagèrent en cahotant sur la place de l'Hôtel-de-Ville. Le bureau du maire était éclairé, tout comme les chauffages au gaz des terrasses.

— Le maire est dans son bureau, observa Arthur.

— Une amie travaille au service des finances, dit Will en ouvrant un paquet de chips. D'après elle, lorsque ça lui arrive, la presse manque toujours de place en première page le lendemain.

— Ce ne serait pas étonnant, répondit Arthur. Il a dit aux journalistes qu'il préparait une surprise. Il ne vous a rien dit, à vous, commissaire ?

Jack se concentrait sur sa conduite. Il cherchait depuis un moment à éteindre le chauffage du siège, puis avait compris que le véhicule n'en était pas équipé. Deux fils se touchaient probablement, quelque part dans le rembourrage en noyaux de pêche.

— Il m'a dit qu'il comptait faire exploser la maison de Fiddle, répondit-il. Il n'a jamais aimé l'architecture contemporaine.

— Ha ha.

— Pas sûr qu'il blaguait.

— Ah.

Ils s'arrêtèrent pour laisser traverser quelques fêtards et descendirent une rue qui menait à la place des Palais.

— Faut l'appeler « place de la Nouvelle-Brosse-à-Dents-Dix-en-Un-Hard-Dents-Pro-Expert », à présent, dit Will. Le fabricant a acheté les droits pour trois ans, d'après le journal.

— Si cela nous permet d'obtenir une nouvelle voiture banalisée, répondit Arthur. Les gens entendent arriver cette poubelle comme un gamin de cinq ans qui court sur du parquet.

— Là, près de la fontaine ! beugla Marius, faisant sursauter Will dans un feu d'artifice de chips.

La très belle place était moins éclairée que d'ordinaire. Comme le reste de la ville, elle n'échappait pas aux travaux qui fleurissaient un peu partout.

Les trois autres regardèrent dans la direction indiquée. La seule lumière projetée par la voiture provenait d'une lampe de poche scotchée dans la calandre. Une vingtaine de mètres devant eux, une silhouette courait derrière une dame âgée qui lui tournait le dos en marchant, un sac à main pendulant au bout de ses doigts.

La voiture avançait au pas. Cela n'avait aucun lien avec une volonté d'approcher furtivement ; la boîte de vitesses était calée en seconde.

— Arrêtez-vous là, souffla Marius, près de son scooter. On lui sautera dessus lorsqu'il reviendra.

Jack aperçut à son tour le deux-roues, moteur tournant, appuyé contre un lampadaire. Il tourna le volant pour s'en approcher et écrasa la pédale de freins. Il avait noté qu'elle n'était pas du genre à s'incliner face à la douceur. Il obtint pour seule réponse un bruit de ressort rarement associé à une mécanique coopérante.

— Les freins ont lâché, commenta Jack. Accrochez-vous.

— J'avais justement besoin de vacances, dit Arthur avec enthousiasme, à l'arrière, en sortant de l'intérieur de sa veste une déclaration d'accident de travail préremplie. Une collision, c'est minimum deux mois à la maison.

— On va le renverser, dit Jack.

— C'est un peu radical, non ? demanda Will à l'arrière.

— Je parle du scooter, pas de l'agresseur. S'il part à pied, nous pourrons le rattraper sans peine.

De fait, au moment où le voleur arrachait le sac de la dame et faisait volte-face, un bruit de ferraille lui indiqua que sa monture venait de se plier en deux. Malgré la visière de son casque, on le devinait mécontent. Il courut en direction de la voiture et sortit un couteau à steak de sa poche.

Arthur fit apparaître d'autres documents d'un air enchanté.

— Ça, c'est minimum six mois.

— Bougez pas, grogna Marius dont la main avait disparu du côté de sa ceinture. Je vais lui montrer ce qu'est un couteau.

— Laissez-le, dit Jack. Ce serait trop bête de se couper.

La silhouette s'était placée à côté de la portière conducteur et essayait à présent de l'ouvrir.

— Dégage de là ! cria l'individu en brandissant la lame.

— La portière est coincée, répondit Jack. La vitre aussi, d'ailleurs. Si vous voulez monter, faut passer par là. Allez les gars, faites un peu de place.

Hésitante, la silhouette contourna la voiture et ouvrit la portière passager, tandis que Marius passait entre les sièges avec la grâce et la souplesse d'un rocher, sous les protestations des occupants assis à l'arrière.

— Je te préviens, t'as pas intérêt à faire le malin, cria le voleur en plaçant la lame à quelques centimètres de la gorge de Jack. Démarre.

— Je vais où ?

— Tu prends par là et tu vas vers la rue Louche.

Will parvint à se libérer d'un coude de Marius qui lui écrasait la joue.

— Mais je reconnais cette veste, dit-il.

— Oh mais oui, reprit Marius. C'est le petit Jean-Dylan.

— Le fils Cuvette ? s'enquit Arthur. Comment va ta maman ?

Le jeune homme sembla soudain embarrassé et opta pour le silence.

— Ça fait un bail qu'on ne l'a pas vue, poursuivit Will. Une dame très accueillante.

— Très ouverte, je dirais.

— Beagle allait souvent la voir. Il ressortait toujours avec le sourire.

— Il n'était pas le seul. Un jour, j'ai croisé l'équipe américaine de rugby qui quittait la maison.

— Exact. Très sportive. Excellente endurance.

— Et un sacré coup de hanches.

— Tu m'étonnes. Le forgeron lui avait fait un lit sur mesure. Les autres ne passaient pas l'hiver.

— Vos gueules ! cria le voleur, dont le teint avait viré au rouge cerise. Et toi, t'arrête pas !

— Sa mère aussi, elle disait souvent ça, murmura Arthur.

— Je crois qu'il n'y a plus d'essence, dit Jack à l'intention de son ravisseur dont la lame tremblait de colère. Il y a un bidon dans le coffre.

— Va le chercher, ordonna le passager en jetant un regard incertain vers l'arrière.

Il venait de voir Marius affûter un couteau de la taille d'un glaive avec une affection manifeste.

— La portière est coincée, répondit obligeamment Jack. Vous permettez ?

À contrecœur, le jeune ouvrit sa portière en tenant toujours fermement le sac à main volé. Sans quitter les occupants du regard, il sortit du véhicule et disparut aussitôt dans un cri bref, s'achevant sur un bruit à faire frissonner n'importe quel vertébré.

Passant la tête par la portière, Jack regarda en direction d'une plaque d'égout manquante au milieu d'un chantier.

— Rien de cassé ? demanda Jack.

Une longue plainte s'échappa du trou.

— Bien, reprit Jack. Je te propose un marché. Tu m'envoies le sac et je t'envoie les secours.

Une heure plus tard, Jack déposait ses trois coéquipiers sur le parking à l'arrière du commissariat.

— Je vais rapporter le sac, dit-il. D'après les factures, elle habite sur ma route.

Les autres acquiescèrent. Ils avaient un drôle d'air. Ces dernières années, ils n'avaient pas souvent eu l'occasion de se sentir utiles, ni de croiser un collègue qui croyait en eux.

— Vous avez bien bossé, les gars, déclara Jack. Merci pour cette patrouille.

C'était moins solennel en tenant un sac à main violet au bout des doigts. Jack les salua une dernière fois et marcha en direction du loft d'Oliver. Il s'arrêterait en chemin pour rendre le sac. De toute façon, il avait déjà pris l'argent.

Il lui fallait rapidement trouver un nouvel appartement. La ruelle Biscornue se plaçait d'ailleurs assez haut dans son classement. Ces derniers temps, il avait redoublé d'imagination pour pouvoir occuper une maison intéressante. Le coup du géomètre de la ville avait bien fonctionné. Il lui avait suffi d'enfiler un gilet orange, un casque de chantier et pointer une façade avec un laser. L'habitant était aussitôt venu à sa rencontre.

— Désolé, je ne peux rien vous dire. Le maire m'en voudrait si on se mettait à paniquer à cause des puits de phosphate.

Le coup des vacances offertes ou de la carte au trésor menant au fin fond de l'Afrique était aussi un classique. Mais hormis le propriétaire capturé par une tribu indigène, tous découvraient tôt ou tard la supercherie et finissaient par revenir avec un serrurier. Quitte à vivre dans la clandestinité, résider dans une rue non répertoriée le séduisait. Et l'observatoire venait tout juste de se libérer.

Arrivé devant une large façade, il souleva le heurtoir d'une porte en chêne, encadrée d'épaisses pierres sculptées. Rapidement, une tête encapuchonnée dans une impressionnante mise en plis apparut un étage plus haut, s'apprêtant à l'évidence à faire observer l'heure tardive.

— Je suis policier, madame. J'ai récupéré votre sac à main.

— Oh. Je descends.

La porte mit un certain temps à s'ouvrir. Une petite dame rondelette en chemise de nuit apparut dans l'embrasure, accompagnée d'un parfum pulvérisé en toute hâte. Elle lui offrit un large sourire, dessiné par un rouge à lèvres à peine apposé.

— Voici, madame, fit Jack en lui tendant le sac.

— Vous n'entrez pas ? Je suis encore toute retournée de mon agression, vous savez.

Jack hésita. Il reconnaissait un guet-apens lorsqu'il en voyait un. Il s'apprêtait à faire un pas en arrière et s'excuser, mais la vieille dame s'était déjà emparée de son poignet.

— Un thé vous ferait le plus grand bien, monsieur l'agent. Ou plutôt, monsieur l'officier.

— Comment savez-vous ?

Jack fut introduit dans un corridor somptueux, surplombé de voûtes en ogive qui retombaient le long des murs de tuffeau. Ceux-ci s'ornaient de nombreux portraits anciens aux coiffures de caniches de concours. Face à l'entrée, un secrétaire à cylindres marqueté aurait suffi à payer un salaire moyen pour une décennie.

La vieille dame le poussait déjà vers le séjour.

— Le jeune Arthur vient parfois me rendre visite. Depuis la mort de ce pauvre Teckel, les patrouilles dans le quartier se font rares, vous savez.

Jack s'enfonça dans un canapé chesterfield de cuir marron et d'acajou. Son hôte s'était éloigné vers la cuisine en continuant de monologuer à propos de l'insécurité dans les rues. Jack nota qu'elle avait réalisé la prouesse de glisser trois « femme seule » en une unique phrase parfaitement structurée. Elle revint les bras chargés d'un plateau tandis que Jack achevait d'inventorier le mobilier et les tableaux accrochés au mur.

— L'eau chauffe, assura la dame en tendant le plateau d'argent.

L'invité accepta une praline puis, à la réflexion, deux ou trois autres.

— Vous parliez de mon prédécesseur, dit Jack en mâchant une meringue au citron qui venait d'apparaître devant lui.

— Un vrai gentleman, assura la dame en s'asseyant à son tour juste à côté de Jack qui se maudit de ne pas avoir choisi le siège. Je le voyais tous les lundis apporter un bouquet à sa demi-mondaine.

— Une maîtresse, vraiment ?

Son interlocutrice hocha la tête.

— C'est l'apothicairesse de l'entrée de la rue des Flairants. Beaucoup de caractère mais très gentille.

Quelques minutes plus tard, Jack remerciait la dame pour son hospitalité, prétextant une journée difficile pour s'éclipser et échapper de peu à un viol. La rue des Flairants était juste à côté. Comme tous les habitants du quartier, Jack connaissait bien la pharmacie. C'était la seule ouverte à toute heure du jour et de la nuit. À l'approche de l'aube, il s'y était déjà abrité lorsqu'il pleuvait des hallebardes. Il s'était alors retrouvé parmi quelques clients venus chercher des préservatifs, une heure ou deux avant ceux qui viendraient pour la pilule du lendemain ou de l'aspirine.

Il commençait à fatiguer et le froid n'aidait pas. Il se promit d'y retourner.

Des années auparavant, Arthur traversait la rue des Flairants. Il portait un costume bleu marine, une chemise d'un blanc éclatant et une cravate en laine de soie parfaitement nouée. Ses cheveux noirs coiffés en arrière à grand renfort de cire témoignaient d'une apparence soignée. La première impression était d'une grande importance.

L'encre de son diplôme de droit n'était pas encore sèche. Avec cela, il pourrait prétendre à un emploi dans un bon cabinet d'avocat, comme son père avant lui. Son jeune frère, Wilson, travaillait dans un *diner* américain depuis quelques mois, le temps de finir ses études. Il voulait faire de la politique. Qui sait ? Un jour, peut-être, la ville serait dirigée par un Fiddle.

Il fallait admettre qu'Arthur n'était lui-même pas certain de vouloir passer sa vie dans un bureau. Il pourrait créer sa propre entreprise.

Ses pensées s'évaporèrent lorsqu'il atteignit la fin de la rue. Un attroupement de personnes agitées regardait vers la toiture d'un immeuble. Un jeune enfant en pleurs était monté sur le toit en pente par une lucarne. Malgré ses mouvements désespérés, il se rapprochait du bord de la toiture glissante.

Et personne ne bougeait. Quelques décennies plus tard, on aurait au moins filmé et posté ça sur les réseaux sociaux avec un smiley effrayé.

Arthur se précipita sur la porte d'entrée. Verrouillée. En prenant du recul, il vit une fenêtre ouverte, au deuxième étage de l'immeuble voisin. Deux minutes plus tôt, il était passé devant le chantier d'un ardoisier. Il retourna sur ses pas à toute vitesse et revint avec une échelle en bois. Deux minutes supplémentaires lui permirent d'atteindre les toits par l'intérieur, les bras chargés de jeans trouvés dans l'appartement traversé. Il les noua les uns aux autres, fixa l'une des extrémités à la poignée de la lucarne et l'autre à sa taille.

— Tiens bon, gamin, je viens te chercher.

Quatre étages le séparaient des pavés de la rue. L'enfant glissait toujours un peu plus vers le bas. Arthur tenait de toutes ses forces sa corde de fortune pour compenser la semelle bien trop lisse de ses souliers. Sans savoir s'il parviendrait à remonter, il parvint finalement à attraper l'enfant par les cheveux. C'était mieux que rien.

Quelques minutes plus tard, il était de retour sur le trottoir, l'enfant courant vers sa mère, les bras chargés de sacs en carton.

— Dites donc, vous ! s'écria-t-elle. De quel droit avez-vous tiré les cheveux de mon enfant ? Je vais déposer plainte contre vous.

D'autres personnes approchèrent à leur tour.

— Vous êtes entré chez moi sans mon accord !

— Et vous avez volé mon échelle !

— Vous avez vu son genre, là, avec sa petite cravate ? Sale type.

Un policier d'une vingtaine d'années qui passait par hasard s'interposa pour éviter un lynchage. C'était Beagle. À cette époque, il avait encore le visage lisse et rasé.

Il plongea son regard brillant dans celui du jeune avocat.

— Comment t'appelles-tu ? demanda-t-il.

— Arthur Fiddle.

— Belle intervention. Bravo. Qu'est-ce que tu fais dans la vie ?

— Je cherche un travail.

— Tu vois le commissariat de la rue de la Trique ? Si l'envie te prend, viens me voir, un jour. Mon chef est à la recherche de gars comme toi.

Avec le temps, la rue des Flairants n'avait pas beaucoup changé. Arthur marchait d'un pas tranquille, le sourire rêveur, un sac de courses à la main. Ses cheveux blancs en broussaille trahissaient une carrière qui toucherait bientôt à son terme. Il portait un haut d'uniforme, accompagné d'un pantalon ample en laine colorée, assez proche du pyjama.

— Police ! cria une femme. Il va se suicider !

Arthur leva le nez dans la direction indiquée. Un homme se tenait sur la corniche d'un immeuble, prêt à sauter dans le vide.

— J'aurais beaucoup aimé m'en occuper, répondit Arthur avec douceur en montrant son cabas, mais je viens d'acheter des glaces pour la brigade et je ne voudrais pas qu'elles fondent. Ce sera pour une autre fois.

Il poursuivit sa route sous le regard interdit de la requérante.

On ne change pas sans raison. On a tous notre histoire.

Il y avait beaucoup de monde, à l'approche de midi. Jack était retourné dans la rue des Flairants. Il portait son uniforme avec sa veste en jean par-dessus pour éviter d'être dérangé. Il ne savait pas bien comment s'y prendre. « C'est vous la maîtresse de feu Beagle ? » ne semblait pas être la meilleure approche. Alors qu'il s'apprêtait à entrer dans la pharmacie, il croisa Arthur qui en sortait, les bras chargés de sacs en carton.

— Ah, commissaire ! s'exclama-t-il, l'air content.

En même temps, Jack ne se souvenait pas de l'avoir déjà vu contrarié. Arthur semblait assez peu se soucier de ce qui l'entourait.

— Bonjour, Arthur. J'ai vu Marius, au loin, qui traînait un type par le pied. Vous savez ce qui est arrivé ? On aurait dit qu'il avait le nez cassé.

Arthur ricana.

— Marius a trouvé le taré qui léchait le cou des passants par surprise. Ou plus justement, le Lécheur l'a trouvé, lui. Il le ramène à l'unité psychiatrique. Je dois vous laisser, j'ai les glaces pour le dessert.

Jack le regarda s'éloigner puis entra dans la pharmacie. Le commerce compensait son étroitesse par une longueur singulière. De hautes étagères de bois clair recouvraient les murs. Le tout était illuminé de milliers de couleurs projetées par le plafond en vitrail, représentant une forêt luxuriante.

Jack approcha du comptoir derrière lequel se tenait une très grosse dame. Elle figurait à l'opposé des critères de beauté de l'époque actuelle. De toutes les époques, d'ailleurs. De ce que Jack en savait, les artistes n'avaient pas souvent doté leurs muses d'un nez en forme de patate, d'une bouche de crapaud et d'yeux de truite disposés aux antipodes de son visage. Avec un peu d'effort, elle pouvait certainement regarder derrière elle.

— Je... Euh... Je cherche..., bafouilla Jack.

Son regard tomba sur une photographie en noir et blanc des employées de la pharmacie. Les huit sœurs posaient ensemble, accompagnées d'un père visiblement fier. Toutes devaient être du genre à dire que c'est la beauté intérieure qui compte. Jack doutait cependant que l'ancien commissaire se soit contenté de cet argument.

— Il me faudrait un tube de Fongilove, dit-il finalement en apercevant l'affiche d'un couple heureux courant dans un pré.

Plusieurs personnes entrèrent dans la pharmacie à ce moment. La pharmacienne leur adressa un signe de tête et tira une poignée qui pendait du plafond par une chaîne ancienne. Elle reporta aussitôt son attention sur Jack.

— Je regrette, mais le client précédent a tout emporté. Je vous recommande le pépin de pamplemousse, à la place. Il y en a dans le fond du magasin, sur la dernière étagère à droite.

Jack remercia la dame et suivit la direction indiquée en se jurant de prendre la fuite lorsque les clients suivants seraient à leur tour occupés au comptoir. Mais pour l'heure, ils semblaient avoir disparu. De plus en plus intrigué, Jack avança vers le fond de la boutique sur un plancher qui tanguait à donner le mal de mer. Le bâtiment non plus n'était pas droit. L'étroite boutique zigzaguait sur une vingtaine de mètres d'étagères remplies de boîtes métalliques et bocaux aux forts relents herbeux. Et toujours aucun signe des gens qui étaient entrés après lui.

Il atteignit finalement le dernier rayonnage, appuyé contre le mur du fond. Il lut la mention « Antidépresseurs, troubles du sommeil, anxiolytiques, déficit relationnel ». Sourcils froncés, il retourna vers le comptoir. Il n'avait pourtant dépassé aucune porte.

Ses yeux se posèrent avec intérêt sur la poignée qui descendait d'au-dessus de la pharmacienne, occupée à classer des papiers.

— Vous avez trouvé votre bonheur ? demanda-t-elle.

— Oui, je vous remercie. Il me faudrait également des sparadraps. Je me suis coupé ce matin.

La dame amorça une manœuvre pour attraper une boîte située derrière elle.

— Non ! Plutôt ceux-là, s'il vous plaît, dit-il en désignant l'étagère du haut, à l'opposé de la poignée.

— Les roses avec les licornes ?

La pharmacienne lui lança un regard insondable auquel Jack répondit par un haussement d'épaules.

— Ils se décollent mieux. J'ai la peau sensible.

Tandis que son interlocutrice déplaçait puis escaladait son échelle double, Jack actionna la poignée en toussant bruyamment pour masquer le léger claquement du mécanisme.

— J'ai d'excellentes pastilles pour la toux, annonça la pharmacienne. Une recette maison. Au bruit que cela fait, je vous recommande également du sirop. Vous fumez ?

Quelques instants plus tard, Jack se dirigeait vers le fond de la boutique, les bras chargés de médicaments inutiles, sous prétexte d'y avoir oublié son parapluie. La dernière étagère avait pivoté suffisamment pour entrevoir l'extérieur. Montée sur des gonds graissés, elle ne fut pas difficile à écarter davantage.

Dehors, un paysan portant une hotte en osier sur le dos lui adressa un salut. À l'arrière-plan, une épicerie en torchis s'effaçait derrière d'impressionnantes guirlandes de tomates séchées et des barils d'huile d'olive. La ruelle Biscornue.

De toute évidence, quelques années plus tôt, Beagle s'y rendait très souvent pour y retrouver sa petite amie. Jack se demanda si elle y vivait encore.

Dans le vaste bureau d'Élisabeth Mugger, moderne et lumineux, Marius se concentrait sur sa respiration. Suivant les conseils de sa fille, les yeux clos, il se représentait au mieux l'atelier qu'il avait aménagé chez lui, car il s'y sentait bien. Les mésanges chantaient dans son esprit et le soleil traversait la fenêtre pour lui réchauffer la peau. Il sentait ses muscles se détendre très légèrement.

Il faisait cela pour la bonne cause. Lescrot avait des méthodes peu habituelles, comme Beagle en son temps, mais l'objectif était louable.

Assis sur son tabouret, Marius expira lentement, s'efforçant d'ignorer le photographe à côté de lui. Un toussotement poli le ramena à la réalité.

— Est-ce à cause du maquillage ? s'enquit la commissaire en chef avec patience.

L'élégante femme, au tailleur comme toujours impeccable, était accroupie devant lui.

— Nous allons peut-être nous passer du rouge à lèvres, dans ce cas, dit-elle avec bienveillance. Mais le fond de teint est indispensable, vous comprenez ?

N'obtenant aucune réponse, elle se tourna vers le jeune photographe du service communication. L'intéressé semblait lui aussi très crispé.

— Est-ce arrivé lorsque vous lui avez parlé des mugs ? Des sous-main ? Du calendrier ?

Le photographe fit plusieurs fois « non » de la tête.

— Bien, poursuivit-elle. Je pense que nous pourrions abandonner le portrait géant sur le flanc des bus. Cela vous convient ?

Marius opina et Élisabeth lui adressa un sourire encourageant.

— Magnifique ! Dans ce cas, peut-être pourriez-vous ranger votre matraque ? Elle n'est pas idéale pour l'image que nous souhaitons renvoyer au public.

Le policier baissa le bâton qu'il tenait à hauteur de ses pectoraux.

— Je vous remercie, Marius. Une dernière chose, encore. Prenez le temps qu'il faudra.

Elle jeta un œil inquiet au photographe, dont le teint se muait progressivement en une sorte de violet foncé.

— Pour le bon déroulement de la séance, pourriez-vous lâcher le cou de notre jeune collègue ?

Comme à Versailles en son temps, le musée Dutish avait été l'écrin d'un souverain se trouvant trop à l'étroit dans un logement de quelques centaines de chambres. L'édifice avait vu le jour après plusieurs secondes de dilemme entre un peuple à nourrir et la nécessité de disposer de cent douze salles de bains. À peine six mois plus tard, l'homme à la tête du pays avait perdu la sienne lors d'une révolte mal anticipée. Depuis, les murs de marbre rouge aux reliefs couverts d'ors accueillaient des œuvres venues du monde entier.

Méconnaissables, Jack et Oliver déambulaient dans la grande salle, près du célèbre *Prêtre tenant sa saucisse.* De nombreux invités en habits de soirée conversaient entre les tables garnies d'amuse-gueules, abritées sous un plafond vertigineux et éclairé par les lustres immenses.

La majeure partie du bâtiment était inaccessible en raison des travaux de rénovation. Une part importante des fonds privés nécessaires au chantier provenait de la Madoff. À ce titre, ses meilleurs clients figuraient sur la liste des convives. Seuls faisaient exception deux noms, apparus à l'insu de tous lors de la visite de Jack dans la banque.

— Messieurs ? fit un serveur en levant un plateau de flûtes à l'intention des deux personnages.

Jack en prit une et la porta à ses lèvres tandis que l'employé s'éloignait.

— C'est salé, observa Jack avec l'étonnement de celui qui mangerait une glace au hareng. Et épais.

Il inclina son verre. Le liquide sirupeux mit un certain temps à suivre le mouvement.

— Du champagne aux huîtres, informa Oliver. C'est très tendance et cela stimule le transit. J'en ai commandé une douzaine de caisses à Arthur. Je tenais à apporter ma contribution à cette soirée. J'ai oublié de t'en parler.

Il regarda d'un air satisfait les verres se vider les uns après les autres.

— La maquette est exposée dans l'aile nord, au deuxième étage, reprit-il en regardant une grande porte sculptée à l'autre bout de la salle. Les alarmes sont probablement désactivées dans les couloirs. Ce sera un jeu d'enfant.

Jack regarda Fiddle, qui discutait au sein d'un petit groupe. Avant d'être maire, il avait été adjoint en charge de la culture. Depuis lors, il présidait le conseil d'administration du musée.

— Tu n'as toujours pas mis la main sur cette boîte de café ? demanda Oliver.

— Non. Il ne peut s'agir que d'un des trois hommes de la brigade. Le bureau de Beagle n'avait plus été ouvert depuis le jour de sa mort, lorsque je l'ai découvert. Il n'y a qu'eux qui auraient pu entrer et prendre la boîte sur le bureau avant mon arrivée.

— Reste à savoir quel serait leur intérêt de protéger Fiddle. On sait que cette boîte contient des photos de lui avec la maquette.

Jack haussa les épaules.

— Peut-être Arthur. C'est son frère, après tout. Je finirai par la trouver.

Il s'arrêta un instant, constatant qu'ils étaient à présent moins nombreux dans la salle, à l'inverse de la file qui se formait jusqu'aux toilettes.

— On y va ? proposa Jack. Il semble que ta diversion fonctionne.

Ils se faufilèrent jusqu'au mur opposé, entre les convives qui peinaient de plus en plus à masquer les effets du champagne. Alors qu'ils se demandaient comment franchir discrètement la porte menant à l'aile nord, trois femmes les dépassèrent en courant dans une rafale de hauts talons. Elles s'y précipitèrent avec toute la dignité de celles qui ne sont pas certaines d'atteindre le prochain olivier en pot sans incident aussi humiliant que spectaculaire.

Wilson Fiddle refusa la flûte qu'on lui présentait. Il n'était pas question de boire de l'alcool. Pas ce soir. Pourtant, il transpirait. Il s'épongea le front à l'aide de l'élégante queue de maine coon qui dépassait de son gilet et regarda vers les deux intrus.

Les policiers n'avaient pas voulu le croire, lorsqu'il avait dit que le Rossignol s'introduirait ce soir au musée. Tout le monde avait visiblement gobé que ce type se soit introduit dans une banque et échappé d'un commissariat pour une statuette valant moins d'une boîte de raviolis. Le directeur de la banque avait confirmé ses soupçons. Cette nuit-là, deux noms étaient apparus sur la liste des invités, dans le bureau de sa secrétaire.

Et ce soir, deux hommes s'étaient présentés sous ces noms.

Impossible de connaître l'œuvre qu'ils convoitaient. Il espérait que ce n'était pas la maquette.

Perdu dans ses pensées, il ne remarqua pas que le petit groupe qui l'entourait s'était précipité aux toilettes. Il prit un verre d'eau sur la table et le vida.

Peu importe ce qu'ils comptaient emporter. Il avait des hommes en suffisance qui n'attendaient que son signal pour intervenir.

Jack et Oliver s'étaient engagés dans un large escalier. Loin de la symphonie digestive qui retentissait au rez-de-chaussée, le deuxième étage baignait dans un silence reposant. Si les visiteurs étaient nombreux à venir au musée pour cette galerie, peu en revanche y remarquaient les œuvres exposées.

Le regard d'Oliver se perdit vers le plafond.

— J'oublie toujours à quel point c'est beau, dit-il.

Huit mètres plus haut, une voûte en berceau vitrée traversait la galerie sur toute sa longueur. Elle ne s'interrompait qu'au centre pour se fondre dans un majestueux aquarium sphérique, serti dans le plafond, que des dizaines de poissons constellaient de reflets argentés. Le globe de verre, à cette heure de la nuit, projetait au sol une lueur lunaire qui permit aux deux hommes d'avancer.

L'aile nord s'étirait sur près de deux cents mètres. Leurs pas résonnaient, leur assurant qu'aucun agent de sécurité ne les attendait à cet étage. Personne ne s'était méfié. Normal. Les invités étaient soigneusement sélectionnés.

Même les détecteurs de mouvement étaient désactivés. Il aurait été malvenu de se mettre à dos un riche donateur désireux de parader en présence d'une dame.

La galerie retraçait l'évolution chronologique de la cité. Ils passèrent à côté de sarcophages millénaires, de statues à peine plus récentes, d'un drakkar, et approchèrent de l'aquarium.

— La voilà, murmura Oliver.

Au centre de la galerie, se dressait une vitrine que d'aucuns auraient jugée insignifiante. À hauteur d'homme, reposait la maquette d'un petit galion de bois sombre, couchée sur un oreiller de satin de soie. On la distinguait à peine dans l'obscurité.

Les reflets de l'aquarium, venant caresser la vitrine, renforçaient le réalisme de la maquette.

Jack sortit un poinçon de sa poche.

— Bon, dit-il, je casse la vitre et on file.

— Inutile, j'ai vu ce que je voulais voir.

Oliver se pencha un peu plus sur la vitrine et fit un pas de côté pour mieux observer la poupe dorée.

— Je dois te faire une confidence…

Des pas l'interrompirent.

— Reculez ! cria Fiddle.

Il ne les regardait pas. En réalité, il ne s'adressait même pas à eux. De chaque côté de la galerie, à une dizaine de mètres de la vitrine, des hommes venaient d'apparaître. Des professionnels, vu leur équipement et les armes électriques qu'ils tenaient. À mi-chemin des deux groupes, Fiddle approcha des deux amis. Pour une raison inconnue, il paraissait angoissé. Il avait pourtant l'avantage.

— Je sais que vous êtes le Rossignol, affirma-t-il à voix basse.

Jack et Oliver ne répondirent pas. Ils tournaient à présent le dos à la vitrine. Fiddle approcha à deux ou trois mètres d'eux en s'appuyant sur sa canne. Tout ce qui ressemblait à une issue était une haute fenêtre qui donnait sur la place des Palais. Une option inconcevable. D'une part, elle était verrouillée pour des raisons de sécurité, et d'autre part, le sol situé vingt mètres plus bas n'était pas réputé pour son amorti.

— Vous n'aviez pas prévu cela. Vous êtes pris au piège.

Des gouttes de sueur perlaient le long de ses tempes. Oliver ne l'avait jamais vu ainsi.

— Bien, dit Jack d'une voix un peu plus rauque que d'ordinaire. Vous avez deviné notre identité. J'imagine que vous souhaitez récupérer votre tableau ?

Fiddle le regardait, les yeux écarquillés. Il ouvrit sa canne-épée et fit un pas en avant, la lame levée vers la gorge de Jack.

— Peu m'importe ce tableau. Pourquoi vous intéressez-vous à cette maquette ?

Jack déglutit. Le moment était mal choisi pour le lui expliquer. D'un autre côté, le moment était peut-être mal choisi pour se taire.

— Parce qu'il y a sept ans, beaucoup pensent que vous avez tué Beagle pour l'avoir.

Fiddle sembla surpris.

— Je n'ai pas tué ce policier.

Sans prévenir, la fenêtre et une partie du mur derrière lui volèrent en éclats. Des milliers de morceaux de verre jaillirent d'un nuage de poussière et de gravats, obligeant Fiddle à se courber en se protégeant le visage.

— Viens ! cria Oliver en courant vers le vide.

Sans se retourner, il entendit une dizaine d'hommes s'élancer dans leur direction. Il sauta vers la place des Palais. Le nuage de poussière franchi, l'air devint soudain bien plus frais. Il saisit le crochet de la grue qui avait défoncé le mur et s'y cramponna. Jack l'avait imité en s'efforçant de ne pas regarder vers le bas tandis que la grue pivotait pour les éloigner du musée.

— C'était prévu, ça ? cria-t-il.

— C'était mon plan de secours. Si je t'en avais parlé, tu aurais refusé de m'accompagner. D'ailleurs, tu savais que Mary était capable de piloter une grue ?

Jack, toujours fermement agrippé, profitait bien malgré lui du spectacle qu'offrait la place.

— On pense souvent qu'un bon voleur doit pouvoir entrer partout, dit Oliver en attrapant le bras de son ami. Je crois plutôt que toute la différence réside dans sa capacité à s'enfuir d'où il est entré. Sur ce point, j'étais bien inspiré pour la rénovation de cet hôtel. Voilà déjà deux fois que ces travaux nous sont utiles.

Le crochet descendit en direction d'un véhicule de location stationné sur la place. Avec un certain soulagement, Jack sentit le sol sous ses pieds.

— Que voulais-tu me dire, à propos de la maquette ? demanda-t-il en contournant la voiture qu'Oliver venait de déverrouiller.

— Je dois d'abord vérifier quelque chose. Je t'en parlerai demain.

Chapitre 6
Le policier abattu

Dans l'après-midi du lendemain, Jack s'apprêtait à entrer dans la dixième division quand il sentit que quelque chose clochait. Clochait vraiment. Un couple âgé venait d'en sortir, l'air satisfait.

— Le service est toujours exemplaire, ici, assura l'homme.

— Quelle chance merveilleuse de les avoir, renchérit la femme.

Jack haussa un sourcil et grimpa l'escalier jusqu'au premier. L'endroit semblait plus propre que d'habitude. Et sentait meilleur.

Il entendit un rire de baryton s'élever d'un bureau, où un enfant était occupé à jouer avec Prosper, affublé d'un nœud papillon. Ses deux parents étaient en pleine conversation avec Marius, la mine radieuse.

— Nous vous sommes vraiment reconnaissants d'avoir retrouvé notre fils.

Marius dévoila une large rangée de dents.

— Tout le plaisir était pour nous, vous savez, dit-il chaleureusement. Votre bambin est vraiment adorable. Un vrai petit génie.

Arthur, revêtu de son uniforme complet, aurait pu figurer sur les brochures de la police tant il était élégant. Il ne lui restait qu'à tendre un doigt vers l'horizon et à tenir une radio pour y figurer.

— Une moule caramélisée ? proposa-t-il aux parents. C'est une nouvelle recette au sirop d'érable, avec une note de fleur de sel.

Will s'y trouvait aussi, tenant un yaourt maigre et une cuillère.

— Prosper l'a retrouvé à l'odeur. Il est excellent pour ça, dit-il. Il pourrait pister n'importe quoi. Même la boîte de café volée sur le bureau de Beagle, par exemple.

Le policier enfourna sa cuillère de yaourt sans matière grasse et soudain, tout devint flou. Le décor se mit à tourner très vite et Jack se réveilla dans le loft d'Oliver. Étendu dans le canapé, il émergea lentement de son rêve. Le jour était déjà levé.

Il se redressa.

Le cochon. Le cochon est la clé.

Le soir s'installa et revêtit la rue de la Trique d'une couleur ambrée. Ses derniers visiteurs quittaient les boutiques sous le regard distrait d'Arthur. Will venait de le rejoindre, un grand bol de *plum-pudding* entre les mains.

— Tiens, le commissaire n'a pas l'air content.

Will se retourna. Dans ces moments-là, on s'attendait toujours à ce que des corps célestes accompagnent le mouvement.

Jack arrivait vers eux d'un pas décidé et le visage dur. Au bout de sa laisse rose, Prosper le suivait avec l'air de celui qui vient de faire une bêtise.

— Pourquoi le couvres-tu ? s'écria Jack, indifférent aux regards qui se tournaient vers lui.

Il s'approcha assez près de Will pour pouvoir compter les morceaux de fruits confits tombés sur sa veste.

— J'ai accepté de travailler dans un bureau insalubre avec un cochon et des mouches grosses comme des balles de golf. J'ai accepté de passer des heures en réunion avec des connards qui débattent depuis des mois d'une charte de valeurs dont tout le monde se fiche. J'ai accepté de travailler avec un type qui m'a fait boire de l'alcool de bulot, un asocial et un troisième qui ne parviendra bientôt plus à passer la porte du commissariat. J'ai accepté qu'on essaye de me tuer à plusieurs reprises ces dernières semaines. J'ai accepté tout cela pour capturer l'assassin de Beagle !

Il sortit de sa poche une série de photographies. Elles sentaient le café.

— La boîte, trouvée dans l'observatoire. Je l'ai fait renifler au cochon pour qu'il piste celle volée sur le bureau de Beagle, avant que je n'y entre la première fois. Oui, j'ai vu la trace que son absence a laissée…

Prosper croisa le regard de Will et baissa le groin avec embarras.

— … et je découvre que vous couvrez son assassin, poursuivit-il en martelant la poitrine de Will de son index. La boîte envoyée par Radart juste avant la mort de Beagle était dissimulée dans votre sac d'intervention. Vous comptiez vous en débarrasser.

Will loucha sur les clichés brandis à quelques centimètres de ses yeux, ce qui engendra un quadruple menton. Muet, il serrait son bol entre ses doigts boudinés.

— Beagle est mort en découvrant ces photos. Il n'a jamais eu le temps de s'en servir. Elles prouvent que Fiddle l'a tué ! Et par votre faute, j'ai bien failli y passer, moi aussi.

— Ce… ce n'est pas ce que vous croyez, bredouilla Will.

— Vraiment ? Dans ce cas, expliquez-vous. J'écoute.

Will regarda autour de lui. Le moment était venu.

Sept années plus tôt, on aurait cru tout le monde endormi dans la rue des Flairants, couverte d'une couche de neige qui ne cessait de croître. Au fil des heures, la tempête avait eu raison des commerçants les plus téméraires et des clients que de multiples couches d'habits ne suffisaient pas à réchauffer.

Seules quelques traces de bottes, qui croisaient parfois celles d'un chat malchanceux, trahissaient un passage récent. Les pas venaient du pont des Loutres et longeaient les façades. Ils disparaissaient devant une porte de bois ancienne, qui se referma sans bruit sur une étroite devanture. Une silhouette encapuchonnée, abritée sous une pèlerine de cuir, monta l'escalier, guidée par la faible lueur d'un chauffage d'appoint qui l'attendait au sommet.

— Alors, ça donne quoi ? demanda Fox en retirant sa capuche enneigée.

Il était arrivé dans la réserve d'un tisserand. Il contourna un ancien bureau à la surface couverte de ciseaux et de griffures. La pièce, très profonde, était encombrée de rouleaux de tissus bruts, entassés partout.

Beagle l'attendait un peu plus loin, assis sur le rebord de la fenêtre.

— C'est positif, répondit-il d'une voix rauque. Fiddle a la maquette.

Les rares couleurs sur son visage ridé étaient celles qui irradiaient du chauffage rougeoyant. Il avait l'air épuisé. Il regardait au-dehors par une mince ouverture entre deux tentures poussiéreuses. Fox croisa ses yeux gris, soulignés de cernes plus profonds encore que d'habitude.

Beagle dormait peu. Trop de choses en tête. Trop de dossiers lui tenaient à cœur. Il ne supportait pas ceux qui méprisaient les autres. Ceux qui hurlaient dans les rues en pleine nuit, ceux qui vandalisaient par plaisir, ceux qui brisaient une vie. Il y en avait toujours, parce qu'il y avait toujours des gens pour croire leurs excuses.

Mais ces derniers jours, il y avait plus grave. Il continuait de sourire, de saluer les collègues, mais il avait la tête ailleurs. Seuls Fox et Will pouvaient comprendre.

— Radart a fait vite, dit Fox en s'approchant de Beagle qui venait d'attraper son appareil photo.

— Il savait que c'était important.

— Comment Fiddle a-t-il fait pour voler la maquette ?

— Je pensais qu'il profiterait de sa place au conseil d'administration du musée pour demander que la maquette soit restaurée et la confier à un complice via un faux marché public. Alors, avec la conservatrice, on a décidé de mettre la maquette à l'abri. C'est durant son déplacement que le vol a eu lieu. Un gamin avec une sacrée paire de...

Fox regarda par-dessus l'épaule de son coéquipier.

— Tout ne semble pas se dérouler comme prévu.

— Non. Fiddle est en colère. On dirait qu'il est venu demander des comptes à son complice.

Quelques maisons plus loin, dans une petite pièce tout en bois, deux hommes discutaient. Le premier tournait le dos à la fenêtre. Il portait une veste de travail aux coutures défaites, qui contrastait avec l'ensemble impeccable de Fiddle. Les deux hommes étaient séparés par une large table, sur laquelle reposait la maquette parmi une multitude d'outils.

— Le second, c'est le vieil horloger, dit Beagle. On dirait son atelier. J'espère qu'il ne va pas essayer de la démonter. Il pourrait l'endommager.

— Avec ces photos, tu n'auras aucun mal à obtenir un mandat.

Beagle hocha la tête.

— Si je ne l'obtiens pas, je trouverai bien un prétexte pour entrer. Mais il faut faire vite.

Will voulut reculer d'un pas mais fut coincé par la vitrine de la Pâterie Royale, dont les employés durent penser que la nuit était tombée très subitement.

— C'est bien Fiddle qui a volé la maquette. Mais il n'a pas tiré. Ce jour-là, lorsque je suis arrivé, Beagle était encore en vie. Il…

Il n'eut pas le temps d'achever sa phrase, interrompue par une détonation. Jack eut conscience qu'Arthur le tirait en arrière pour le mettre à l'abri. Il entrevit Will, les yeux écarquillés, se tenant la poitrine.

Prosper se rua vers lui en poussant des cris désespérés tandis qu'il s'effondrait le long de la vitrine. Il vit Will, le regard vide, poser une main ensanglantée sur la tête de l'animal qui le reniflait d'un air affolé.

Un second tir se détacha des cris des gens dans la rue. Arthur avait essayé de tirer en direction des toits, mais son arme fumante était obstruée. Le silence s'installa à nouveau. Jack se releva. Il ne vit personne sur les toits. Arthur continua un instant de scruter le ciel rouge et or.

— Will ! s'écria Jack en s'agenouillant devant lui. Est-ce que ça va ?

L'adrénaline venait de prendre le dessus. Il eut conscience des curieux qui commençaient à approcher. Il entendit le bruit simulé d'un appareil photo dans son dos, puis l'excitation.

— Tu crois qu'il est mort ?

— Un bestiau pareil, il en faudrait plus.

Jack tremblait. Il voyait Will devenir de plus en plus pâle. Les yeux clos, il respirait encore. Une respiration difficile et bruyante. Il le coucha sur le côté, aidé par Arthur qui venait de le rejoindre.

— Le tireur, je n'ai pas réussi à l'atteindre, souffla Arthur.

— Tu l'as reconnu ?

— Non, il était à contre-jour. Mais il se tient comme un flic.

Derrière eux, des moqueries commencèrent à fuser. L'un des badauds imita le cri d'un cochon. Les dents serrées, Jack saisit son arme et amorça un geste pour se retourner. Il vit alors la patronne de la Pâterie, le visage couvert de larmes. D'elle aussi, on se moquait souvent, depuis toute petite. Elle avait toujours été ronde. Les régimes étaient tous restés sans effet. Après des années à culpabiliser et se priver pour les autres, elle s'était résignée. Il y avait une erreur, cependant, que les gens faisaient fréquemment, mais jamais deux fois. Elle décocha un puissant coup de poing dans le visage du plus grand des ricaneurs. Lui aussi, après plusieurs mois à manger à travers une paille, se rappellerait qu'il faut se méfier d'une femme qui pétrit chaque jour une demi-tonne de pâte.

Prosper posa la tête dans le cou de son maître.

De nombreuses sirènes commençaient à retentir, au loin. Les policiers du monde entier, sur le terrain, avaient appris à aimer ce bruit. Blessés et en danger, il leur donnait l'indication du temps qui leur restait à tenir.

Will, lui, ne l'entendit pas.

Will avait entamé sa carrière de manière peu habituelle. Depuis une civière, précisément. Vingt ans plus tôt, à la tombée du jour, Beagle dévalait l'escalier du commissariat, à l'époque lumineux et bien entretenu. Il finissait d'attacher son gilet pare-balles couvert d'équipement par-dessus son uniforme quand il croisa Fox qui s'apprêtait à entrer dans la tour.

— Alarme hold-up chez Bläck ! dit Beagle.

— Je te suis. Radart a aperçu la bande de la rue Tourte-au-Bœuf qui faisait du repérage.

— OK. Marius et Arthur sont sur une intervention. Ils vont nous rejoindre sur place.

Ils remontèrent au pas de course la rue de la Trique et s'engagèrent dans la rue du Lard. Tous deux avaient déjà la main sur leur arme. L'étroite façade de bois sculpté était connue de tous. Depuis quelques générations, le commerce proposait du matériel de niche pour la calligraphie et les artistes. Le volet était baissé à cette heure.

Fox approcha de la porte. Elle était fracturée. Quelques aiguilles de bois jonchaient le sol. Il poussa le battant du pied, jeta un œil et entra. Beagle le suivit.

L'intérieur était plongé dans l'obscurité. À leur droite, un mur en pierre soutenait des dizaines de récipients en verre dont le galbe s'achevait sur un robinet argenté. Ternis par une légère couche de poussière, tous accueillaient des encres offrant une multitude de nuances et d'effets. Plusieurs d'entre elles brillaient comme de l'or. Hors d'atteinte sur les rangées supérieures, les encres les plus onéreuses offraient un spectacle que les deux policiers ne prirent pas le temps d'apprécier. Le plancher craquait et ils formaient une cible pour l'ennemi. Ils avancèrent d'un pas pressé le long du mur de gauche, garni de papiers, enveloppes, crayons et pinceaux venus du monde entier.

Ils contournèrent un vieux comptoir qu'éclairait une lampe d'architecte. Derrière, la comptabilité était éparpillée au sol. On ne s'était pas intéressé à la caisse. Oppressant, l'arrière de la boutique était surchargé d'étagères débordant d'objets indistincts.

— C'est quoi ce truc ? murmura Fox en regardant sa semelle.

Beagle observa à son tour le sol, où brillait un liquide transparent aux reflets métalliques. Alors qu'il s'apprêtait à répondre, tous deux sursautèrent. D'une porte entrouverte à peine visible sur le mur du fond, s'éleva le raclement sec d'une chaise. Ils échangèrent un regard. Beagle passa le premier et poussa la porte du plat de la main. Il remit son arme dans son étui et fit signe à Fox de le rejoindre.

Une sorte de laboratoire avait été aménagé dans un capharnaüm constitué sur plusieurs décennies. Bläck s'y redressait en massant l'arrière de son crâne dégarni. Il était fort petit, mais ne semblait pas en avoir conscience, au vu de ses vêtements trop grands qui tenaient uniquement à l'aide de bretelles.

— Comment allez-vous ? demanda Fox.

Le patron de la boutique émit un vague grognement. Beagle enclencha l'interrupteur, baignant la petite pièce d'une chaude lueur incandescente.

— Et lui ? demanda-t-il en désignant un deuxième homme qui gisait sur le sol, au pied d'un établi encombré de bouteilles de formes variées.

— Il travaille pour moi, bredouilla Bläck en rassemblant ses idées.

— Il respire, dit Fox en posant ses doigts dans le cou du jeune homme. Je vais appeler une ambulance.

Couché sur le ventre, le blessé avait tout au plus une vingtaine d'années. Son visage mince commençait à rougir et enfler aux nombreux endroits où il avait reçu des coups. Du sang coulait d'une plaie sur la seule pommette visible et d'une lèvre ouverte.

— Qu'est-il arrivé ?

— Quatre types cagoulés sont entrés après la fermeture. Ils ont exigé qu'on ouvre le coffre. On leur a dit qu'on ne gardait pas d'argent dedans et qu'ils pouvaient avoir la caisse, mais ça ne les intéressait pas.

— Que voulaient-ils ?

— On développe de nouvelles encres et papiers, ici. Pour les billets de banque ou les passeports, par exemple. C'est crucial de changer régulièrement et de progresser plus vite que les faussaires. Dans ce coffre, on conserve la formule de chacun de ces produits. Will sait que c'est très important et il ne s'est pas laissé faire. Il en a amoché trois, mais le quatrième lui a donné un coup à l'arrière de la tête avec le cylindre de presse qu'on utilise pour nos essais. J'ai juste eu le temps de tirer la clochette pour vous avertir.

Il désigna une ficelle qui pendait du plafond. Beagle hocha la tête.

— Vous avez une description des auteurs ? Je vais demander à Radart de les localiser, ajouta-t-il à l'intention de Fox.

Bläck eut un rire discret.

— Prenez plutôt ceci, dit-il en attrapant une lanterne visiblement bricolée posée sur une table. Le petit est malin. Sachant qu'il n'aurait pas le dessus, il a brisé ça sur le sol.

Les deux policiers comprirent que le liquide vaguement huileux, par terre, était de l'encre de sécurité, seulement visible sous un certain spectre. Les auteurs avaient pataugé dedans durant leur tentative avortée et regagnaient probablement leur planque en toute ignorance. Ils ne s'attendraient pas à voir débarquer l'ensemble de la brigade.

Quelques minutes passèrent. Il faisait frais, à présent. Appuyé contre une façade, Beagle fumait un cigare en regardant le jeune homme inconscient quitter la boutique sur un brancard, emballé dans des couvertures blanches.

— Je le veux, dit-il à Fox. Il a le profil qu'on recherche.

Fox garda le silence. Il affichait une moue que son coéquipier devina sans avoir à le regarder.

— Il était prêt à mourir pour garder un secret, poursuivit-il.

— Nous gardons déjà la maquette, rétorqua Fox. Plus il y aura de gens qui connaîtront son secret, moins il le restera.

— Nous ne sommes pas éternels, Andrew. D'autres, plus jeunes, devront nous succéder un jour.

Les secouristes refermèrent les portes de l'ambulance et saluèrent les deux policiers. Beagle tira une dernière bouffée et leva la lanterne.

— Viens, allons chercher les autres. On a une porte et quelques têtes à casser.

Jack contemplait le petit cimetière d'un air maussade. Il regrettait d'avoir crié sur Will. C'était l'absence de considération pour les hommes de la brigade qui avait fait d'eux ce qu'ils étaient aujourd'hui. Le métier d'escroc ne faisait pas de la compassion et de l'empathie des vertus cardinales. Mais d'habitude, c'était plus facile. Il ne faisait qu'arnaquer des gens qui cherchaient à se faire de l'argent sur son dos. En pensant acheter pour une bouchée de pain un tableau de maître à un type acculé par les huissiers, par exemple. Ou une couronne inca en laiton à une petite vieille qui perd la tête.

Quelques flocons de neige commençaient à tomber.

Personne ne disait mot. Il regarda Arthur et Marius, l'air grave, qui faisaient les cent pas dans la salle d'attente des urgences. Il s'éloigna de la fenêtre et retourna s'asseoir sur le banc à côté du distributeur. Oliver et Mary s'y trouvaient.

— Après ça, dit-elle, la dixième division ne rouvrira pas. Quel policier voudrait encore y travailler ?

Oliver acquiesça en silence, le regard dirigé vers le sol en vinyle pastel. Ils étaient là depuis près de deux heures. À chaque passage d'un infirmier ou d'un médecin, tous tournaient la tête avec une forte appréhension.

Finalement, la porte d'une chambre s'ouvrit et un homme en salopette blanche vint à leur rencontre. C'était Orvos, le médecin envoyé par le parquet.

— Le cochon l'a réchauffé suffisamment pour le garder en vie, dit-il. Mais rien n'indique qu'il reprendra connaissance. Sa santé est désastreuse. Qu'est-il arrivé à ses poumons ?

Les yeux rougis, Marius prit la parole. Sa voix était plus rauque encore que d'ordinaire.

— Il y a dix ans, en patrouille, il a dû intervenir sur un accident de train. Il a essayé de sauver le conducteur en avançant dans une boue provoquée par un produit toxique qui s'écoulait d'un wagon. Son coéquipier est mort quelques mois après. Lui, faisait beaucoup de sport, il a survécu, mais les émanations l'ont rongé.

Jack déglutit. Il l'ignorait.

— Il faudra voir comment évolue son état, acheva le médecin en sortant son téléphone. Je dois vous laisser.

Des bips lents et espacés s'élevaient de chambres restées ouvertes. Et on entendait le sifflement d'un respirateur artificiel, qui ressemblait à un soufflet troué. Marius se tourna vers Jack.

— Il tenait à vous protéger, dit-il à Jack d'un ton accusateur. C'est pour ça qu'il avait caché les photos de Fiddle. Il a toujours regretté les moments de gloire de la brigade. Il voulait croire en vous.

Jack ferma les yeux. Il savait qu'enquêter sur la mort de Beagle était risqué. Qu'il les mettrait en danger pour son propre intérêt. Ça ne l'avait pas inquiété. C'était leur boulot, s'était-il dit. À mesure que les semaines passaient, qu'il apprenait à les connaître, il avait chassé ses remords en essayant de se convaincre qu'il ne leur arriverait rien. Sachant qu'il devrait un jour disparaître sans laisser de trace, il avait fait de son mieux pour ne pas s'attacher. Il n'avait jamais eu l'occasion d'aimer les flics lorsqu'ils lui couraient après. Mais il avait découvert des hommes qui lui apportaient des croissants le matin ou s'inquiétaient lorsqu'il était fatigué.

Il avait, lui aussi, du mal à respirer. Le sifflement du respirateur devenait insupportable.

— On vous trouvera une place tranquille, de même qu'à Will, assura Oliver. Je veillerai à ce qu'on vous laisse en paix et que vous obteniez les honneurs qui vous sont dus.

— Non, protesta Jack avec rage. On ne fermera pas la dixième. On va se battre. Je n'ai pas peur de mener une guerre. Marius, tu as ton arme ?

L'intéressé opina.

— Veille sur Will. Que personne ne passe cette porte sans montrer patte blanche. Arthur, tu viens avec moi.

Il tourna le dos et se dirigea vers la sortie, sous le regard d'un Arthur pris de court.

— Commissaire ! s'insurgea Mary. Le maire désapprouve que l'on évoque une guerre sur son territoire. N'est-ce p… Oh, merde.

Mary avait croisé le regard d'Oliver. Ses yeux brillaient et il avait déjà plongé la main dans sa poche pour attraper sa pipe.

— Vous n'allez tout de même pas…

— Mary, coupa-t-il, prenez contact avec Fajerwerki.

— Le taré aux explosifs ?

— Il nous fournit aussi les feux d'artifice du Nouvel An, vous savez. Dites-lui de doubler ma précédente commande.

— Vous allez faire exploser la moitié de la ville !

Oliver regarda vers le lit de Will.

— Seulement en cas de nécessité.

Une dizaine de minutes plus tard, Jack entra dans son bureau, suivi d'Arthur qui devait presque courir pour le suivre. Prosper les attendait dans son panier, le regard inquiet. À leur vue, il remua faiblement la queue.

— J'ignorais, pour l'accident de train, dit Jack en se laissant tomber sur son siège.

Il se mit à fouiller dans ses tiroirs.

— Il n'y a pas beaucoup de monde qui est au courant. La direction n'a pas accepté de reconnaître le lien entre l'intervention et sa maladie. Il s'est retrouvé endetté à cause des frais médicaux et n'avait plus les moyens de prendre un avocat. La première année, il était incapable de quitter son lit. Faute de progrès, il a commencé à déprimer. Sa femme, au début, a fait ce qu'elle a pu pour le soutenir, mais elle a fini par partir.

Jack retira une feuille à en-tête d'une écritoire en cuir, puis ouvrit un encrier qu'il conservait pour les grandes escroqueries. Il y trempa sa plume et se mit à écrire. Le papier de coton avait un grammage lourd et était semé de particules d'or. Seul Bläck en fournissait, à condition d'allonger les billets. Ça ferait illusion.

— Que faites-vous ? demanda Arthur.

— Depuis mon arrivée, la direction me refuse tout budget pour rénover ce trou à rat.

— Ça fait des années que c'est ainsi. Un beau papier ne les fera pas accepter davantage.

— Je ne leur demande rien. Je leur annonce une visite de la famille royale dans une semaine.

Il acheva son courrier par une signature pompeuse, plia la lettre et la glissa dans une enveloppe assortie au papier. Puis il se leva.

— Je la posterai en chemin. Maintenant, allons-y. La brigade aura besoin d'un peu de place, sous peu.

Ils prirent la direction de la rue de la place de l'Hôtel-de-Ville et s'arrêtèrent devant un restaurant chic. Le patron était attablé, face à une bouteille de gin presque vide. Il les regarda approcher d'un œil torve. Jack s'en approcha en dévoilant un large sourire.

— Monsieur Ladrao ! s'exclama-t-il avec enthousiasme. Quel plaisir !

— Vous... vous êtes le commissaire de police avec le cochon ? demanda l'homme en serrant avec réticence la main que Jack lui tendait.

— Exactement. Le cochon. Dites, je prévois prochainement d'agrandir notre brigade. Nous aurons besoin d'un étage supplémentaire, voyez-vous. Le rez-de-chaussée, précisément.

— Je ne vois pas...

Jack continuait de serrer fermement la main du patron, qui tentait de la retirer aussi poliment que possible. Il était toujours préférable d'entretenir de bons contacts avec la police. Surtout lorsqu'on souhaitait la tenir à l'écart de son livre de comptes.

— Mon collègue ici présent m'a indiqué qu'autrefois, Le Croque-Madame, institution des plus respectables, était logé à cet endroit. Bien que je n'y croie pas un seul instant, d'aucuns prétendent que vous auriez fait pression sur les travailleuses pour les en déloger.

Ladrao, un sourire embarrassé aux lèvres, forçait à présent pour reprendre sa main devenue blanche.

— Je souhaite donc que vous rendiez à ces dames leur rez-de-chaussée, conclut Jack en lui tendant un bout de papier.

L'homme le prit machinalement. Au même instant, un éclair aveuglant désorienta l'homme, déjà bien imbibé. Il cligna des yeux, puis libéra enfin sa main et fit un pas en arrière.

— Vous plaisantez ? dit-il d'un ton moins cordial. Il n'est pas question de laisser ces…

— Je comprends, je comprends, fit Jack. Je vous suggère cependant de regarder ce document.

— « Un ancien mafieux se repent et dénonce tous ses complices », lut-il. C'est quoi ce truc ?

— Le communiqué de presse qui accompagnera demain la photographie que vient de prendre mon collègue.

L'homme se tourna vers Arthur, muni de l'appareil photographique de Beagle. Le vieux policier lui adressa un signe de la main.

— On vous y verra tout sourire, serrant la patte d'un commissaire de police et lui tendant de l'autre la liste de vos associés.

Jack sourit davantage. Finalement, faire le bien, ce n'était pas si difficile. Il suffisait d'être moins honnête que les malhonnêtes. Ça, c'était dans ses cordes. Son rôle le lui avait momentanément fait oublier, mais il avait un talent. Après un master en ruse, il avait enchaîné sur un doctorat en abus de confiance, décroché avec la plus grande distinction, puis deux autres encore. Docteur ès croqueries.

Les filles du Croque-Madame avaient sauté de joie lorsque Arthur leur avait annoncé qu'elles retournaient face à l'hôtel de ville. Jack avait convenu qu'en guise de compensation pour leur expropriation passée, le mobilier du restaurant resterait sur place. Ce serait l'occasion pour elles d'envisager une nouvelle carrière. Le champagne serait toujours à la carte, mais cette fois, les clients viendraient avec leur épouse.

Leur dernière prestation eut lieu le jour suivant en matinée. Comme chaque matin, François Krant, journaliste à *La Maird libre*, passa devant le manoir de Fiddle pour se rendre au travail. Son attention fut attirée par trois jeunes femmes à peine vêtues qui s'éloignaient en riant de la bâtisse. Elles semblaient avoir passé une bonne nuit. Des billets de banque s'échappaient encore de la lingerie de la première, les doigts serrés sur une bouteille de bourbon vide. Il tenait son plus bel article depuis un moment.

— Quelle énergie, ce Fiddle ! s'exclama la deuxième un peu plus fort que nécessaire.

— Comme toujours, renchérit la troisième, les narines couvertes de sucre glace.

Un esprit tordu aurait sans doute pensé qu'il s'agissait d'un coup monté. Mais lorsqu'un bon article se présentait, mieux valait être le premier à le publier et ne pas trop se poser de questions.

Jack tenta une progression à travers le couloir du premier étage. Le commissariat n'avait pas connu une telle effervescence depuis plusieurs années. Dans le bruit des perceuses, il parvint à se frayer un chemin entre les pots de peinture, bobines de câbles et coffres à outils qui jonchaient le sol. Un ouvrier frêle et boutonneux l'interpella. Son tee-shirt était en lambeaux, un sort également réservé à ses avant-bras couverts de griffures.

— J'ai vu vot' chat dans la pièce du fond, dit-il, mais il a pris peur et refuse de se laisser prendre.

— C'est Vincent. Un rat, répondit Jack en se baissant pour éviter une échelle. Si on lui lance une patte de poulet ou un poisson, il se laisse caresser.

Il s'apprêtait à poursuivre son chemin lorsqu'un plombier vint à sa rencontre.

— Les toilettes sont réparées, dit-il. On avait jeté un truc dans le réservoir de la chasse.

Il logea sans ménagement un tas de papiers mouillés dans les mains de Jack qui grimaça. Les documents, devenus illisibles, étaient agglutinés à l'intérieur d'un carton rouge délavé et boursouflé. Jack contempla l'objet dégoulinant avec l'idée de le jeter dans la première poubelle venue. Machinalement, il retira une chemise en plastique du dossier. À l'intérieur, se trouvait une photographie très endommagée par l'humidité. On aurait dit une rue, jusqu'à ce qu'on y regarde de plus près. *La grande galerie*, pensa Jack. Entre les alvéoles d'encre, on distinguait même la vitrine qui contenait la maquette.

— Venez, je dois vous parler.

Jack sursauta. Marius se tenait juste derrière lui. Cela revenait à visiter un zoo, constater un trou dans la clôture des ours et sentir un souffle chaud dans sa nuque.

Sans plus d'explication, l'inspecteur se dirigea vers son bureau où rougeoyait le poêle à charbon.

— Toi, touche à ce fauteuil et tu n'auras plus jamais besoin d'acheter des gants, bougonna-t-il à l'intention d'un déménageur qu'il poussa sans ménagement hors de la pièce.

Il se tourna vers Jack.

— Je sais d'où sort ce dossier, mais j'ignorais qu'il était là. Il y a sept ans, quelques heures avant la mort de Beagle, je travaillais dans ce bureau. J'étais de garde avec Arthur, cette nuit-là. J'ai entendu du monde qui entrait dans le poste. Ce qui n'était pas prévu, alors je me suis levé pour aller voir qui c'était. Il y avait de la lumière, sous la porte du bureau de Beagle. J'allais entrer, lorsque j'ai entendu Beagle et Fox parler ensemble. De ce que j'ai compris, ils venaient d'obtenir la preuve que Fiddle avait volé cette foutue maquette. Beagle voulait profiter du flagrant délit pour enfoncer la porte et l'arrêter, mais Fox tempérait. Il disait qu'il ne fallait pas se précipiter, que si les choses étaient mal faites, ça leur retomberait dessus. Fiddle était maire depuis peu, à l'époque. Et c'est le maire qui paye la police. Même si légalement, les pouvoirs sont séparés, il n'y a rien de plus faux. Lorsqu'un maire le veut, il n'a aucun mal à briser une carrière ou l'inverse.

— Vous pensez que Fox a tué Beagle pour l'empêcher d'arrêter le maire ?

Marius se pencha pour ramasser un petit cadre, tombé dans la poussière de plâtre et de gravillons. C'était une photographie de la brigade, autrefois. Marius, imposant, était reconnaissable au milieu de tous. Arthur également, bien que mieux coiffé et doté d'un uniforme plus rigoureux qu'aujourd'hui. Il vit quelques visages désormais à la retraite ou qui avaient demandé leur mutation dans une autre brigade. Il mit un temps, par élimination, à identifier Will, méconnaissable.

Derrière eux, Fox et Beagle, tout sourire, se tenaient par l'épaule.

Il reposa le cadre sur la petite table à côté du fauteuil.

— Fox était le seul au courant. À l'époque, il n'était qu'adjoint d'une petite brigade. Quelques jours plus tard, il prenait la tête du premier commissariat de la ville. Un beau tremplin pour un commissaire à peine diplômé. Mais ce n'est pas tout. Vers huit heures, je terminais ma nuit lorsque Fox est entré en courant dans le commissariat. Beagle venait d'être assassiné et je l'ignorais encore. Il avait du sang sur lui. J'ai demandé s'il avait besoin d'aide, mais il n'a pas répondu. Il s'est précipité dans le bureau de Beagle pour faire disparaître ce dossier.

Il regarda la liasse de papiers ruisselante que Jack tenait du bout des doigts.

— Quand Élisabeth Mugger est arrivée avec son équipe, il manquait déjà la majorité des pièces. Pas étonnant que l'enquête n'ait pas abouti. Pas étonnant non plus qu'aucun des enquêteurs ne se soit fait tirer dessus. Fox était bien placé pour savoir qu'ils ne trouveraient rien.

Jack acquiesça, pensif. Il se laissa tomber dans le fauteuil pour réfléchir puis se remit aussitôt debout en croisant le regard mauvais de Marius. Ce dernier reprit sa place.

— On va lui tendre un piège. Je vais appeler le maire, fit Jack en sortant son téléphone. Il est plutôt réceptif pour ce genre de choses.

À l'approche de midi, Marius et Arthur patrouillaient sur la place des Palais, bien plus animée que d'ordinaire, regardant distraitement les ouvriers occupés à monter la scène pour les festivités de la soirée.

— Cela fera plaisir à Will lorsqu'il se réveillera, dit Arthur à mi-voix en reprenant le fil de leur conversation.

Marius regarda son binôme du coin de l'œil. Il savait qu'Arthur tentait de se convaincre que tout irait bien pour leur ami. Les médecins se montraient cependant d'une extrême prudence. Le genre de prudence que l'on réserve à la victime d'un accident dont on cherche encore la tête dans les buissons.

— C'est bien de rénover tout le commissariat, répondit Marius, mais ça ne l'empêchera pas de fermer. Il ne reste que nous deux et personne ne voudra plus jamais venir y travailler.

— Le commissaire m'a dit qu'il avait reçu une trentaine de candidatures en quelques heures. Depuis que le maire a dit aux journalistes qu'on protège un secret ancestral, la place est devenue super prestigieuse. Tout le monde veut venir à la dixième. Et la presse parle de Will comme d'un héros qui s'est sacrifié pour la cité.

Ils arrivèrent à hauteur du musée Dutish, d'où serpentait une interminable file de visiteurs. La veille, les quotidiens de la cité avaient reçu un courrier du Rossignol. Le voleur y annonçait qu'il emporterait la maquette au cours de la nuit à venir. Il remerciait au passage la police de veiller à ce que personne ne gêne l'opération.

Le conservateur en chef du musée avait été interrogé par la presse dès sa sortie du lit. Il avait admis qu'une légende persistait depuis bon nombre d'années, indiquant que l'objet serait le point de départ et la clé d'une chasse au trésor.

Il avait assuré que le navire avait été analysé en profondeur et qu'il ne contenait rien. Le bois, bien que daté d'environ trois cents ans, était plutôt ordinaire et n'était recouvert d'aucune encre invisible. Le conservateur avait expliqué que la maquette n'occupait cette place dans la galerie qu'à des fins illustratives. L'objet en lui-même, bien qu'assez détaillé, avait une valeur dérisoire. L'homme faisait également observer qu'exposer à la vue de tous une telle carte n'aurait aucun sens.

Cela n'avait de toute évidence pas convaincu les visiteurs, nombreux à objecter que la vitrine protégeant la maquette était d'une épaisseur peu commune pour un objet sans valeur. La foule voulait voir de près la maquette avant le vol annoncé pour cette nuit. L'intérêt du Rossignol pour le navire avait renforcé la présomption que l'objet menait au trésor. On ignorait en quoi pouvait consister ce dernier, mais dans le doute, mieux valait être le premier à le trouver.

Au même moment, Oliver regardait avec détachement l'arme dirigée contre lui. Il s'agissait d'un revolver argenté doté d'un manche en noyer. Un gros calibre. Les munitions devaient coûter une fortune. Jamais Fiddle n'aurait tiré.

Oliver posa les pieds sur son bureau. Au moins, l'endroit était confortable.

— Vous en avez mis, du temps, critiqua Oliver.

— Vous avez complètement bouché la ville, avec tous vos travaux, maugréa Fiddle.

— Il faut dire que vous l'aviez laissée dans un tel état… Mais j'imagine que vous n'avez pas enfilé vos plus belles chaussures pour me parler des nouveaux ronds-points.

— En effet, monsieur Larnac. C'était bien vu de votre part, de parler à la presse de cette maquette et du trésor. Vous saviez que le public serait avide et qu'il serait dès lors impossible de la protéger. Je viens de passer sur la place des Palais. Le musée est pris d'assaut par les visiteurs. Tout le monde veut la voir. Tout le monde veut l'avoir, dirais-je même.

Oliver croisa ses pieds sur la table d'un air nonchalant.

— Venez-en au fait. Pourquoi êtes-vous venu ici ?

— Je sais que vous êtes le Rossignol, monsieur Larnac. Vous êtes un voleur, un escroc.

— Vous êtes bien placé pour me faire la morale, rétorqua Oliver en plongeant la main dans la poche intérieure de sa veste.

Il se releva en s'appuyant sur le bureau et agita les photographies délavées trouvées dans la boîte de café.

— Il y a sept ans, vous avez volé cette maquette. Beagle a tenté de vous en empêcher et l'a payé de sa vie.

— Je n'ai jamais demandé que l'on tue ce policier.

— Je constate en effet que vous n'êtes pas un homme violent, insinua-t-il doucereusement en regardant l'arme pointée sur lui. Comment avez-vous découvert mon passe-temps ? Il est peu probable que ce soit grâce aux documents dérobés à mon domicile. Trop de mots compliqués.

— Ces papiers ne m'intéressaient pas. Il s'agissait de détourner votre attention du micro installé dans votre hippopotame. Vos talents m'ont été utiles par le passé, mais de là à penser que vous étiez cet imprenable cambrioleur dont la presse s'entiche depuis des mois… Le vol de ce tableau à mon domicile vous a trahi. Seul vous saviez qu'il était en ma possession. Vous êtes fini, Larnac.

— Eh bien ! Qui aurait pensé que derrière ces yeux de kakapo se cachait une aptitude à me nuire ? Une aptitude tout court, d'ailleurs.

— Libre à vous de rire, mais toutes ces conversations enregistrées me rendront ce bureau dès demain. Je vous laisse quelques heures pour réfléchir à votre avenir. En préambule du spectacle de cette nuit, il vous suffira d'annoncer votre démission. Une fonction trop épuisante, une santé fragile. Choisissez ce qui vous plaira. À défaut, je préviendrai la commissaire en chef. Malgré vos bonnes relations, elle se fera un plaisir de venir vous chercher.

— Vous n'apporterez rien à cette ville, Fiddle. Navré, mais je ne peux m'y résoudre. Et vous ne m'empêcherez pas non plus de voler la maquette.

Fiddle sourit en ouvrant son manteau doublé de soie. Un parfum irrésistible de lilas des Indes envahit la pièce. Le salaud. Il fourra son arme dans une élégante gaine d'épaule en langues de tamanoir tressées et s'inclina légèrement.

— Alors je vous souhaite bonne chance, monsieur Larnac, dit-il en rouvrant la porte du bureau. Ce soir sera un grand soir pour vous. Et n'oubliez pas. La démission pour la liberté.

Il avait à peine disparu que Jack arriva à son tour, un manche de pioche posé sur l'épaule.

— J'aurais pu l'assommer, dit-il.

— Il n'est pas méchant, assura Oliver.

— Tu savais qu'il avait collé un mouchard chez toi ?

— Évidemment. Le micro était collé avec du Scotch bon marché et s'est décollé après quelques minutes. Je voulais juste l'attirer ici pour vérifier ce dont je t'ai parlé.

— Et s'il avait prévenu la police plutôt que de venir ?

— Il veut que je démissionne, pas que je me fasse arrêter. Ce n'est jamais bon pour l'image de la fonction. Mieux vaut un prédécesseur qui part pour s'occuper de sa famille plutôt que de son procès. Quant à lui, il passera pour celui qui se sacrifie pour la ville.

Jack s'assit en face d'Oliver, la main posée sur le manche.

— Ce qui est arrivé à Will n'était pas prévu, dit-il. J'espère que la suite ne nous réserve pas d'autres désagréments. Qui dit que tu garderas ta place une fois démasqué ?

— Fiddle l'a dit lui-même. Les gens peinent à atteindre le salaire suivant. L'hiver et la nécessité de se chauffer n'arrangent rien. Je leur parlerai du trésor. Peu leur importe que je sois le Rossignol. Au contraire, je me moque du système et des riches qu'ils abhorrent. Ils ne les laisseront pas me mettre en prison. Pour beaucoup, je suis peut-être le seul espoir de ne pas avoir à vendre leur maison d'ici au printemps.

Il croisa les mains sur son ventre et inclina son siège pour regarder le plafond.

— Fiddle a raison. Ce sera une grande soirée.

À dix-huit heures, Oliver quitta son bureau en hâte. Il portait une chemise blanche déboutonnée sous une lourde gabardine kaki. De toute évidence, il avait peu dormi et la journée avait été longue.

Jack l'attendait en haut du grand escalier qui menait au rez-de-chaussée de la mairie, baigné par le crépuscule qui filtrait à travers les hautes fenêtres.

— Tu es sûr, pour la maquette ? demanda Jack.

— J'y ai réfléchi toute la journée, assura Oliver en s'engageant dans l'escalier.

— Et tu penses que Fiddle n'est pas l'assassin ?

— J'en suis sûr. Tuer Beagle lui épargnait des comptes à rendre pour le vol de la maquette, mais il ne se serait pas mouillé personnellement. En revanche, un policier proche de Beagle l'aura informé que l'enquête progressait en sa défaveur. Et je sais comment le faire venir à moi.

Ils croisèrent deux livreurs qui montaient une lourde caisse en bois en pestant contre l'ascenseur en panne.

— Ça vient de Fajerwerki & Fils, informa l'un des deux. À remettre en personne, qu'il est écrit.

— À votre place, j'éviterais de laisser tomber cette caisse, prévint Oliver en se reculant. Déposez-la dans la grande pièce à côté de mon bureau. Il y en a déjà deux ou trois autres.

Mary vint à leur rencontre dans les marches.

— Tous les journalistes sont arrivés, dit-elle. Vous êtes sûr de vous ?

Oliver hocha la tête en descendant vers l'entrée. Un biplan datant de la Première Guerre mondiale était suspendu au plafond. Un vestige parmi d'autres du musée de l'Aviation qui s'était autrefois installé dans la mairie, lorsque la pression populaire avait poussé les hommes politiques à migrer vers de plus modestes locaux.

Oliver prit sa respiration. Il s'apprêtait à transformer la ville en champ de bataille. Il espérait ne pas se tromper ; que tout cela en valait la peine.

Il salua la commissaire en chef, qui l'attendait dans le hall. Elle non plus ne semblait pas avoir profité de beaucoup de sommeil.

— Allons-y, Élisabeth.

Il ouvrit la porte principale de l'hôtel de ville. Une trentaine de journalistes attendaient au pied du majestueux perron. Oliver s'appuya sur la rambarde de pierre. Mary avait fait du bon boulot. Il y avait même des caméras. Elle avait eu raison de promettre l'apéro dînatoire.

Une foule s'étendait au-delà de la place, où les bistrotiers profitaient de leur soirée la plus achalandée de la saison.

— Je vous remercie d'être venus, lança Oliver. Vous l'avez sans doute déjà appris, William, l'un de nos meilleurs policiers, a été abattu hier soir devant son commissariat. Ses collègues sont présents avec nous aujourd'hui. Fidèles à l'humilité que nous leur connaissons, ils ont fait le choix de ne pas se mettre en valeur à mes côtés. C'est tout à leur honneur.

Élisabeth se tenait en uniforme impeccable, à l'arrière des journalistes, accompagnée de Jack, Arthur et Marius. En réalité, à l'inverse de Marius, elle aurait préféré se placer aux côtés du maire qui, pour une raison qu'elle ignorait encore, ne leur avait pas laissé le choix.

— En ce moment même, cet homme se bat pour sa vie, poursuivit-il un peu plus fort. Comme il s'est souvent battu pour la nôtre. Mais trois autres avant lui n'ont pas eu cette occasion. Deux dirigeants de la brigade sont morts, il y a sept ans. La semaine dernière, l'inspecteur Radart est également décédé dans l'exercice de ses fonctions. Le point commun entre tous ces crimes est une petite maquette de bois, apparemment insignifiante, conservée au musée Dutish. Nous pensons que ces hommes étaient chargés de protéger son secret.

Il marqua une pause, puis reprit :

— Il y aurait un trésor, dans cette ville. Un trésor que l'on dit inestimable. J'ignore si c'est vrai. Mais quelqu'un y croit et est prêt à tuer pour l'obtenir. Je ne peux permettre que l'on tue dans ma ville.

— Pas même dans la rue Louche ?

— Pas même dans… Nous avons placé des avertissements à l'entrée du quartier, protesta Oliver. Les gens savent parfaitement à quoi s'attendre lorsqu'ils le traversent en pleine nuit.

— S'agit-il de la même maquette que celle mentionnée ce matin par le Rossignol ?

— En effet.

— Vous pensez vraiment qu'il viendra ? demanda une journaliste au premier rang.

Oliver la reconnut. Elle travaillait pour *La Tribune de Maird*. Une hargneuse. Sa plume acérée avait déjà balafré plusieurs mandats. Il valait mieux l'avoir dans son camp.

— Rien n'indique le contraire, répondit-il. Jusqu'à présent, il a toujours tenu parole.

— Ce serait plutôt risqué pour lui, vous ne pensez pas ?

— Bien sûr, que ça l'est. C'est ce qu'il recherche. Il aime le risque, quitte à y perdre des plumes. Ce type est entré dans la Madoff et s'en est échappé pour une statuette en terre cuite.

— Vos opposants s'interrogent sur votre aptitude à assurer la sécurité dans cette ville, annonça la journaliste. Ces crimes interviennent dans un contexte difficile pour vous, qui semblez courir derrière un oiseau moqueur, sans même parvenir à l'identifier.

Oliver lui sourit.

— L'identifier ? dit-il. Mais je sais qui il est.

Elle s'apprêtait à lui demander s'il envisageait de démissionner et ne s'attendait pas à cela. Personne, d'ailleurs.

— Le Rossignol se tient devant vous, poursuivit-il.

Tous le regardèrent, bouche bée. Élisabeth, les yeux ronds, affichait l'expression de celle qui venait d'apprendre qu'Arthur prenait sa place. Sans doute avait-elle mal compris.

— Vous qui travaillez, vous avez l'habitude d'être dépouillés. C'est, vous dit-on, le prix à payer pour des hôpitaux qui manquent de moyens, des écoles qui manquent de moyens, une justice qui manque de moyens. Beaucoup, ici, travaillent quarante heures par semaine et renoncent chaque année à leurs rêves. On ne peut continuer d'invisibiliser le problème. Vous n'avez qu'une seule vie et vous la passez à travailler avec pour seul réconfort celui d'avoir réussi à payer vos factures. Jusqu'aux suivantes, le mois prochain. Cela arrive parce que nous avons accepté que des actionnaires dirigent notre vie ; que du jour au lendemain, ils décident de tripler le prix d'un carburant que vous utilisez pour les servir. Cela arrive parce que nous avons accepté que d'un jour à l'autre, un type rachète le brevet d'un médicament orphelin et en multiplie le prix par trois cent. Aujourd'hui, alors que nous leur sommes pourtant essentiels, beaucoup d'entre nous ont froid à cause d'eux lorsqu'ils rentrent du travail. Beaucoup ont faim. Beaucoup y perdent leur santé. Moi, mon rêve, lorsque je suis devenu maire, était de ne plus dépendre de personne. Alors, certes, votre maire est un voleur. Il n'est pas le premier. Mais à la différence des autres, il vole pour vous.

La commissaire en chef qui, jusque-là, accusait le choc, sembla reprendre ses esprits.

— Ma fonction ne me permet pas d'aller aussi loin que je l'aimerais. Au terme de cette nuit, les citoyens choisiront eux-mêmes s'ils veulent toujours de moi. Mais pour l'heure, je vais m'emparer de cette maquette et percer son secret. Si elle nous mène à ce que j'imagine, ce seront bientôt les riches qui dépendront de nous. Ils bâtiront nos maisons et nous nourriront pour profiter de ce que renferme cette ville.

Élisabeth entreprit de se frayer un passage entre les journalistes.

— À présent, je vous prie de m'excuser, mais mon arrestation n'est pas inscrite à l'agenda. Au plaisir, les amis.

Il se retourna d'un pas tranquille, entra au même rythme dans l'hôtel de ville et referma derrière lui la grande porte dans un silence stupéfait, seulement troublé par Élisabeth qui se précipitait à sa suite. Elle était elle-même suivie par Jack, Marius et Arthur, bien que moins empressés. La policière atteignit le perron et ouvrit la porte de la mairie. Le hall était désert.

Alors qu'elle balayait l'endroit du regard, un bourdonnement s'interrompit et un tintement retentit au-dessus d'elle. Elle entendit l'ascenseur s'ouvrir en annonçant le deuxième étage.

Elle gravit l'escalier sans reprendre son souffle, tandis que Jack et ses deux inspecteurs appelaient à leur tour l'ascenseur avec une décontraction qu'elle fit mine de ne pas observer.

Elle tenta d'actionner la poignée de la porte du bureau du maire puis tambourina.

— Oliver, ouvrez ! Comment osez-vous me faire cela ?

Les trois autres arrivèrent à leur tour et observèrent son monologue. Son âge n'avait visiblement pas altéré son dynamisme, comme le lui fit remarquer Arthur, une subtile roucoulade dans la voix. La commissaire en chef se retint de lui répondre, mais posa la main sur son arme. Jack et Marius, quelques mètres derrière, auraient difficilement pu le lui reprocher.

— Ouvrez cette porte immédiatement ! ordonna-t-elle en martelant à nouveau la porte.

Un bip discret lui répondit. Un voyant orange venait de s'allumer sur la sonnette, correspondant à la mention « occupé ».

— Qu'espérez-vous ? Vous enfuir ? Ce bureau n'a aucune issue.

— Arrêtez de frapper sur cette porte, vous allez vous faire une entorse, conseilla la voix d'Oliver, étouffée par le capitonnage de cuir.

— Vous jouez avec mes nerfs depuis des mois et vous pensez vous en tirer comme ça ?

Jack et Arthur examinaient distraitement les affiches dans le couloir. Il s'agissait de posters datant de l'après-guerre, protégés par une vitre. L'un d'eux faisait la publicité du musée de l'Aviation, à l'époque établi dans la mairie.

— Vous, dit-elle en désignant Marius, préparez-vous à enfoncer cette porte.

— Pas la peine, indiqua Oliver, je m'en vais.

— Et où comptez-vous aller ?

— Je l'ai dit. Je récupère la maquette. On se voit tout à l'heure.

Élisabeth s'apprêta à hurler une nouvelle fois, lorsqu'un grondement sourd et prolongé fit trembler la porte.

Chapitre 7
Projet de démolition

Dehors, les exclamations se multiplièrent, couvertes par un bruit mécanique de plus en plus fort. Journalistes et passants avaient les yeux rivés sur la toiture de la mairie. Tous la virent s'ouvrir en deux, de part et d'autre du fronton de marbre, poussée par un objet informe qui enflait comme une vessie. Moins d'une minute fut nécessaire pour qu'apparaisse un ballon ovoïde, composé de centaines de pièces de cuir, auquel était suspendue une nacelle fermée. Le cuir, orné de milliers de boutons, provenait d'anciens fauteuils bleu nuit qui trônaient autrefois au Conseil avant d'être remisés dans une cave. La nacelle semblait également composée de vieux meubles et de fenêtres trouvées dans la mairie. Une banderole assortie au ballon était accrochée sur le flanc. En écriture d'or, on y lisait « Le Rossignol vole pour vous ».

Sa réalisation avait demandé pas mal de travail au maire, qui y œuvrait chaque soir dans l'énorme salle de rangement qui bordait son bureau.

L'engin s'éleva de quelques mètres au-dessus de l'édifice, puis avança vers la foule, emporté par la brise légère. Les objectifs des photographes pivotèrent vers la cabine, où s'ouvrit l'une des croisées en bois. Oliver y dévoila un large sourire, accompagné de Rufus qui l'imitait. Le dogue de Bordeaux, langue pendante, observait le monde qui s'étendait sur la place.

— À nous, le trésor ! claironna Oliver sous un tonnerre d'acclamations.

Il actionna un levier à côté de lui et un moteur muni d'une hélice s'éveilla bruyamment. L'aérostat se mit à avancer dans un chapelet de fumée blanche. Tout en tenant le gouvernail d'une main, Oliver se pencha vers quelques sacs de jute, à ses pieds. Il délaça la cordelette qui fermait l'un d'eux. *C'est parti.*

Quelques mètres plus bas, à l'arrière de la mairie, Élisabeth se ruait sur le véhicule de la brigade. Dans la précipitation, elle ne remarqua pas le mouvement de foule qui venait de se produire sur la place. Elle n'avait pas davantage remarqué les petits rectangles de papier épais qui pleuvaient du dirigeable. En revanche, elle sursauta en ouvrant la portière arrière.

— Vous l'avez pris avec vous ? dit-elle d'un air de reproche.

— Il a peur, avec les feux d'artifice, expliqua Arthur en caressant la tête de Prosper d'un air contrit, lequel était occupé à mâcher le micro déporté de la radio de bord.

Seul le câble torsadé dépassait encore de la gueule de l'animal lorsqu'il leva un regard implorant en direction d'Élisabeth. Arthur l'imita. On aurait dit un chaton venant d'éplucher un champ d'oignons.

L'intéressée respira profondément. Elle n'avait pas le temps. Elle contourna le véhicule et s'installa à l'avant, à côté de Jack qui conduisait. Elle tâcha d'ignorer vingt-cinq ans d'investissement professionnel – au prix d'une vie familiale désastreuse – qui l'amenaient au bout du compte à se retrouver coincée avec un cochon pris d'une violente crise de flatulences.

Jack démarra le moteur, alluma les feux bleus et se mit à suivre le dirigeable aussi vite que le permettaient les nombreux piétons qui déambulaient dans les rues. Le centre-ville accueillait de multiples terrasses, restaurants et bistrots. Les festivités du Nouvel An avaient débuté dans l'après-midi. Bon nombre de passants étaient déjà ivres et ne se rendaient pas compte de la présence du véhicule.

Par chance, l'engin volant avançait lentement. La vitesse ne semblait pas être la priorité d'Oliver.

Jack profitait de l'air frais qui s'engouffrait par la fenêtre ouverte du véhicule. Prosper était effectivement très nerveux, sans doute en raison d'Élisabeth qui perdait patience.

— Maudits travaux, fulmina-t-elle. On va le perdre de vue !

Jack manœuvra pour passer entre deux engins de chantier, contourna un tas de sable et accéléra. Les gyrophares se reflétaient dans les fenêtres des habitations tandis que la sirène hurlait. Plus jeune, il aurait pu devenir policier. Le boulot l'avait intéressé, puis d'autres occasions s'étaient présentées pour satisfaire sa soif d'aventure. Il avait rencontré Oliver un peu par hasard et le duo avait bien fonctionné. Leur carnet de contacts s'était étoffé, de même que leur curriculum vitae.

Quelques mois plus tôt, lorsque Oliver lui avait proposé de reprendre la dixième, il n'avait pas longtemps hésité. Depuis, il regrettait d'autant moins son choix de ne pas avoir effectué une véritable carrière dans ce métier. Immanquablement, on changeait. On voyait les gens autrement, on subissait leur haine.

Et puis, il y avait la justice. Quelques semaines auparavant, une jeune femme s'était réfugiée au commissariat en fin de nuit, les yeux rougis et le maquillage ruisselant le long de ses joues. Jack l'avait amenée à l'hôpital pour qu'elle y subisse des examens. Il avait ensuite dû annoncer à la victime anéantie que son violeur avait été retrouvé, puis relâché pour la sixième fois en moins d'un an.

— La rue du Pot est fermée, indiqua Marius. Il faut prendre par le piétonnier.

L'aérostat progressait au-dessus des toits, survolant la majorité des axes et croisements en travaux dans la cité. La coïncidence était telle qu'Élisabeth soupçonnait le maire d'avoir ordonné une bonne part des chantiers en prévision de sa fuite.

— Passez par la rue de la Trique, dit Élisabeth. On va le rattraper.

Les rues commerçantes du piétonnier étaient décorées de guirlandes lumineuses, sous lesquelles les étroites terrasses débordaient de fêtards. Les restaurants ne désemplissaient pas. Jack ralentit et coupa la sirène, devenue assourdissante. Des odeurs de thé à la menthe et de vin chaud s'invitèrent dans ses narines.

— Mais qu'est-ce qu'il fait ? demanda Élisabeth en se penchant pour regarder l'aérostat d'où pleuvaient des morceaux de papier.

Un billet de banque tourbillonnant acheva sa chute sur le pare-brise. Rapidement, plusieurs autres le rejoignirent. Jack freina afin d'éviter de renverser les nombreux fêtards qui se ruaient devant la voiture pour attraper la pluie de billets.

— Avouez qu'il nous a bien eus, dit-il en actionnant ses essuie-glaces.

Il adressa un sourire amusé à sa passagère, qui lui renvoya un regard assassin.

— Il rira moins lorsqu'il sera dans mon bureau.

Elle démarra brièvement la sirène pour obliger les gens à s'écarter, ce qui n'eut pas l'effet escompté. L'un des fêtards pissa même sur la portière de la commissaire en chef en levant sa chope. Toutefois, si l'alcool favorise la confusion entre un véhicule de police et un urinoir, seule une dose mortelle permet d'ignorer l'imposante stature de Marius sortant du véhicule avec ce qui ressemblait fortement à un pied de table. Un pied de table avec des clous.

Jack releva sa vitre et se fraya un passage dans un groupe de fêtardes.

— Ces filles ont l'air complètement ivres, commenta Arthur d'un ton réjoui en actionnant la poignée de sa portière. Il vaudrait mieux que je les raccompagne.

— Restez ici, vous ! le somma Élisabeth sans quitter des yeux le dirigeable qui flottait en direction du palais de justice.

— Avec tous ces gens mal intentionnés..., grommela Arthur. Aucun sens des responsabilités.

Le véhicule s'engagea quelques minutes plus tard sur la place du Temps, sur laquelle jouait un petit orchestre au milieu de tables nappées de blanc. De longues guirlandes de lampions colorés liaient entre eux de hauts palmiers.

— Très joli, observa Arthur.

— C'est le maire qui a proposé cet espace pour les étudiants de l'école d'hôtellerie, expliqua Marius. Ma sœur est prof là-bas.

— Impossible de passer, siffla Élisabeth. Faites marche arrière et prenez la rue du Pâté-en-Croûte.

— La rue du Pâté-en-Croûte est fermée, informa Jack. Le maire y fait placer de nouveaux lampadaires, d'après ce que j'ai lu.

— C'est vrai que c'était nécessaire, approuva Arthur.

— Il y a une déviation, mais pas sûr que la voiture passe, commenta le conducteur en observant le panneau jaune qui pointait vers la cave d'un restaurant.

La commissaire en chef poussa un cri de fureur et ouvrit sa portière.

— Déposez-moi ici ! rugit-elle.

Elle referma furieusement la porte et traversa la petite place ronde, où se mirent à pleuvoir les billets de banque. Arthur et Marius l'imitèrent d'un pas moins précipité. La commissaire en chef regrettait d'avoir opté pour des chaussures à talons, mais le maire ne paraissait pas forcer l'allure. Elle s'engagea dans une petite rue ancienne qui débouchait à l'arrière du palais de justice. Sur la gauche, se dressaient des remparts médiévaux renforcés de contreforts qui soutenaient aujourd'hui les jardins surélevés de la ville, modeste concession aux emmerdeurs qui avaient protesté contre l'extension urbaine de ces dernières décennies.

La pétarade discrète du moteur au-dessus d'elle et le goutte-à-goutte de bave canine indiquèrent que l'engin s'y dirigeait.

Elle escalada les marches de pierre d'un escalier qui longeait les remparts et déboucha entre deux massifs de lavande. L'endroit n'était éclairé qu'à l'aide de quelques bornes lumineuses et souvent masquées par le feuillage des plantes. Le reste baignait dans une obscurité confortable. La météo plutôt clémente de ces dernières semaines n'avait pas encore dénudé les arbres, dont le feuillage épais masquait le ciel.

L'aérostat était posé dans une zone d'herbe, à quelques dizaines de mètres d'elle. Sans le quitter des yeux, elle prit son arme et avança le long du chemin qui serpentait entre les arbres.

Le maire s'était posé à l'endroit même où Beagle était mort sept ans plus tôt.

Regardant prudemment à l'intérieur de l'engin, elle dut s'y résoudre. Le maire s'était enfui.

Vingt heures. Wilson Fiddle ruminait derrière son bureau. Il jeta de nouveau un œil à l'article sur son téléphone. Larnac en accaparait les gros titres. Une fois encore, il était parvenu à tourner les évènements à son avantage. Plutôt que condamner ses vols, la presse avait interrogé des passants qui approuvaient son discours populiste.

Quelque chose lui faisait mal à la fesse. Il plongea la main sous son pantalon et balaya une série de pièces qui tombèrent au sol. Foutues pièces. Il y en avait partout. Il accumulait cet or depuis sa jeunesse. Trois ans avaient été nécessaires pour remplir le premier bocal. Il avait tondu les pelouses de ses voisins, lavé leurs voitures et avait été exploité dans un *diner*. Puis il avait investi et l'argent était venu par lui-même, de plus en plus vite. Aujourd'hui, sans rien faire, presque chaque jour, des sacs entiers venaient écraser les précédents. Ses caves en étaient remplies.

Au départ, il y avait un but. Il voulait faire plaisir à sa mère. Elle avait toujours rêvé de voyager. Elle avait beaucoup travaillé et n'avait jamais pu s'offrir la moins chère des destinations. Il serait parti avec elle, pour passer du temps à deux. Mais au moment d'acheter les billets, il n'avait pas pu. Il s'était dit qu'il pouvait attendre un an de plus et que le voyage serait d'autant plus beau. Puis, dix ans plus tard, une voiture avait fauché sa mère. Il avait ainsi gardé ses bocaux en se promettant de profiter de la vie. Mais après une succession de jobs ingrats, un adjoint au maire de l'époque l'avait engagé comme homme à tout faire. Il s'était occupé de dossiers de plus en plus importants. Plusieurs fois, il avait même représenté la ville au conseil d'administration du Dutish, un mandat dont le maire se désintéressait. Il y avait rencontré son épouse. Une jeune archéologue promise à un bel avenir. Ils avaient passé de beaux moments, bien qu'assez rares. Sa carrière commençait enfin à décoller. Durant des années, sa jeune épouse l'avait soutenu lors des soirées passées à rencontrer des personnages importants pour son avenir.

Puis un jour, elle n'avait plus été jeune. Lui non plus. Elle avait claqué la porte, le laissant seul avec son or, ses tableaux et ses vêtements de luxe.

Fiddle regarda le sol jonché de pièces. Il serait prêt à donner tout cela pour la retrouver, pour qu'ils soient à nouveau jeunes, dans leur petit appartement de la rue du Lard. Pour la prendre dans ses bras, plutôt que de l'écouter distraitement raconter ses découvertes tandis qu'il rédigeait les invitations à un gala organisé par le maire.

Il savait qu'elle serait restée avec lui s'il n'avait pas été aussi stupide.

Élisabeth consulta sa montre avec impatience. Vingt heures quarante. Elle se trouvait dans la grande galerie, à côté de la vitrine qui avait attiré toute l'attention au cours de la journée. Elle faisait face à ses commissaires, alignés dans la lueur bleutée de l'aquarium géant enchâssé dans le toit du musée. Sur le toit comme ici, son personnel attendait en nombre plus que suffisant. Par endroits, une mouche un peu trop grosse ne serait pas parvenue à se faufiler.

Elle se pinça l'arête du nez. L'obscurité lui faisait du bien. La journée avait été infernale et n'était pas sur le point de s'achever. Comme si les affaires courantes et l'organisation à la dernière minute d'un tel service d'ordre ne suffisaient pas, le maire était en fuite et on attendait d'elle qu'elle l'arrête.

Il avait toujours été un peu excentrique, mais semblait plus honnête que la moyenne. Elle le voyait mal sortir chaque nuit pour vider les maisons de maître, puis enfiler sa cravate et encourager sa propre capture au petit matin. D'autant que, jusqu'à présent, les sondages montraient que l'absence de résultats concernant les vols d'œuvres d'art était la seule ombre au tableau de son mandat.

Elle soupira. Pourquoi avait-il annoncé cela devant tout ce monde ? S'il était venu la voir, ils auraient pu trouver un arrangement. Il n'était jamais bon pour une carrière d'arrêter son supérieur.

— Toujours aucune nouvelle de Fox ? s'enquit-elle.

Elle jeta un regard en direction de l'entrée de la galerie, à peine visible dans l'obscurité. Toujours rien. Elle croisa le regard de Jack, qui haussa les épaules.

— Tant pis, commençons sans lui.

Fiddle assistait aux festivités de la place des Palais, accompagné d'autres personnalités de la ville. Tous profitaient des artistes qui se succédaient sur la scène installée devant le Dutish, d'où serait tiré le plus grand feu d'artifice de l'année. Il ne restait que quelques minutes avant le Nouvel An.

Il n'avait pas envie d'être là. Il avait une appréhension.

Il regarda les nombreux policiers qui encerclaient le bâtiment et marchaient sur son vaste toit.

Il resserra son col en cochon d'Inde péruvien. Larnac avait assuré qu'il parviendrait à y entrer. Il ignorait donc la vérité.

Malgré ce dispositif sans précédent, le mauvais sentiment persistait.

Son estomac sembla se vider d'un coup.

Cet enfoiré avait réussi à rassembler tous les policiers de la ville au même endroit.

À trois cents mètres de là, Oliver attendait, appuyé contre un lampadaire qui bordait les quais. À sa demande, on avait éteint toutes les lumières de la ville pour profiter du feu d'artifice. Il consulta sa montre à gousset. Les premières fusées seraient tirées d'ici à deux minutes.

Il regardait en direction du manoir de Fiddle. La brume épaisse qui voguait sur le fleuve débordait vers la façade bardée de plaques d'acier. Au loin, le groupe populaire qui se produisait sur scène acheva ses dernières notes.

Il commençait à douter que l'assassin vienne. Seuls Fiddle et lui auraient compris que le vol n'aurait pas lieu au musée. Il ne l'avait jamais prétendu, d'ailleurs. Il s'était contenté d'annoncer à la presse qu'il reprendrait la maquette.

Dommage. Une telle organisation pour si peu de résultats. Il avait même demandé que le feu d'artifice soit accompagné d'un solo de violon. Une jeune Anglaise pleine de talent découverte dans le métro. La complainte vibrante de son instrument s'accorderait parfaitement à cette soirée.

Les premières notes s'envolèrent et Oliver frissonna. Il ferma quelques instants les yeux avant d'entendre des pas approcher derrière lui.

— Bonjour, commissaire, salua Oliver en se tournant vers Fox.

L'officier observait le maire comme la surface de son verre dans un bistrot miteux. Une note grave et prolongée s'éleva de la place des Palais, qu'interrompit une série de sifflements puis d'explosions dans le ciel. Les quais s'illuminèrent de vifs éclats turquoise.

— C'était donc vrai, répondit-il avec aversion. Vous êtes le Rossignol. Que faites-vous ici ?

— Je viens voler la maquette, dit-il.

— Comment avez-vous su qu'elle était ici ?

Oliver s'attendait à être menacé. Mais Fox n'avait pas touché à son arme. Ils se tenaient à environ deux mètres l'un de l'autre. Éclairé par les gerbes d'étincelles qui retombaient au-dessus des toits, l'officier paraissait épuisé.

— Voici quelques jours, expliqua Oliver, je me suis invité au Dutish lors d'une soirée privée, afin d'approcher la maquette. Imaginez ma surprise lorsque j'ai constaté qu'il s'agissait d'une copie. Vous savez, j'ai moi-même souvent eu l'occasion de copier certaines œuvres, par le passé. Je n'ai aucun mal à distinguer une dorure au mercure d'autrefois d'une peinture dorée provenant de chez Bläck. Ensuite, Jack a retrouvé d'anciennes photos, prises par Radart. On y voyait la maquette dans un atelier. J'ai fini par comprendre ce que Fiddle avait fait. À l'époque, il a prétexté un besoin de restaurer la maquette pour la remettre à un artisan en mesure de la copier. Le travail est parfaitement réalisé, à l'exception de la dorure, achevée à la hâte. Fiddle avait dû se savoir dans le collimateur de Beagle et a pressé l'artisan de finir la copie pour la remettre au musée. Mais il ne s'attendait pas à une chose.

Une forte explosion para le ciel de bleu et d'or. L'odeur du feu d'artifice commençait à parvenir jusqu'à eux, emportée par la fumée blanche qui coulait des hautes toitures.

— Vous avez pris l'initiative de tuer Beagle avant qu'il n'interpelle le maire, poursuivit Oliver. Cela permettait d'assurer votre carrière. Vous étiez le seul à savoir que votre coéquipier comptait l'arrêter. Et plutôt que de laisser Beagle agir directement, vous l'avez convaincu d'en parler au juge d'instruction. Vous l'avez accompagné lorsqu'il s'est rendu au palais de justice et l'avez tué dans les jardins. Vous vous êtes ensuite dépêché de retourner au commissariat et de détruire toutes les preuves qui incriminaient le maire. Lorsque Élisabeth a repris l'enquête, elle a trouvé un atelier vide, ne contenant que la copie de la maquette qu'elle a restituée au musée en toute bonne foi.

Fiddle avait la maquette, et vous, vous l'avez fait chanter pour obtenir une promotion.

— Vous faites erreur ! protesta Fox pour couvrir le bruit des explosions de plus en plus fortes.

— Vous l'expliquerez à Élisabeth. Elle sera ravie de vous interroger personnellement. À présent, laissez-moi, je dois récupérer la maquette.

Il se tourna vers l'austère façade, insensible aux milliers de lumières scintillant dans le ciel qui paraissait d'autant plus noir. Il n'aurait eu aucun mal à s'y prendre autrement. Il aurait eu mille fois l'occasion d'assommer Fiddle, lui prendre la clé et entrer. Mais ça aurait manqué de classe.

— Vous n'y parviendrez pas ! cria Fox dans son dos.

Pour seule réponse, Oliver haussa les sourcils.

— Vous n'arriverez pas à entrer dans ce manoir. Fiddle croit dur comme fer à l'existence du trésor. Pour le protéger, il n'a cessé de renforcer cet endroit. Cela fait sept ans que j'essaye de reprendre le navire.

— Vraiment ? s'enquit Oliver en regardant à nouveau sa montre.

— C'est Beagle qui m'a fait jurer d'y parvenir.

— Et vous l'avez trahi pour une promotion. Tout ça pour finir en prison. Maintenant, si vous le permettez…

— Ce n'est pas vrai ! Aidez-moi à récupérer la maquette et je vous dirai ce qui est arrivé à Beagle.

Oliver soupira.

— Bien. Vous avez quatre-vingt-dix secondes. Peut-être moins.

Mary s'avança d'un pas décontracté, effleurée par la brume. La semelle de ses bottes en cuir ample craqua sur le pont du *Cordillera de los Andes*. Elle glissa ses fines épaules à l'intérieur de sa redingote en velours rouge. Le manteau épousa la courbure de ses hanches et de son buste érigé derrière la soie blanche d'une chemise à jabot.

Ses doigts de pianiste se posèrent sur le cuir de buffle d'un tricorne qu'elle posa sur sa tête. Il était fait pour elle. Accoudée au bastingage, elle s'octroya quelques instants pour respirer sereinement.

Dans le ciel au-dessus de la ville, des explosions rouge et or succédèrent aux nuances céruléennes qui dominaient jusqu'ici. C'était le moment. Elle passa la main sous sa poitrine, où reposait le revolver. Juste au cas où, avait dit Oliver. Regardant une pluie de feu se répandre dans la nuit, elle sourit de plaisir.

Oliver réfléchit à ce que Fox venait de lui dire.

— Intéressant, dit-il d'un air impassible.

— Vous ne semblez pas surpris.

— Il existait deux possibilités. Celle que j'ai évoquée et celle que vous proposez. Bon, il est temps d'entrer à présent.

Il sortit une petite boîte de sa poche, l'ouvrit et la présenta à l'officier.

— Je vous conseille de porter ceci, dit-il en prenant lui-même deux bouchons d'oreille en cire.

— Vous ne m'avez toujours pas dit comment vous comptiez...

Il se tut, ses lèvres demeurant entrouvertes encore quelques secondes et les yeux figés sur le fleuve. Dans le hurlement glacial du violon, la brume s'écartait lentement. Les contours menaçants de dizaines de visages reptiliens s'esquissèrent quelques mètres au-dessus du fleuve. Fox frissonna lorsqu'il croisa le regard furieux de l'un d'eux, fendu d'une gueule aux dents comme des poignards.

L'hydre continua à avancer tandis qu'apparaissaient voiles et cordages à travers le brouillard. Un galion fantomatique se dessina peu à peu, sur la surface noire de l'eau tirée de son sommeil.

L'air était glacial, mais sans vent. Le navire avançait à pas d'homme, toutes voiles dehors. Au sommet du navire, se découpait une forme sombre. Le pavillon noir. Fox comprit. Il se tourna vers Oliver, qui lui sourit en retour.

Deux rangées de canons étaient dirigées vers le manoir. Une terrible déflagration fit trembler le sol et chaque organe des deux hommes. En moins d'une seconde, le navire avait craché une flamme monstrueuse et pulvérisé une fenêtre du manoir. D'autres détonations se succédèrent, paraissant de plus en plus fortes. En quelques instants, le navire disparut à nouveau derrière un écran de fumée et de flammes. Le long des quais, les fenêtres volèrent en éclats.

La porte d'entrée du manoir, lourde de plusieurs centaines de kilos, fut arrachée de ses gonds sans difficulté apparente tandis que le bardage d'acier se tordait comme du papier.

Mains sur les oreilles, Fox voulut reculer, mais ses jambes semblaient peser des tonnes. Sous ses pieds, les joints des pavés se fissuraient et la chaleur dégagée par les canons du galion devenait de plus en plus forte. À ce rythme, le manoir serait rasé en moins d'une minute.

Un nouveau projectile éventra la façade, dont un pan entier s'effondra. Le navire passerait bientôt à hauteur des deux hommes. Au moment où Fox pensait sa dernière heure venue, les canons se turent. Quelques flammèches au-dessus des remous de l'eau témoignèrent encore un bref instant de la violence de l'assaut, puis un mélange de brume et de fumée effaça à nouveau le fleuve.

— Faites-moi penser à contacter mon assureur, commenta Oliver en contemplant d'un air satisfait la façade défigurée, masquée derrière un origami de métal broyé.

Il s'approcha de Fox, encore étourdi.

— J'espère que vous ne m'en voudrez pas, mais je suis pressé par le temps. D'ici à quelques minutes, le manoir sera cerné.

L'officier n'eut pas le temps de se défendre. Il se souviendrait d'avoir vu Oliver lever le poing, puis d'une vive douleur à la tête. Le violon et les déflagrations s'estompèrent, et ce fut le noir complet.

Lorsque Fox se réveilla, le feu d'artifice avait cessé. Il était couché ventre à terre, sur les pavés froids du quai. Il avait mal au crâne. Il ignorait combien de temps s'était écoulé.

— Il reprend connaissance, dit une voix grave tout près de lui.

Il ouvrit les yeux et reconnut le visage de Marius. Il ne put s'empêcher de sursauter. Il savait au moins qu'il n'était pas au paradis.

— Bougez pas, une ambulance va arriver, gronda Marius.

— Je vais bien, répondit Fox sans grande conviction.

— Ouais. Dommage.

Son cou était raide. Il réussit à se tourner sur un côté.

— Qu'est-il arrivé ? demanda Élisabeth en approchant à son tour.

Fox cligna des yeux. Il reconnut Arthur et le nouveau commissaire. Le type était un très bon ami du maire. Il savait la vérité, lui aussi.

— Il faut arrêter Larnac, balbutia-t-il.

Marius l'aida à s'asseoir. C'était comme être soulevé par un bulldozer. Il n'y avait pas d'autre équipe autour d'eux. Avec le spectacle, personne n'avait entendu l'attaque.

— Il a détruit le manoir de Fiddle pour entrer. Il a dit que la vraie maquette se trouvait à l'intérieur. J'ai essayé d'appeler des renforts, mais avec le feu d'artifice, l'opérateur ne m'entendait pas.

De la poussière continuait de s'élever des gravats. Des plaques de métal menaçaient de se décrocher.

— Il… il a dit qu'il savait qui avait tué Beagle et les autres. Il compte l'annoncer à la presse.

— Il se joue de nous depuis des mois et pense s'en tirer ainsi ? maugréa Élisabeth. Où est-il ?

Fox se passa la main sur le visage. Sous la lumière bleue des nombreux gyrophares qui l'entouraient, il vit un liquide sombre sur ses doigts. Du coin de l'œil, il eut conscience d'ambulanciers qui se dirigeaient vers lui en courant.

— Je pense qu'il est toujours à l'intérieur, dit-il avant de fermer de nouveau les yeux.

Marius l'observa d'un air mauvais et le laissa retomber lourdement sur le sol.

— Je vais appeler des renforts, dit-il en prenant sa radio.

— Je ne veux voir personne entrer dans le manoir, dit sèchement Élisabeth. Il est à moi.

Oliver regarda autour de lui dans le vaste hall du manoir éventré. La scène était impressionnante. Au milieu de l'âcre brouillard provoqué par les canons, le contour imprécis des décombres baignait dans une mer d'argent, que seules éclairaient les fusées qui explosaient encore dans le ciel. Une pluie de pièces tombait du deuxième étage, où un projectile avait pulvérisé le mur d'une chambre qui les régurgitait. Au hasard, Oliver ouvrit une double porte.

L'endroit qu'il découvrit n'avait pas souffert du même traitement que les autres. À l'odeur de l'air, un mélange de papier et de cuir, on se doutait que personne n'y était plus entré depuis longtemps. Pourtant, on avait fait en sorte de le préserver. Les luminaires de la ville se rallumèrent. De grandes portes-fenêtres donnant sur le jardin du manoir permirent à Oliver d'y voir plus clair.

Il s'agissait d'un vaste bureau de style Renaissance, s'étirant sur une dizaine de mètres de long, dont le haut plafond de pierre voûté était soutenu par d'épaisses colonnes sculptées. De hautes étagères et vitrines se dressaient contre le mur de gauche, garnies de livres aux reliures usées, de fossiles et d'une multitude de bocaux étiquetés contenant de grosses baies, herbes et fruits secs.

Attirant inéluctablement le regard, ce qui ressemblait au squelette d'un très grand ptérodactyle était suspendu au plafond. En dessous, une table ancienne occupait le centre de la pièce.

Encombrée d'objets qui évoquaient le bureau d'un archéologue bordélique, sa surface disparaissait sous les cahiers de dessin empilés. Certains étaient ouverts, dévoilant de nombreux croquis d'animaux et végétaux, ainsi que des notes gribouillées fiévreusement. Quelques grosses malles en cuir étaient également réparties sur le sol de marbre sans recherche d'agencement.

Oliver passa la main dans ses cheveux. Il ne s'était jamais imaginé que Fiddle savait lire. Pas réellement. C'était un beau parleur. Il avait développé cette capacité pour détourner ses interlocuteurs de sujets embarrassants comme « Vous êtes vraiment sûr que Toronto, c'est en Italie ? » ou « Je vous assure qu'il ne peut pas s'agir d'un œuf de mouton ».

Puis il le vit. Posé sur le flanc, au milieu des cahiers, se trouvait le navire miniature. Oliver tendit les doigts pour le saisir. Il était étonnamment léger. Il le retourna à plusieurs reprises pour en admirer les détails. L'objet était magnifique, fruit d'une minutie obsessionnelle. Plutôt que taillé dans un gros morceau de bois, il était composé de dizaines de planchettes qui semblaient avoir été choisies pour que leur veinage s'harmonise.

Un peu trop d'ailleurs.

Oliver inclina la maquette pour l'exposer aux rayons de la lune et approcha son visage. Le navire regorgeait de détails que seule une loupe permettait d'apprécier. Sa surface de bois formait un entrelacs de cernes qui s'enlaçaient et s'éloignaient au gré des envies. On ne l'aurait pas observé au premier regard, à moins d'avoir eu le nez sur une copie dépourvue de cette particularité quelques jours auparavant. En outre, chaque jour, pour les besoins des travaux qu'il organisait, Oliver avait un tracé à peu près identique devant les yeux. Le navire était bel et bien une carte.

Un craquement subtil, hors de la pièce, attira son attention. Heureusement, des années ponctuées d'évasions, de fuites et de cavales avaient développé certains réflexes. Une balle vint se loger dans le mur devant lequel il se tenait quelques dixièmes de secondes auparavant.

Élisabeth avait de la chance. Larnac était coincé. Le bureau était sans issue. Les fenêtres ne s'ouvraient pas. Il avait à peine eu le temps de se réfugier derrière une colonne dont il ne pouvait s'écarter sans s'exposer. En outre, personne ne viendrait les déranger. Dans les rues voisines, s'élevait toujours une confusion de musiques et pétards. On ne l'entendrait pas tirer.

— Sortez de là, Larnac ! cria-t-elle.

— Je vais attendre encore, si vous n'y voyez pas d'inconvénient, répondit Oliver toujours invisible.

— Sortez et je vous épargnerai les menottes !

— En me tuant pour m'empêcher de parler ? Comme vous l'avez fait pour Beagle et les autres ?

— Cet imbécile allait arrêter le maire pour un vol insignifiant, rétorqua-t-elle. Vous, mieux que n'importe qui, devriez comprendre ! Qu'importe qu'il ait volé cette maquette. Il dirigeait la ville. Sa suspension aurait causé beaucoup de tort. Avec la méfiance des investisseurs, de nombreux projets profitant aux citoyens seraient tombés à l'eau. Qui voudrait installer son enseigne dans une ville corrompue ?

— Vous vouliez surtout éviter de gâcher plusieurs années d'investissement, avança Oliver dont l'ombre apparut furtivement. Vous léchiez depuis un moment les bottes de Fiddle, qui vous avait promis la place de commissaire en chef. Et alors que la place se libère, Beagle, qui a la mauvaise habitude de mettre son nez partout, découvre que le maire a volé la maquette.

Élisabeth leva son arme en direction de la colonne et entreprit de la contourner. Si elle agissait rapidement, elle n'aurait pas de mal à faire croire que, pris au piège, il avait mis fin à ses jours.

Oliver poursuivit, en tournant également autour de la colonne :

— Marius a cru que Fox était l'assassin, après avoir surpris une conversation avec Beagle. Mais il n'a pas tout entendu. Il n'a pas entendu que Fox lui conseillait de vous en parler. Ce qu'il a fait. Et le lendemain, alors qu'il se rendait au palais pour obtenir un mandat, vous l'avez abattu.

Oliver fit encore un pas de côté pour ne pas entrer dans la ligne de mire d'Élisabeth. Le sol était encombré d'objets récupérés lors de fouilles archéologiques et de matériel d'expédition. Il devait avancer prudemment et espérer que Jack ne tarderait pas.

— Marius a accepté de suivre une idée de Jack en prêtant son visage à vos cartes de vœux et sous-main. Vous vous souvenez de cette séance photo dans votre bureau ? Il a profité d'un instant de tranquillité pour accéder à vos mails. Il n'était pas enthousiaste à cette idée, mais Jack avait gagné sa confiance. Il a ainsi vu le message de Beagle, quelques heures avant sa mort, vous informant de tous les éléments qui incriminaient le maire. Vous aviez pourtant prétendu ne rien savoir.

Oliver n'avait rien pour se défendre. Il balaya les environs du regard et fit l'inventaire des objets à portée de main. Ce qui s'apparentait le plus à une arme était un piolet argenté plutôt pointu. Mais il ne ferait pas le poids contre une arme à feu. D'autant que son ennemie visait plutôt bien. En outre, Oliver n'avait pas envie de lui fournir l'excuse de la légitime défense sur un plateau. Il leva aussitôt les yeux. Le temps d'une seconde, il avait raté un rapide mouvement d'Élisabeth. Il recula trop tard. Le coup partit, assourdissant.

Adossé entre la colonne et l'étagère garnie de limules et ossements fossilisés, il sentit une vive douleur du côté de son épaule. En soi, c'était une bonne nouvelle. Les morts n'avaient pas mal à l'épaule. Il passa la main sur le haut de sa manche déchiré. Il saignait, mais pouvait bouger le bras. La balle ne l'avait sans doute que frôlé. Il n'osait à présent plus baisser le regard.

— La dixième sera là d'un instant à l'autre, dit-il. Vous les avez sous-estimés et ils vont causer votre perte. Pensez-vous réellement vous en tirer ?

— Qu'ils viennent. Ils seront bien accueillis, répondit-elle.

Elle avança vers l'abri d'Oliver puis se figea. Plus on montait en grade, plus on apprenait à surveiller ses arrières. Beaucoup convoitaient sa place. Elle n'avait jamais connu d'escalier aussi glissant ni de plaquettes de frein s'usant aussi rapidement qu'à l'état-major.

Dans ce cas-ci, cependant, alors qu'elle sentait le canon d'une arme appuyé sur l'arrière de son crâne, elle regretta son manque de prudence.

— Lescrot, j'imagine ? demanda-t-elle.

— Pas vraiment, non, dit une voix rauque derrière elle.

Élisabeth se retourna brusquement, son arme pointée vers le visage de Beagle, qui ne broncha pas.

— Vous êtes mort ! s'exclama-t-elle.

— Il paraît, oui, répliqua l'ancien commissaire.

Son teint blafard était accentué par la faible lueur de la lune. Les rides épaisses de son visage mal rasé s'entrecroisaient autour de ses yeux gris et ternes plongés dans ceux d'Élisabeth. Ses cheveux poivre et sel dépeignés renforçaient une allure piteuse, accordée à une veste en cuir suédée qui avait connu des jours meilleurs.

— Mais j'ai enquêté sur le meurtre, j'ai vu les photos, le rapport du légiste !

— Vous étiez même à mon enterrement, répondit Beagle. Vu le peu de monde présent, j'ai apprécié la démarche.

Sans prévenir, Élisabeth pressa la détente de son arme. Dès le départ, un morceau d'adhésif destiné à maintenir les différentes pièces aurait dû attirer son attention. De même qu'une épaisse couche de suie poisseuse dépassant du canon, signe d'une certaine négligence dans son entretien. Enfin, elle aurait dû remarquer les initiales d'Arthur gravées sur le manche. Ces éléments lui auraient épargné de voir le ressort mal fixé projeter la partie supérieure de l'arme en direction de son crâne.

La commissaire poussa un cri de douleur lorsque la culasse se détacha et la percuta brutalement. Ébranlée, elle se plaqua les mains contre le front en reculant. Ses talons rencontrèrent une caisse en bois remplie d'échantillons de roche. Sa tête heurta violemment le sol lorsqu'elle bascula en arrière. Le choc l'assomma net. Jack arriva à son tour d'un pas tranquille et passa à côté d'elle en prenant soin de ne pas trébucher.

— Durant la soirée, j'ai jugé plus prudent d'échanger son arme avec celle d'Arthur.

— Vous avez jugé prudent de donner une arme fonctionnelle à Arthur ? reprit Beagle en haussant un sourcil broussailleux.

Arthur et Marius venaient également de les rejoindre. Ils regardaient leur ancien chef avec stupéfaction. Beagle s'en approcha et les prit dans ses bras. Oliver nota que l'ancien commissaire avait pris soin de marcher sur Élisabeth pour les atteindre.

— Je vous dois des explications, les gars.

Il y avait des journées qui commençaient plus agréablement que d'autres. Sept ans plus tôt, Beagle avait assez peu dormi, même selon ses critères. Puis on lui avait tiré dessus à plusieurs reprises, ce qui n'avait pas arrangé les heures qui suivirent.

Dans les jardins qui surplombaient la ville, couché sur le dos, il peinait à respirer. Il avait conscience de vivre ses dernières minutes, mais se sentait pour l'heure bien vivant.

En réalité, tant qu'il n'essayait pas de bouger, la douleur était supportable. Plutôt qu'une vive douleur aux organes touchés comme il s'y serait attendu, il avait le sentiment qu'un objet lourd lui écrasait la cage thoracique. Cela n'en faisait toutefois pas une expérience agréable.

Il voulut tousser et une bonne quantité de sang chaud et épais lui remonta par la gorge. Alors qu'il se faisait la réflexion qu'il avait encore certains dossiers à clôturer avant de mourir, chose hautement envisageable, il entendit des pas. Deux personnes au moins couraient dans sa direction.

— Ça va ? s'écria Fox en s'agenouillant à côté de lui et en contemplant la chemise qui se constellait de sang.

— Le cadre est agréable. Pour le reste, je ne vois rien de positif à dire. Mais tu tombes bien, Andrew. Il faudrait que tu t'occupes du dossier du braquage de…

— Que s'est-il passé ? coupa Fox.

— J'appelle une ambulance, l'informa un Will plus mince qu'aujourd'hui, juste derrière.

— Attends, dit Beagle en grimaçant.

Tout compte fait, quelques douleurs aiguës commençaient à se faire sentir.

— Emmenez-moi dans la ruelle Biscornue, chez le vétérinaire. Ce n'est pas la première fois qu'il me remet d'aplomb. Il risque de râler si j'ai abîmé ses dernières réparations, mais tant pis. Je paye toujours d'avance pour ce genre de service.

Fox baissa les yeux sur la poitrine de son coéquipier.

— Il va peut-être falloir prévoir un supplément, ce coup-ci, dit-il.

Beagle cracha un nouveau flot de sang.

— Prends des photos, puis va dans mon bureau et fais disparaître le dossier du vol de la maquette.

— On doit aller perquisitionner chez Fiddle et la récupérer.

— Élisabeth le protège. Et d'autres seront encore prêts à le faire pour une belle place. Vous devez mettre la main sur la maquette, mais pas comme ça. Vous vous mettriez en danger. Vous et les autres. Faites croire que j'étais le seul à mener cette enquête.

Beagle déglutit avec peine. Il ne sentait plus ses membres et sa température corporelle chutait.

— Will, file chercher Orvos, le légiste. C'est un ami. Il acceptera de t'aider et de convaincre le labo. Élisabeth doit me croire mort. Et les autres aussi. On mettra des pierres dans le cercueil. Il suffira de soudoyer les pompes funèbres.

Le décor se mit à tourner. Les jardins commençaient à s'effacer. Il n'avait jamais été aussi peu convaincu de se réveiller.

— Le plus important est de récupérer la maquette.

Le temps était passé. Le vétérinaire avait fait du beau travail. L'un des poumons était définitivement perdu, mais les autres organes avaient déjoué tous ses pronostics. Après trois jours, Beagle remuait dans son sommeil. Après une semaine, il avait ouvert les yeux durant quelques secondes et tenté de parler. Le mois suivant, il parvenait à se lever. Il avait passé le premier hiver au coin du feu, sa chatte ronronnant paresseusement sur son tartan de laine. Fox et Will étaient passés régulièrement pour échanger des nouvelles. Personne n'avait rien soupçonné.

Il avait remis en question beaucoup de choses. Il y avait un tas de magistrats, au palais de justice, en qui il pouvait avoir confiance. Mais qui ? Fiddle était très populaire. Il n'avait eu aucun réel challenger lors des précédentes élections. On le voyait déjà en tête des élections fédérales. Être son ami garantissait une belle fonction et le pouvoir qui l'accompagne. Beaucoup d'humains pouvaient tuer pour le pouvoir.

Mais il n'avait pas renoncé. Il suffirait de s'y prendre autrement.

— … jusqu'à cette nuit, où Andrew m'a convaincu de venir, acheva Beagle en s'approchant de la maquette posée sur un coin de la table. Comment avez-vous deviné que j'étais en vie ?

— C'est Jack qui a deviné, répondit Oliver. Il a appris que vous vous rendiez chaque semaine dans la ruelle

Biscornue avec un bouquet de fleurs. Il a regardé la vieille carte que vous aviez annotée et a découvert l'adresse de votre petite amie. En voulant s'y rendre pour lui poser des questions à propos de votre dernière enquête, il vous a vu entrer dans la maison. Vous êtes marié.

Beagle passa délicatement le bout des doigts sur la coque du navire, comme pour en vérifier l'authenticité. Au bout d'un instant, il émit un grognement satisfait.

— On n'a vraiment plus de vie privée… Pourquoi ne pas être venu me parler ? demanda-t-il à Jack.

— Le fait que vous soyez en vie changeait beaucoup de choses. Peut-être était-ce vous, qui cherchiez à m'empêcher de récupérer la maquette. Après tout, c'était votre rôle. C'est pour cela qu'il était important de faire parler Fox.

— Vous avez mis une telle pagaille dans la ville dans l'unique but de le faire parler ? s'exclama Beagle.

Oliver haussa les épaules.

— Un peu par plaisir aussi, admit-il. Les électeurs aiment le spectacle.

— On savait que Fox n'admettrait jamais que vous étiez en vie, reprit Jack. Will et lui vous protégeaient depuis sept ans. Mais le fait qu'Élisabeth ait tiré sur Will a tout changé. Fox vous savait affaibli par vos blessures. S'il se retrouvait en prison, la maquette serait alors sans défense. Lorsque Oliver l'a désigné comme étant l'assassin, il a dit la vérité.

— Dans ce cas, pourquoi l'avoir frappé ? demanda Marius.

— Fox a joué le jeu, répondit Oliver. Après m'avoir tout raconté et vous avoir téléphoné pour vous faire venir, il a fait mine d'être assommé. Ensuite, il a dit à Élisabeth que je savais qui était l'assassin et que je comptais l'annoncer aux médias. Cela explique sa détermination à m'attraper. Elle attendait d'être seule avec moi pour me tuer.

— Et Fiddle ? s'enquit Marius. Était-il au courant de tout cela ?

— Je ne pense pas, répondit Oliver. Il ne semblait pas au courant que Beagle ait découvert qu'il avait volé la maquette. Élisabeth a agi d'initiative, de crainte de perdre la promotion qu'elle convoitait. De toute façon, Fiddle n'aurait pas demandé qu'on le tue. Il a suffisamment d'amis bien placés pour le sortir d'un mauvais pas.

— A-t-il trouvé l'ancienne mine, durant ces sept années ? demanda Jack à Beagle.

— Non, répondit Beagle.

Ce dernier se campa devant d'une étagère, d'où il retira avec précaution un fossile d'ammonite gros comme une roue de brouette. Il le regarda attentivement et hocha la tête en signe d'approbation.

— En réalité, son intention n'a jamais été de la trouver, dit-il en approchant de la table.

Oliver se rendit compte trop tard de ce que Beagle s'apprêtait à faire. Sans prévenir, l'ancien commissaire leva le fossile et l'écrasa sur la maquette, qui vola en éclats.

— En vous souhaitant une excellente soirée, dit-il, face aux autres qui contemplaient les débris avec consternation.

Trois jours plus tard, vers dix heures, la rue de la Trique bourdonnait d'activité. Devant le commissariat, le flot de passants matinaux contournait un camion blanc, indiquant « Déménagements Lescrot ». Des déménageurs s'affairaient autour du mobilier du Croque-Madame, tandis que les gens de métier se succédaient pour aménager le bureau de la réception. Celui-ci serait moins accueillant qu'avant sa reconversion, mais Jack avait pensé qu'une barre de pole dance et des fauteuils rose pailleté dotés de points d'ancrage sur les accoudoirs n'enchanteraient pas le personnel, à l'exception certaine d'Arthur.

Jack, précisément, venait d'entrer dans la petite pâtisserie située juste en face. Il monta à l'étage et s'assit à une table où l'attendait Beagle. L'homme portait une chemise en lin épais, au col déboutonné, dévoilant le stigmate du meurtre auquel il avait échappé sept ans plus tôt. Devant lui étaient disposés une carafe de jus pressé, une miche de pain grillée, un énorme scone accompagné de crème et de quelques pots de confitures colorées.

Le vieux policier se tenait à côté d'une fenêtre qui avait une vue imprenable sur le bureau de Jack. Ce dernier attendit en silence tandis qu'un serveur à la moustache remarquablement fournie déposait encore une assiette d'œufs brouillés et de bacon grillé.

— Voici, monsieur, lui sourit l'employé, comme chaque jour.

— Vous mangez ici chaque jour ? s'exclama Jack, consterné.

— Pas le dimanche, répondit Beagle en tartinant le sommet du scone. Trop de monde.

Jack demeura muet un instant, observant l'ex-policier accomplir sa tâche avec une minutie agaçante. Oliver arriva à son tour, un peu essoufflé.

— Le juge t'a laissé partir ? demanda Jack en le regardant s'asseoir.

— En oubliant de fermer sa fenêtre, oui, répondit-il en retirant sa veste. Où en étiez-vous ?

Beagle, sans montrer le moindre signe d'étonnement, posa son couteau et s'apprêtait à mordre dans la pâtisserie lorsque Jack l'interrompit, exaspéré.

— Vous nous avez manipulés.

— De mémoire, je vous ai plutôt confié une mission, répondit Beagle avec le plus grand calme.

Plusieurs mois auparavant, Jack et Oliver avaient rencontré Beagle au Pieu. L'homme était méconnaissable. Étant donné l'endroit, ce n'était guère étonnant. Seuls ceux qui ne portaient pas au minimum un postiche et un faux nez attiraient l'attention. Ce soir-là, il avait dissimulé son visage encapuchonné derrière une large écharpe. Ce n'était pas la première fois.

L'inconnu les avait déjà engagés à plusieurs reprises. Chaque fois, il leur donnait une adresse et les sollicitait pour récupérer une œuvre d'art ou des bijoux volés. Il prétendait travailler pour le musée. Il payait bien, ce qui décourageait les questions embarrassantes. Cette fois-ci, pourtant, la demande était différente.

Il avait posé sur la table collante une grosse bourse remplie d'anciennes pièces d'or, parce que c'est ce qu'on fait dans les bars louches. Ensuite, il leur avait demandé d'enquêter sur la mort du commissaire Beagle. Il voulait savoir qui l'avait tué et pourquoi.

Ils avaient accepté sans poser de question.

— Pourquoi souhaiter que nous enquêtions sur votre propre mort ? poursuivit Oliver en retirant une menotte de son poignet. Puisque vous vouliez la maquette, il suffisait de le dire. Vous saviez qu'elle se trouvait chez Fiddle. On aurait gagné du temps.

— Si je vous avais parlé de cette maquette, vous m'auriez pris pour un dingue. Vous auriez inévitablement trouvé louche d'accorder tant d'importance à cet objet. Mais la mort de votre ancien ennemi vous intriguait, depuis toutes ces années. Cette enquête vous excitait bien au-delà d'un vol sans importance. Le Rossignol passait ses nuits à voler. C'était devenu une routine ennuyeuse, dépourvue d'enjeu. En vous prévenant que la mission serait dangereuse, j'ai visé juste. Il était évident que vous entendriez parler de la maquette. Au pire, si cela n'avançait pas dans la bonne direction, il me suffisait de déposer des indices devant votre nez.

Il se versa un verre de jus.

— Je ne m'attendais pas à ce que vous découvriez que j'étais toujours en vie, en revanche. C'était bien joué, même si vous auriez pu être plus rapides.

— Dites donc, j'ai une ville à diriger, durant mon temps libre, protesta Oliver.

— Vous savez, continua Beagle, aujourd'hui, j'aspire à une vie tranquille. Je produis ma confiture et l'échange contre des repas ou du bois pour passer l'hiver. Je n'ai besoin de rien de plus pour être heureux.

Les deux invités réprimèrent une moue sceptique. L'homme devait avoir tout le mal du monde à accepter une retraite au coin du feu.

— Et Fiddle ? demanda Oliver. Puisqu'il avait copié la maquette pour que son vol passe inaperçu, Fox a suspecté qu'il avait également agi ainsi pour d'autres œuvres du musée. C'était bien vu, mais la perquisition n'a, hélas, rien donné.

Jack sourit intérieurement. *Évidemment*, pensa-t-il. Les enquêteurs n'avaient rien trouvé dans le manoir car Oliver et lui-même pouvaient compter sur d'excellents déménageurs. Assommé par Oliver, Fox n'avait pas vu l'équipe vider le manoir d'une bonne part des œuvres qu'il contenait pour les charger dans le navire amarré un peu plus loin. Bien entendu, Beagle n'était pas au courant.

— Naturellement, approuva ce dernier. Naturellement. Vous avez fait un excellent travail pour mettre ses tableaux en sécurité.

— Mais comment... ? sursauta Jack.

Pour toute réponse, Beagle se contenta de mordre dans le scone.

— Puis-je vous poser une question ? demanda Oliver. À quoi mène cette maquette ?

Beagle eut l'air d'hésiter avant de répondre :

— Monsieur Larnac, que savez-vous à propos de la mine maudite ?

— Radart nous a parlé d'une mine de sel, répondit Oliver. Les ouvriers auraient creusé si profondément sous la ville qu'ils finirent par y rencontrer des monstres.

— C'est bien ce que disent les vieilles histoires, approuva Beagle. Et vous l'aurez compris, elles furent inventées pour éloigner les curieux.

Il marqua une pause.

— En creusant, les mineurs ont rencontré un vaste réseau de cavernes formées par les nappes phréatiques. Ces cavernes sont restées isolées du monde extérieur durant des millions d'années. Leur biotope n'a été affecté ni par les catastrophes naturelles ni par l'humain. Il en existe d'autres dans le monde, comme celle du Souffle du Dragon, en Namibie. Ces cavernes ont pour particularité d'abriter une flore disparue en surface depuis le Crétacé. Sous cette ville, s'étend un monde qui rassemble les conditions suffisantes pour une vie qui n'existe pas ailleurs. Mes prédécesseurs ont fait le choix de garder le plus grand secret autour de cela pour le préserver.

— Comment Fiddle a-t-il appris l'existence de ce monde souterrain ? demanda Jack.

— Par ma faute, répondit Beagle. Quelques mois avant ma prétendue mort, poursuivit Beagle, l'épouse de Marius a eu un grave accident. Les médecins ne parvenaient pas à la sortir du coma. Son déclin nous a fait revoir notre perception des choses. Je suis aujourd'hui persuadé que la flore qui s'épanouit dans ces mines pourrait sauver de nombreuses vies.

Il passa inconsciemment la main sur sa poitrine couverte de cicatrices tandis que Jack observait un bocal de confiture au contenu presque doré.

— Je vous en donnerai un pot, vous verrez, c'est... tonifiant. Et peu calorique, ajouta-t-il en regardant le ventre naissant de son interlocuteur soudain vexé. Bref, j'ai rassemblé une petite équipe de scientifiques pour m'accompagner là en bas. Je voulais qu'ils ramènent des échantillons afin de les analyser. L'épouse de Fiddle en faisait partie. Elle était une excellente archéologue et conservatrice du Dutish. Nous nous rassemblions régulièrement dans son bureau pour organiser les prochaines explorations.

Oliver se souvint de la table chargée de notes et croquis. Vu les circonstances, il n'y avait pas vraiment prêté attention.

— Les scientifiques étaient emballés, mais leurs recherches étaient coûteuses en matériel et en analyses. Il fallait trouver de l'argent, toutefois il était délicat de parler de ce monde à n'importe qui.

— Elle en a donc parlé à Fiddle ? avança Oliver.

Beagle acquiesça, une grimace d'amertume se formant brièvement sur son visage.

— Avec ma bénédiction, dit-il. Il était déjà maire de la ville et avait toujours beaucoup investi dans la préservation du patrimoine, au Dutish. Elle lui a montré nos recherches et vidéos de cet endroit. À ma demande, elle ne lui a toutefois pas révélé comment y accéder. La réaction de Fiddle fut inattendue. Il savait que la maquette était une carte, mais également une clé pour s'y rendre.

Il sortit d'une poche de son pantalon la figure de proue dorée qui s'était détachée de la maquette. Dans le manoir, Jack et Oliver ne l'avaient pas vu ramasser l'objet.

— Il l'a donc volée pour nous empêcher d'y retourner, espérant garder ce trésor pour lui seul. J'ignore quelle était sa motivation réelle. J'ai essayé de la reprendre par de nombreux moyens, mais sans succès. En découvrant un jour qui vous étiez, j'ai pensé que vos compétences seraient utiles, mais j'ai préféré garder cela pour moi. Fox n'aurait jamais accepté. C'est un excellent policier, mais sans doute trop procédurier.

Il enfourna le reste du scone et reprit :

— À présent, la carte n'existe plus. C'était imprudent de l'afficher à la vue de tous, reprit-il. Mais c'était une volonté du gouverneur de l'époque. Si un garde accédait à la clé, les autres devaient le savoir. Il a donc choisi de la conserver dans son palais de fonction, devenu aujourd'hui le Dutish.

— Pourquoi nous dire tout cela ? demanda Oliver.

— Je crains que ces cavernes ne restent plus longtemps secrètes. Un jour, il sera nécessaire de convaincre le peuple que ce site doit rester inaccessible. Vous êtes l'homme pour cela.

— Commissaire, s'insurgea Oliver. Que penseraient les citoyens s'ils étaient manipulés par leur dirigeant ?

Un silence s'installa.

— Bon, d'accord, admit Oliver, ils voteraient à nouveau pour lui. Mais je ne suis pas le beau parleur que vous imaginez.

— Monsieur le maire, rétorqua Beagle, vous avez convaincu cent mille électeurs. Chaque fois qu'un journal vous qualifie de voleur, vous gagnez deux points dans les sondages. Vous n'avez eu recours à aucun mensonge ou manœuvre trompeuse. Votre physique ingrat rend également vaine toute tentative de séduction…

— Dites donc, vous savez ce qu'il vous dit, mon physique ingrat ?

Il y a des moments où l'originalité n'est pas une priorité.

— Vous plaisez aux gens car vous faites ce qu'ils n'ont jamais osé faire, monsieur Larnac. Vous dénoncer faisait partie du plan dès le départ. Ne le niez pas. Vous savez que si un article dans le journal vous rapporte une poignée d'électeurs, votre procès vous couronnera. Quant à vous, Jack, cette même capacité vous a permis de redresser des hommes qui n'attendaient plus rien de leur hiérarchie. Ce genre de chose ne s'apprend pas sur un banc d'école. Ces hommes sont prêts à vous suivre et je sais d'expérience que votre réputation se propage déjà aux autres brigades.

Il marqua une pause et poursuivit d'un ton grave :

— Dans l'avenir, j'aurai à nouveau besoin de vous, messieurs. Je ne peux prédire quand, mais cela finira par arriver. D'ici là, tâchez de conserver vos rôles respectifs. Cela implique notamment de ne pas finir en prison ou ligoté dans une cave.

— J'apprécie votre intérêt pour nos services, commissaire, mais qu'est-ce qui vous fait penser que nous attendrons votre invitation pour découvrir cet endroit ?

Le vieil officier changea de position et adressa pour la première fois un sourire à ses interlocuteurs.

— Bonne chance, monsieur Larnac. Je sais que vous en cherchez vainement l'entrée depuis des années.

Chapitre 8
L'histoire commence seulement

Sept ans plus tôt, la mère de Jack avait démissionné et investi ses économies dans une petite pâtisserie de la place du Temps, juste à côté de la tour de l'horloge qui enjambait l'entrée de la rue du Pâté-en-Croûte. Elle avait toujours trouvé beaucoup de charme à cette place, avec ses bâtiments anciens rigoureusement entretenus. Les façades d'enduit aux nuances orangées s'accordaient aux hauts palmiers qui l'ornaient et entouraient une large fontaine où flânaient les promeneurs.

Jack, pour sa part, se chargeait de la comptabilité. Au grand soulagement de sa mère, c'était un garçon exemplaire, honnête, qui achevait cette année-là un parcours scolaire très enviable. À vingt-trois ans, il était promis à un bel avenir.

Une nuit, la lumière brillait toujours dans la mansarde lambrissée que le jeune homme occupait au-dessus du commerce. Passant une jambe par la fenêtre à guillotine, Jack s'apprêtait à sortir sans un bruit. Il l'avait déjà fait. L'auvent permettait d'atteindre une vigne solidement ancrée au mur. Il suffisait d'attendre qu'aucun passant ne le remarque.

Ses escapades nocturnes s'étaient multipliées, ces dernières semaines. Pas le choix. La correspondance avec les huissiers aussi. Sa mère l'ignorait. Il n'avait pas eu le cœur de lui dire que le commerce n'était pas rentable.

À vrai dire, la clientèle affluait. Toute la journée, la vitrine voyait défiler par centaines les passants qui photographiaient les gâteaux aux parfums du passé, décorés avec une minutie obsessionnelle. Le problème venait sans doute de là. La perfection prenait du temps et n'aurait pas dû se vendre à ce prix. Pas avec autant de taxes, impôts, redevances, droits, frais, prélèvements, cotisations, contributions, accises, demandes d'autorisation et assurances obligatoires à payer. Au début, Jack avait suggéré de ne pas déclarer une partie des ventes, mais sa mère s'y était farouchement opposée. L'honnêteté était, disait-elle, la plus grande des valeurs.

Alors, Jack avait commencé à dissimuler certaines factures et avait cumulé les petits boulots pour les payer. Il lui devait bien ça. Mais il venait d'achever la déclaration pour ce trimestre, qui était pire que le précédent. Le bénéfice avait été trop important et, il fallait l'admettre, ils n'avaient pas les moyens de gagner autant d'argent. À ce rythme, Jack devrait bientôt travailler six mois pour payer trois mois d'impôts.

La révélation était venue ce soir-là. Il avait été engagé comme serveur pour une soirée privée. Une sorte de club pour riches. On aurait pu parler de soirée bien arrosée, mais une comparaison avec les chutes Victoria semblait plus juste. Son travail consistait à proposer aux invités les bouteilles que le sommelier avait posées devant lui après s'être assuré qu'il avait mémorisé les arômes de ceci et les notes de cela.

— … a le plaisir de vous présenter un château kurniawan 1982, récita-t-il. Un vin ensoleillé, complexe mais équilibré, au bouquet enivrant de craie, poivre noir et fumier sauvage.

Il n'était plus certain pour le fumier, mais face à l'ébriété grandissante des convives, les approximations devenaient moins gênantes. Le plus important était de souligner le prix de chaque bouteille. Cela rendait le vin meilleur.

En fin de soirée, Jack avait fait le constat que chaque gorgée dépassait son cachet, pourboire compris. Discrètement, il avait emporté une bouteille consignée hors de prix, contenant encore un fond du précieux liquide.

Le lendemain, il s'était rendu chez Bläck. Avec sa paie, il avait acheté quelques millilitres d'encre, du papier de qualité et plusieurs produits chimiques destinés à le vieillir. Il avait ensuite passé la journée dans sa chambre à mélanger divers vins bon marché, du sirop d'érable et quelques épices empruntés dans la cuisine de sa mère pour un résultat assez bluffant. Une heure de plus permit de vieillir à l'acide les bouteilles en verre utilisées pour la préparation. Copier douze fois à la plume l'étiquette du grand cru avait demandé davantage de temps, mais au bout d'une semaine, il avait obtenu un résultat convaincant, généreusement saupoudré de toiles d'araignée poussiéreuses.

L'air naïf, il s'était ensuite rendu chez un marchand de vin de la rue du Lard. Un type hautain doté de cheveux gras, seul aspect de sa personne qui brillait.

Jack avait prétexté qu'il vidait une maison dont il avait hérité et y avait découvert ces bouteilles anciennes au fond de la cave. L'homme s'était frotté les mains en lui achetant les bouteilles dix fois moins cher qu'il ne les revendrait. Une bonne arnaque commençait souvent lorsqu'une personne avait la conviction de vous arnaquer.

Les poches pleines de billets, Jack était retourné plusieurs fois chez Bläck avec une liste toujours plus étoffée. Au bout de six mois, les copies étaient devenues plus réalistes que l'original. Le catalogue s'étoffa, se diversifia et, rapidement, les marchands se montrèrent moins soupçonneux à l'égard du gamin qui semblait hériter d'une trentaine de maisons par mois. Après tout, la plupart des clients n'y connaissaient rien. De l'avis de tous, certains vins s'étaient même bonifiés. Comme pour un sac à main de luxe, ce qui importait, c'était l'étiquette et le montant. Le reste était forcément bon.

— Tu sembles beaucoup t'intéresser à la calligraphie, lui dit un jour Bläck. Presque deux litres d'encre, cette semaine.

Jack venait d'investir dans une petite presse de seconde main dénichée chez un imprimeur qui fermait boutique. Il envisageait aussi sérieusement de louer une maison discrète pour entreposer ses bouteilles.

Bläck griffonna une adresse sur un morceau de papier.

— Vas-y de ma part, lui dit-il. Il connaît beaucoup de monde en ville. Ton talent sera apprécié.

La rue des Flairants, qu'animaient les nombreux chalands qui la traversaient, se résumait à une succession de devantures serrées les unes contre les autres jusqu'au pont des Loutres. Parmi elles, celle d'un vieil horloger, dont la renommée attirait de loin ceux qui désiraient restaurer une tocante de collection ou un coucou ancestral. On le connaissait moins pour ses talents de faussaire, car ce n'était pas une activité que l'on inscrivait sur une enseigne lumineuse.

Mais si une fausse Patek Philippe pouvait se vendre au prix d'une vraie, pourquoi s'en priver ? Il ne s'agissait d'ailleurs pas vraiment d'une arnaque, puisqu'il passait parfois une saison entière à concevoir un mécanisme aussi réussi que l'original. Et l'ajout d'une marque décuplait son prix.

L'étage de son commerce était occupé depuis quelques mois par un jeune gars qui achevait ses études. Bläck le lui avait recommandé. En guise de paiement pour le loyer et les charges, il rendait service. Il faut dire qu'il était sacrément doué dans son domaine.

Oliver était attablé près de la fenêtre, non loin du poêle à charbon qui crépitait. Avec une extrême concentration, il était penché sur un mécanisme de la taille d'une boîte à chaussures composé d'anciennes pièces d'horlogerie. À l'aide d'une pince, il remonta un ressort de torsion et l'accrocha en dessous de deux réservoirs de verre soufflé, à l'intérieur desquels barbotaient des liquides colorés. À l'avant-plan de cet ensemble, un petit cadran indiquait un compte à rebours mécanique. Le genre de compte à rebours qu'il était préférable de lire de loin. Idéalement depuis l'arrière d'un mur très épais.

— Fiddle est passé, indiqua le vieil horloger sur le pas de la porte. Il voulait te prévenir que l'objet sera déplacé dès ce soir. Pour l'heure, il se trouve encore dans le bureau de la conservatrice, dans une caisse en bois.

Oliver marmonna entre ses dents quelque chose qui ressemblait à « j'y serai ». Il souleva ensuite la bombe artisanale et la glissa dans son sac à dos d'étudiant. Le cuir aux couleurs de l'université en était usé à de nombreux endroits.

— Sois prudent, gamin. Je n'aime pas l'idée de te voir travailler pour Fiddle.

— Ça payera le chauffage cet hiver.

Le jeune Oliver sortit du commerce. Les rayons du soleil l'attendaient, sans parvenir à compenser la froideur de l'air. Son sac sur l'épaule, il prit la direction du Dutish.

Quelques minutes plus tard, muni d'une fausse barbe et de lunettes à monture épaisse, il grimpait déjà l'escalier qui menait à la grande galerie. Entrer dans le musée n'avait présenté aucune difficulté. Le vendredi était d'ordinaire réservé aux étudiants venus reproduire les œuvres exposées.

Comme attendu, un vernissage rassemblait une petite foule à cet étage. Quelques tables hautes étaient disposées sous l'aquarium suspendu, chacune ornée d'une nappe ruisselant jusqu'au sol. Faisant mine de relacer ses souliers, Oliver glissa sous l'une d'elles le mécanisme et l'enclencha à l'aide d'un remontoir. Sans attendre, les rouages amorcèrent leur valse au rythme d'un cliquetis empressé.

Oliver se releva et attrapa un amuse-gueule pour se fondre parmi les invités. Il se fraya un chemin jusqu'aux toilettes, situées à côté du bureau de la conservatrice en chef. Il la vit, assise à son bureau, occupée à converser avec un policier en uniforme. Beagle. Tout le monde le connaissait. Sa présence n'était pas une bonne nouvelle, mais il était trop tard pour renoncer.

Il entra dans les toilettes pour hommes, sortit une feuille de papier sur laquelle était inscrit « hors service » et la colla sur la cabine la plus propre, où il s'installa. Il consulta sa montre. Plus qu'à attendre que l'engin fasse son effet.

Ici, il ne risquait rien. Il déplia un journal et attendit. Moins d'une minute fut nécessaire pour que des cris de terreur s'élèvent de la galerie. Quelqu'un avait vu l'engin. Il restait à patienter quelques instants, le temps que le bureau se vide. Toutefois, s'il attendait trop longtemps, il ne pourrait plus profiter d'une foule angoissée pour fuir avec la caisse. En outre, Beagle était suffisamment teigneux pour se passer des démineurs. Il ne tarderait pas à constater, alors, que la bombe ne présentait aucun risque d'explosion, parce que le sirop de fraise n'a pas cet effet.

Risquant un regard hors des toilettes, il vit Beagle occupé à diriger les visiteurs vers la sortie. Profitant de l'instant, Oliver s'introduisit dans le bureau de la conservatrice. Une caisse plate en pin s'y trouvait, plus petite qu'il ne l'avait imaginé. Elle n'aurait pu contenir un tableau. D'anciens bijoux, peut-être.

Fiddle avait raison. Un boîtier rouge, au mur, permettait de déclencher l'alarme incendie du bâtiment. Cela ajouterait encore un peu plus de confusion dans l'esprit des gardes qui déverrouilleraient les issues de secours.

Il coinça la boîte sous son bras, pressa le bouton et quitta le local. Il ignorait qu'à l'autre bout de la galerie, Beagle revenait déjà sur ses pas. Il devait récupérer la maquette coûte que coûte. Si cet engin explosait, la clé de l'ancienne mine serait perdue.

Au même moment, Jack quittait le commerce de sa mère, devant laquelle rêvassaient quelques passantes. Un traiteur lui avait demandé une livraison de son meilleur cru. Il aurait ensuite juste le temps de repasser par la mairie. Wilson Fiddle possédait bon nombre de biens immobiliers, dont le local qu'occupait la pâtisserie. Au moment de renouveler le contrat de location, le maire avait décidé d'en doubler le loyer. Jack l'avait jusqu'ici caché à sa mère et avait tenté de négocier, mais l'homme n'avait rien voulu entendre. D'autres attendaient la place.

Jack se dirigea vers la fourgonnette de sa mère. Un modèle rétro, tout en rondeurs, arborant l'enseigne de la pâtisserie sur une carrosserie bicolore.

Lorsqu'il lui aurait fait un peu peur, il irait peut-être voir à l'adresse que Bläck lui avait donnée. Un vieil horloger de la rue du Lard.

Oliver dévalait quatre à quatre les marches de l'escalier de secours. Beagle l'avait vu. Il devait avoir tout au plus une cinquantaine de mètres d'avance et le policier ne tarderait pas à rameuter ses hommes.

Il déboucha au pas de course sur la place des Palais et s'engagea dans la rue du Lard, fortement fréquentée. Il se faufila entre les badauds aux bras chargés de cabas et risqua un regard en arrière. Beagle avait une sacrée foulée, pour un homme de son âge.

Avec ce monde, impossible de courir. Il pressa le pas en lançant parfois une excuse. Au premier embranchement, il vit devant lui une dizaine d'agents quitter la tour de la rue de la Trique. À fuir comme la peste et le yaourt maigre. Il prit à droite dans la rue du Pâté-en-Croûte et accéléra. La rue remontait vers la place du Temps, puis permettait de rejoindre celle de l'Hôtel-de-Ville par la venelle des Envies-Pressantes. Il commençait à s'essouffler et sentait naître un point de côté.

Arrivé sur la place, il se précipita à l'arrière de la mairie. Une porte discrète s'y trouvait, autrefois destinée à l'usage des domestiques. Il était à découvert, ici. Si Beagle contournait le bâtiment, il tomberait inévitablement sur lui.

Se retenant de souffler comme une vache qui accouche, il frappa à la porte en bois vétuste, que protégeaient de lourds barreaux en fonte noire. Il entendit crisser des pneus, du côté de la rue de la Trique. Oliver sentait son cœur marteler sa poitrine pour tenter d'en sortir.

Voilà ce qui arrivait quand on ne préparait pas suffisamment un vol. Pour le frisson, il était plus agréable de conserver une part d'improvisation. Mais il avait passé une mauvaise journée et sentait qu'elle était loin de s'achever.

Il s'impatienta et frappa de nouveau à la porte qui finit par pivoter.

— Enfin, vous voilà, grommela Fiddle à travers la herse qui, elle, n'avait pas bougé.

— Laissez-moi entrer ! coupa Oliver. Beagle est à mes trousses.

Il avait même ponctué sa phrase d'un point d'exclamation. Un manque de retenue digne des réseaux sociaux. Il regretta aussitôt de s'être emporté.

— J'espère que vous ne l'avez pas amené jusqu'à moi ?

— Ça va dépendre du temps que vous mettez à m'ouvrir cette grille.

— Pas question que Beagle vous trouve ici. S'il vous a suivi, vous pouvez oublier votre argent. À présent, filez.

Fiddle passa le bras à travers les barreaux et empoigna la petite caisse. Oliver céda. Il n'était pas temps de faire un esclandre. *L'enfoiré*, pensa-t-il tandis que Fiddle refermait la porte d'un claquement sec. À présent débarrassé de l'objet, il pourrait retirer sa veste, ses lunettes et passerait peut-être inaperçu. Il s'éloigna de la porte et regarda autour de lui. Des policiers affluaient sur la place par plusieurs côtés. Ils ne l'avaient pas encore repéré, mais c'était une question de secondes.

Il était bel et bien coincé.

Deux heures s'étaient écoulées. Peut-être trois. Oliver ne savait pas bien. Couché dans le noir, il entendit deux policiers approcher. Il changea de position. L'endroit empestait l'alcool et l'air était rare.

— Je viens de parler à Arthur, dit Will. Il n'a pas le moral.

— Pas étonnant, répondit Beagle d'un air absent.

Il y eut un moment de silence.

— On va la retrouver, se risqua Will.

— Je l'espère. Fiddle pourrait la détruire.

— Son épouse ne croit pas qu'il fera cela. Elle craint en revanche qu'il ne tente d'entrer dans l'ancienne mine.

— Désormais, plus rien ne l'en empêche.

Il respira profondément. L'air fraîchissait.

— Ce monde est en train de nous échapper.

Leur radio crépita.

— OK, on arrive, fit la voix de Beagle.

Quelques minutes plus tard, Oliver entendit un bruit de serrure. Le ciel étoilé apparut soudain au-dessus de lui. Il se déplia douloureusement et sortit du coffre de la camionnette bicolore. Le véhicule était celui d'une pâtisserie, mais disposait d'un double fond destiné à la contrebande.

— Ça va ? demanda Jack en l'aidant à sortir.

Oliver observa le personnage. L'homme était à peine plus jeune que lui. Ses cheveux bruns négligés et une barbe naissante contrastaient avec son regard vif. Un visage honnête. Depuis lors, quelques cicatrices discrètes s'étaient ajoutées pour témoigner d'une vie plus aventureuse.

— J'ai beaucoup de chance d'être tombé sur vous, assura Oliver.

— À entendre ce commissaire parler de vos exploits, j'en ai bien l'impression. Je vous ai vu remettre cette boîte au maire. Vous travaillez pour lui ?

— En l'occurrence, je pense plutôt qu'il m'a bien eu.

— Ceux qui pensent vous rouler font les meilleures victimes.

Le matériel que cet inconnu transportait dans son coffre en disait long. Il devait s'y connaître en matière de duperie.

— Je peux me méprendre, fit Oliver, mais j'ai le sentiment que votre présence ici n'est pas le fruit du hasard. Peut-être pourrions-nous trouver un intérêt commun à nous associer ?

— Excellente idée. Je vous propose d'en discuter autour d'un excellent château Latouffe 1974. L'encre devrait être sèche, à l'heure qu'il est.

Depuis la nuit du Nouvel An, un mois froid et pluvieux s'était écoulé jusqu'à cette rare journée ensoleillée. Pangolin Lanouille était fier de lui. On le reconnaissait enfin à sa juste valeur. Il avait été embauché trois ans plus tôt comme agent de sécurité à l'hôpital universitaire et n'avait, jusqu'ici, pas eu le sentiment d'être employé à la hauteur de son talent. Puis, la veille, il avait reçu une lettre du directeur en personne. De sa secrétaire, plutôt. Mais cela revenait au même. Et s'il est vrai que la lettre ne le citait pas directement, elle indiquait toutefois « Cher Agent de Sécurité », avec des majuscules et tout, sur un excellent papier à en-tête. L'encre, aussi, était vraiment belle, d'un bleu satiné très classe. Le directeur ne s'était pas contenté d'un vulgaire courriel pour lui attribuer cette mission délicate.

Pangolin surveillait donc attentivement la place de parking située à l'avant du campus, à proximité de l'entrée principale. Un important chef d'État était attendu d'ici peu pour un examen assez honteux et donc top secret. Comme demandé, il n'en avait parlé à personne. Il ne comptait pas non plus bouger d'un pas, même s'il devait admettre que boire trois tasses de café avant son service n'avait pas été sa meilleure idée.

Le jeune agent se gratta un bouton, sursautant chaque fois qu'une grosse voiture approchait. Il ne remarqua cependant pas, plus loin dans le parc, deux hommes et un cochon occupés à s'élever le long d'une échelle, appuyée sur le bâtiment destiné à la revalidation.

— Une chance qu'il ne soit qu'au premier, souffla Jack qui tentait tant bien que mal de pousser Prosper vers la fenêtre juste au-dessus d'eux.

— C'est sûr, ajouta Arthur, lui-même occupé à pousser Jack.

— C'est bon, je le tiens, grogna Marius, penché par la fenêtre pour attraper Prosper qui commençait à manifester une certaine nervosité.

Il leur fallut quelques minutes supplémentaires pour rejoindre Will, dans son lit, occupé à converser avec Oliver et Mary. Will avait perdu du poids parce que les repas dans les hôpitaux avaient cet effet bénéfique, tout en vous motivant à guérir très rapidement. Si la transformation n'était pas encore flagrante, elle laissait entrevoir pour l'avenir une greffe de bronches. Les médecins avaient assuré au patient que sous peu, il serait à nouveau en mesure de pratiquer du sport. L'assurance de la ville avait reconnu l'accident du travail et pris en charge les frais dans leur ensemble. Will suspectait Oliver d'être intervenu en ce sens.

Le patient ouvrit grand les bras pour accueillir l'énorme tête de Prosper, dont l'autre extrémité remuait frénétiquement.

— Le juge a préféré se montrer prudent, disait Oliver. Il m'a libéré sous condition dans l'attente du procès. D'ici là, le préfet me laisse exercer.

Les médias avaient relayé les évènements de la nuit du Nouvel An. On savait la maquette détruite, mais les gens restaient convaincus que le maire avait encore un bonne dizaine d'as dans son jeu. Beaucoup défendaient l'hypothèse selon laquelle cela faisait partie du plan et qu'il tiendrait sa promesse. Après tout, combien de fois le Rossignol n'avait-il pas fait croire qu'il était pris au piège ? De l'avis de tous, on pouvait douter des promesses d'un politicien, mais pas de celle d'un voleur aussi professionnel que le Rossignol.

— Quant à Élisabeth, elle a reçu un certificat d'emprisonnement de dix ans et pourra chercher un nouvel emploi. C'est Fox qui la remplace pour le moment.

À défaut de place en suffisance dans les prisons, le certificat d'emprisonnement était une solution financièrement intéressante imaginée par la justice. On avait d'abord imaginé les bracelets électroniques, les centres semi-fermés, les libérations sous condition, mais-on-ne-fera-rien-si-vous-ne-les-respectez-pas, puis cela. Le juge remettait au condamné un document lui indiquant qu'il purgeait une peine virtuelle, ce qui était, assurait-on, aussi impactant. Et si cela ne suffisait pas, un second certificat était sévèrement délivré.

— Et pour l'ancienne mine ? Pas trop déçu ? demanda Will en se tordant le cou afin d'échapper à la langue de Prosper.

— J'imagine que c'est l'affaire de quelques semaines, répondit Oliver en souriant.

Will se tourna à présent vers les nouveaux venus.

— Cela me fait vraiment plaisir de vous voir, dit-il. Désolé de vous avoir caché la vérité durant toutes ces années, les gars. Je sais que cela vous a beaucoup affecté de croire que le vieux Beagle était mort.

— T'inquiète, répondit Marius. Il nous a expliqué. C'était pour nous protéger.

Pour changer de sujet, il ajouta :

— Je vois que tu as eu de la visite…

— C'est le patron du Flaky's, répondit Will. Il s'inquiétait de ne plus me voir.

Derrière lui, de nombreux ballons voletaient au-dessus de sa table de nuit, attachés à un poids en forme de cœur. Les invités notèrent également la présence d'une cuillère en bois, dissimulée derrière son oreiller.

— Au fait, j'ai appris par les journaux que les affaires étaient bonnes ? s'enquit-il.

— Tout à fait, répondit Arthur avec enthousiasme. La bière au salami rencontre énormément de succès et je pense continuer dans cette voie avec une bière au fromage d'abbaye, pour rester sur le thème de l'apéro et de la convivialité. Les fruits de mer, c'était bien, mais cela présentait quelques inconvénients.

Il s'éclaircit la gorge.

— Les décès, notamment, dit-il à mi-voix.

— Je pense que Will parlait de la brigade, indiqua Marius avec plus de délicatesse qu'à son habitude. C'est vrai. Les candidatures ne manquent pas.

— Lorsque tu iras mieux, poursuivit Jack en tapotant le flanc du cochon qui serpentait entre les visiteurs, on commencera la sélection. Vous savez ce qui fait un bon flic. Fox m'a donné le feu vert pour engager quelques types à qui vous pourriez apprendre le métier. Je pense que d'ici au printemps, nous pourrons rouvrir l'accueil et assurer des patrouilles jour et nuit.

Jack avait rempli sa mission. Il avait trouvé l'assassin de Beagle. Quelques heures après avoir livré Élisabeth à la justice, il était retourné dans son bureau avec Oliver pour faire sa valise. Il s'était certes coincé le dos en essayant d'en déloger Prosper qui opposait une farouche résistance, mais, plus inattendu, il avait dû batailler contre une rare sensation.

Ces dix dernières années, en dehors d'Oliver, ses relations s'étaient limitées à quelques associés à la loyauté incertaine. Jusqu'ici, on ne lui avait jamais gardé le meilleur beignet de la boîte, celui qui débordait de garnitures colorées. Si c'était arrivé, Jack l'aurait fait analyser avant d'y goûter.

Il avait regardé les fauteuils de la salle de repos, dont le faux cuir était marqué par leurs occupants respectifs. Celui de Will était entièrement enfoncé. Puis ses yeux s'étaient posés sur le blason suspendu dans le couloir.

La police était une drôle d'institution. On vous faisait confiance pour vous autoriser à porter une arme, mais vous deviez passer par trois responsables pour obtenir un Bic. Vous assistiez chaque jour à l'impunité de crimes crapuleux, mais risquiez votre place au détour de chaque décision. Le fatalisme avait matière à s'y nourrir des inepties et injustices qui vous accompagnaient lors de chaque sortie sur le terrain.

Qu'était-il arrivé, entre le bleu débordant d'enthousiasme et le vieux flic à qui seule importe encore la planification de ses prochaines vacances ? Le récit d'une vie s'entache souvent de gens détestables, parfois jusqu'à la dernière page. Écrit de vin ou de sang, il s'articule aussi autour de rencontres qui l'enjolivent de manière inattendue.

Oliver avait peut-être raison. Jack était un voleur doublé d'un escroc. Il l'était parce que le système avait des failles et qu'il était doué pour les trouver. Il n'était pas le seul. Beaucoup s'étaient enrichis facilement et légalement. Des petits joueurs avaient prospéré en vendant des emballages à ouverture facile, un déodorant soixante-douze heures, ou avaient convaincu les pigeons de renouveler leur garde-robe quatre fois par an. Les meilleurs d'entre eux parvenaient même à tuer des millions de personnes contre rémunération des victimes elles-mêmes. Jack aussi aurait pu devenir fabricant de cigarettes, avec un peu d'arsenic et de terreau choisi avec amour.

Mais ça, c'était facile. Certes, il lui arrivait de s'écarter légèrement de la moralité. Voire, au besoin, de carrément lui sauter dessus à pieds joints. Il avait parfois approché l'honnêteté. Il l'avait observée avec curiosité avant de s'en éloigner prudemment, car un métier honnête ne payait pas assez pour profiter de la vie. Mais il prenait soin de ne jamais choisir la facilité, car elle ne donnait aucun frisson. Elle ne vous faisait pas sauter à travers la fenêtre d'un musée, vous évader d'un commissariat ou défoncer la façade d'un manoir.

Mais il pouvait aussi choisir d'utiliser son talent pour aider la brigade. Juste quelques mois, le temps qu'elle soit de nouveau réellement opérationnelle. Il n'avait aucun autre projet, après tout.

— Pas trop déçu par ce dénouement ? avait demandé Jack. Tu espérais présenter un trésor aux citoyens. Au lieu de cela, te voilà avec cette histoire de cavernes inexplorées.

Ses yeux s'étaient posés sur un gros mug oublié sur une table. Le visage patibulaire de Marius y était imprimé, accompagné du logo de la police et du slogan « Tout pour votre sourire ».

— C'est possible, avait répondu Oliver perdu dans ses pensées. Mais cela me convient. Les gens aiment l'aventure. Et moi aussi.

Il se tourna vers Jack.

— Je sais que je te demande beaucoup, ajouta-t-il, mais j'aimerais que tu restes encore un peu ici. Je pense que cette histoire commence seulement.

— Oh, fit Jack d'un air que certains auraient pris pour du soulagement. Si tu penses que c'est nécessaire… Beagle ne reprend pas son poste ? Il est vivant, à présent. C'est officiel.

— On lui a proposé un autre job, m'a-t-on dit. Je me demande bien quoi.

— Tant que cela le détourne de nos occupations. À ce propos, t'ai-je parlé de *La Reine se rasant le dos*, piteusement entreposée chez les héritiers Van Meegeren ? Une antichambre à peine plus grande que des toilettes.

— En effet. Le hasard m'a d'ailleurs appris que leur porte arrière est toujours aussi frêle. Nous en profiterons pour vérifier leur matelas, plus épais de mois en mois à ce que l'on dit.

La journée s'était achevée paisiblement, laissant les habitudes reprendre leur cours. Un répit plutôt bref, qui prit fin quelques semaines plus tard lorsqu'un fossoyeur se présenta à l'accueil. De mémoire d'homme, la brigade n'avait jamais connu pareils évènements que ceux qui suivirent.

Remerciements

Je souhaite remercier tous ceux qui m'ont permis, pour reprendre les termes de ma fille Olivia, d'être aussi bizarre qu'elle et d'ainsi offrir à d'autres grands enfants la possibilité de s'évader dans ces pages.

À mes parents, ma sœur, mon épouse, ma fille et tous ceux qui m'ont un jour offert leur bienveillance et leur confiance.

Composition et mise en pages PCA – Rezé

Achevé d'imprimer en décembre 2023 par
La Nouvelle Imprimerie Laballery
58500 Clamecy (Nièvre)

Pour le compte des éditions Calmann-Lévy
21, rue du Montparnasse 75006 Paris

PAPIER À BASE DE
FIBRES CERTIFIÉES

CALMANN LEVY s'engage
pour l'environnement en réduisant
l'empreinte carbone de ses livres.
Celle de cet exemplaire est de :
650 g éq. CO_2
Rendez-vous sur
www.calmann-levy-durable.fr

N° d'éditeur : 1112478/02
N° d'impression : 312295
Dépôt légal : octobre 2023

Imprimé en France.